우주에 남은
마지막 책

우리같이 청소년문고 006
우주에 남은 마지막 책

초판 2쇄 펴낸날 2013년 6월 6일

지은이 로드먼 필브릭
옮긴이 김희정
펴낸이 이정옥
펴낸곳 (주)우리같이 등록 제406-2011-59호
주소 경기도 파주시 문발동 파주출판단지 506-2번지 201동 13호
전화 031-955-5590 팩스 031-955-5599
이메일 withours@gmail.com

ISBN 978-89-961890-7-7 44800
ISBN 978-89-961890-3-9 44800(세트)

이 도서의 국립중앙도서관 출판시도서목록(CIP)은 e-CIP 홈페이지(http://www.nl.go.kr/ecip)에서
이용하실 수 있습니다.(CIP 제어번호: CIP2011001604)

우주에 남은 마지막 책

로드먼 필브릭 지음 | 김희정 옮김

우리학교

· 차례 ·

1장

사람들은 나를 스파즈라고 부른다

이 글을 누군가 읽고 있다면 아마 수천 년 이후 미래의 일이 겠지. 요즘은 아무도 글을 읽지 않으니까. 사실 프로브(probe, 여기선 길고 가느다란 바늘 같은 기구를 머리에 꽂아서 가상현실 게임을 하는 걸 말함: 옮긴이)를 하면 되는데 굳이 글을 읽으려는 사람이 어디 있겠는가? 프로브로 온갖 영상과 오락물을 뇌에 직접 복제하면 되는 것을. 종류도 가지가지 나와 있다. 트렌드, 슈터, 섹스숍 등등. 슈터는 폭력적인 내용, 트렌드는 에덴에서 사는 내용, 뭐 섹스 숍은 무슨 내용인지 말하지 않아도 짐작할 수 있을 테고. 사람들은 프로브를 하는 것보다 더 좋은 건 없다고 한다. 말들은 그렇게 하는데 내가 직접 확인할 길은 없다. 나는 전극 바늘에 알레르기 반응을 일으키는 체질을 가지고 태어났기 때문이다. 프로브용 바늘을 뇌에 가까이라도 가져가는 날에는 엄청난 발작을 일으키고 구제 불능으로 뇌 기능에 손상을 입게 된다. 말하자면 불 끄고 무대에서 영원히 퇴장하는 격이다.

사람들은 나를 스파즈라고 부른다.

스파즈(Spaz, '경련' 혹은 '발작'의 의미를 가진 spasm이라는 단어를 줄인 말로 보임: 옮긴이), 좀 울적한 이름이기는 하지만 신경 쓰지 않는다. 적어도 이제는. 지금 나는 오래된 목소리 타자기에 대고 말을 하고 있다. 목소리 타자기는 내가 하는 말을 글로 찍어 내는 신기한 놈이다. 사실 내가 이런 짓을 하게 된 까닭은 다 라이터에 있다. 강편치파가 라이터를 바퀴에 매달고 소위 그가 지은 첫값을 치르게 했을 때, 볼 것 못 볼 것 다 보고, 들을 것 못 들을 것까지 죄다 들었기 때문이다. 그 일 때문에 내 머리가 좀 뒤집혔다고 해도 틀린 말은 아니다.

강편치파는 내가 살고 있는 쪽 도시 지역(Urb, 전원과 대비되는 도시라는 단어인 urban, urb를 대문자로 써서 '도시 지역'이라는 특별한 성격의 거주 지역을 일컫는 말로 사용하고 있음: 옮긴이)을 꽉 쥐고 있는 놈들이다. 이 말은 이스티 지역에서 파이프 지역 사이에 있는 건 사람이든 물건이든 모두 강편치파 손아귀에 들어 있다는 뜻이다. 이 지역 인구가 한 백만쯤 되나? 정확한 수는 아무도 모른다. 숫자를 그렇게 많이 셀 수 있는 사람이 아무도 없기 때문이다. 어차피 상관도 없다. 알아 봤자 아무 소용 없으니까.

여기서는 강편치파한테 붙어살든지 아니면 죽든지 둘 중 하나라는 것만 알면 된다. 달리 도망갈 구멍도 없다. 여기를 빠져

나가 봐야 도시 지역에서 이런저런 깡패 집단 손에 들어 있지 않은 곳이라곤 한 군데도 없기 때문이다. 유일한 탈출구가 있다면 에덴뿐이다. 하지만 거기는 유전적으로 향상된 사람들이 아니면 갈 수도 없는 곳이다. 어차피 그런 사람이라면 에덴을 떠날 생각도 하지 않을 테니 에덴 이야기는 해 봤자 입만 아프다. 아예 말을 말자.

나도 예전에는 가족 단위(family unit)라는 것의 일부였다. 양어머니, 양아버지, 그리고 내 여동생 빈으로 구성된 단위. 하지만 그 시절은 이미 끝이 났다. 그때 무슨 일이 있었는지, 그리고 그게 얼마나 말도 안 되는 일이었는지에 대해서는 입도 뻥긋하기 싫다. 아직은. 그 문제는 짧게 언급할수록 좋다. 라이터한테서 한 가지 배운 것이 있다면 너무 뒤만 돌아보고 살면 뒤통수를 맞을 수도 있다는 진리이다.

라이터는 내 인생을 바꾼 영감탱이다. 누군가 이 글을 읽고 있다면 그 영감탱이 덕에 세상도 바뀐 것이 분명하다. 영감탱이란 우리가 늙은이들을 부를 때 쓰는 말이다. 라이터는 영감탱이 중에서도 극 영감탱이였다. 너무 나이가 들어서 이가 거의 남아 있지 않은데다가 턱에 난 수염은 공룡 뼈처럼 하얀색이었다. 피부마저도 너무 오래돼서 낡고 얇아 보였다. 그 영감을 들어 올려 불빛에 비치면 그대로 빛이 통과하지 않을까 하는 생각이 들 정도였다.

내가 라이터를 만나게 된 경위는 다음과 같다. 어느 날 강편치파가 나를 보내 라이터를 털게 했다. 그때만 해도 라이터는 이 세상에서 삭제되기 직전까지 간 늙은이에 불과해 보였다. 그러니 그 늙은이의 물건을 털지 않으면 낭비라는 생각이 드는 게 당연했다.

바로 그게 내가 한 짓이다.

2장

....

터는 것이 내 직업

라이터가 사는 상자 동네는 파이프 지역 변두리에 있다. 파이프 지역은 지금은 다 부서진 상태지만 백타임(backtimes)에는 도시 지역으로 수십 억 톤의 물을 운반했었다는 이야기가 있다. 신선하고 깨끗해서 마시기 전에 걸러서 끓이지 않아도 된다는 물. 너무나 순수해서 그 속에 들어가서 헤엄을 쳐도 피부가 벗겨지지 않는다는 물. 난 물론 이 이야기도 백타임에 관한 다른 이야기들처럼 다 지어낸 이야기라고 생각한다. 혹시 모를까 봐 알려 주는데 백타임이라는 것은 대지진 이전 시대로, 모든 것이 완벽하고 모든 사람이 다 잘살았었다는 때를 말한다.

내 생각으로는 그 백타임이라는 것 자체가 진짜가 아닌 것 같다. 사람들이 그저 마음을 위로하려고 하는 이야기일 뿐이라는 생각이다. 그러니까 우리 엄마는 부자 프루브(proov, improved를 줄여서 만든 단어로 유전적으로 향상된 인간을 말함: 옮긴이)고 아빠는 구역의 보스인데 언젠가 나를 구하러 와서 다 같이 에덴에서 영원히 행복하게 산다는 그런 이야기와 다를 것이 없다는 말이다. 그렇다. 그런 이야기는 트렌드 가상현실 게임에나 있는 일이다. 실제로는 아무도 날 구하러 오지 않는다.

내 말을 믿어도 좋다. 난 당해 본 사람이라 잘 안다.

그건 그렇고, 상자 동네가 뭐냐고? 상자 동네란 누구의 소유도 아니지만 거기 들어가서 오래 버티다가 그걸 자기 집이라고 부르게 된 사람들이 사는 곳이다. 위로 열 개, 옆으로 수백 개 늘어선 콘크리트 상자 중의 하나를 집이라 부를 마음이 있다면 말이다. 백타임에는 사람들이 물건을 보관하는 곳이었다고 한다. 하지만 이제 상자에 보관된 것은 비렁뱅이들뿐이다. 거지, 각종 중독자, 그리고 라이터 같은 영감탱이들.

상자 동네는 그 꼴이 보이기도 전에 냄새부터 난다. 하수 시설이 없어 거기 사는 사람들이 짐승처럼 땅에다 일을 볼 수밖에 없기 때문이다. 이상한 건 처음엔 거기에 아무도 살고 있지 않는 것처럼 보인다는 사실이다. 근처에 있는 오래된 창고 건물이 무너지면서 나온 녹슨 철골 기둥이랑 콘크리트 파편들이 아무렇게나 흩어져 있어서 넘어지지 않고 똑바로 걷기도 힘들다. 쥐들이 서둘러 숨는 소리가 들린다. 쥐가 있으면 사람이 있을 법도 한데 모두 어디 있는 걸까?

알고 보니 숨어 있다. 가까이 다가가니 더럽고 작은 얼굴 하나가 벽돌 더미 뒤에 숨어 있는 것이 보인다. 뒤미처 휘파람 소리가 난다. 그것이 경고음인지 사람들이 황급히 숨는 소리가 들린다. 마치 뭔가를 두려워하는 사람들처럼. 그들이 두려워하는 것이 나일까? 아마 그럴 거다. 내가 자기들을 털러 왔거나 아니면 그보다 더한 짓을 하러 온 줄 알겠지. 인정하고 싶지 않지만 저 사람들 추측이 맞다. 내가 강편치파하고 정식으로 한패가 된 건 아니지만 무슨 이유인지 몰라도 거기 보스가 날 좋아한다. 그래서 내가 가족 단위를 잃었다는 것을 듣고는 부하들한테 "저놈 좀 잘 봐줘." 하고 일렀다. 물론 두목의 말을 어길 똘마니는 없었다.

다시 본론으로 돌아가자. 내가 여기 온 것은 털기 위해서다. 터는 것이 내 직업이다. 그것이 내가 사는 수단이다. 내 손에 들어온 물건의 절반은 강편치파한테 바친다. 그렇게 하지 않으면 강편치파에서 내가 더 이상 살아 있을 이유가 없다고 결정한다. 복잡하게 생각할 필요도 없다. 가끔 나보다 더 못사는 사람들을 털면서 꺼림칙한 마음이 들더라도 내가 살려면 다른 방법이 없기 때문이다.

'털기 아니면 죽기.' 결국 모든 게 이 말 한마디로 요약된다고 할 수 있다. '강편치파에 붙지 않으려면 죽는 게 낫다.'라는 말하고 같은 맥락이라고 봐도 된다.

그건 그렇고, 아까 벽돌 뒤로 보인 그 작은 얼굴이 다시 쏙 나오더니 커다랗고 겁에 질린 눈으로 나를 살핀다.

"야! 꼼짝 마!"

내 말 한마디에 녀석이 그 자리에 얼어붙어 버린다.

아주 어린애다. 한 다섯 살이나 될까? 볼에 낀 때는 한 백만 년쯤 묵어 보이긴 하지만. 내가 허리를 굽혀 녀석을 자세히 살펴보고 있는데, 갑자기 더러운 볼에 눈물 한 줄기가 하얀 자국을 내며 흐른다. 기분이 찜찜하다. 녀석을 다치게 하거나 털거나 하지도 않았는데. 적어도 아직은.

"야! 너 말할 줄 알아?"

작은 얼굴이 끄덕인다. 더러운 얼굴로 흘러내리는 눈물이 이제 두 줄기다.

목소리를 한껏 낮게 그리고 부드럽게 하려고 애쓰면서 묻는다.

"촉스바 먹고 싶니? 라이터가 사는 상자가 어딘지 알려 주기만 하면 되는데. 어디 사는지 알지?"

내가 촉스바를 주머니에서 꺼내 녀석이 볼 수 있도록 껍질을 벗기니까 더 겁이 난 표정을 짓는다. 촉스바를 반 떼어서 녀석에게 건네주며 말을 걸어 본다.

"먹어. 자, 먹어도 안 죽어."

녀석은 몸만 더 움츠린다. 그제야 나는 녀석이 한 번도 촉스바를 먹어 본 적이 없어서 이게 독이라고 생각할지도 모르겠다는 짐작이 간다. 그래서 촉스바를 조금 잘라 내 입에 넣은 다음 "으음, 맛있다." 하고 말한다. 녀석도 한 조각을 입에 넣고 우물거린다. 부드러운 초콜릿 맛이 느껴지기 시작하는지 녀석의 작은 얼굴에서 눈물이 멈춘다.

"맛있다고 했잖아. 자, 라이터라는 노인네 알지? 어디로 가야 찾을 수 있지?"

작은 얼굴이 줄줄이 늘어서 있는 상자들 사이로 나를 데려간다. 아무런 말도 없이. 촉스바 맛을 보느라 바쁜든지 아니면 아직도 내가 무섭든지 둘 중 하나겠지. 아무래도 상관없다. 계속 똑같아 보이는 콘크리트 상자들로 이루어진 줄 사이를 걸어가던 녀석이 한곳에 우뚝 멈춰 서서 움직이지 않는다.

"여기야?"

대답 대신 녀석은 홀쩍 도망쳐 버린다.

아래쪽에 있는 상자들 중 하나가 열려 있다. 보통은 문을 부서뜨리고 들어가야 한다. 그래서 이런 작업을 '부서뜨리기'라고 부르기도 한다. 그런데 이 상자는 활짝 열려 있다. 마치 거기 사는 비렁뱅이가 '자, 내 거 다 가져가.'라고 말하고 있는 것처럼. 혹시 안에서 놈이 내 목을 따려고 기다리고 있을지도 모른다는 생각이 든다.

항상 이 태도를 잊어서는 안 된다. 부서뜨리기를 할 때는 진짜로 편집증 환자처럼 신경을 곤두세워야 한다. 대부분의 비렁뱅이들은 조직이 내릴 후환이 두려워 감히 저항할 생각도 못하지만 가끔 너 죽고 나 죽자 식으로 덤비는 놈들도 있다. 그런 놈들을 만나면 끝장이다.

이 비렁뱅이가 안에서 기다리고 있었던 건 사실이다. 하지만 싸우려고 기다린 것은 아니다. 놈은 머리가 새하얗게 세고 반짝이는 눈을 가진 늙은이다. 처음부터 내 주의를 끈 것이 바로 그것이다. 머리 안쪽에서부터 빛을 발하는 것 같은 눈. 늙은이는 헐렁하고 낡은 누더기를 걸치고 있다. 그것도 다 낡은 천을 조각조각 꿰매서 만든 옷이다. 길에 나앉은 거지들보다 더 가난하다는 말이다.

"안녕하신가, 젊은이."

늙은이가 말한다.

"누추한 내 거처에 오신 것을 환영하오."

그는 책상으로 쓰는 더럽고 오래된 나무 상자 뒤에 앉아서 손으로 턱을 괸 채 그 반짝이는 늙은 눈으로 나를 바라보고 있다. 아무렇지도 않은 표정으로. 물건을 빼앗기는 것에는 관심도 없다는 듯이.

'누추한 내 거처'란 말은 백타임 시절의 말로, '상자'나 '판잣집'을 말하는 것이 분명하다. 하지만 이도 다 빠진 늙은이랑 수다나 떨자고 여기 온 것이 아니다. 그냥 들어가서 놈이 가지고 있는 고물을 몽땅 쓸어 가지고 나오면 된다.

그의 물건이 가져가기 좋게 문 옆에 나란히 정돈되어 있는 것을 눈치챈 것은 바로 그때다.

"올 줄 알고 있었네."

그가 설명한다.

"상자 동네에서는 소문이 금방 돌지. 강편치파들을 대표해서 나온 것이라는 게 내 추측인데 맞나?"

난 고개만 끄덕인다.

"들어오게나. 편하게 앉아요."

나는 "허?" 하는 소리만 낸다. 뭐야? 돌았어? 털리길 기다리기라도 했다는 거야? 머리가 어떻게 된 거 아니야? 하는 뜻이지만 내 입 밖으로 나온 소리는 '허?'뿐이다. 나머지는 모두 그 '허'라는 한 단어에 (나중에 라이터한테 배운 말을 쓰자면) '함축'되어 있다.

"강편치파들이 날 포기한다는 소문을 들었지."

그게 전혀 대수로운 일이 아니라는 듯 말한다.

"언젠가는 일어날 일이었지. 조만간엔. 마음대로 가져가게나. 좀 쓸 만한 것은 모두 문 옆에다 챙겨 놨다네."

그가 더러운 물건 몇 개가 든 손가방을 가리킨다. 오래된 디지털 알람 시계, 플라스틱으로 된 엄청나게 오래된 거리 야구 장갑 한 켤레, 전기 코드를 꼭꼭 감아 챙겨 놓은 미니 난로가 전부다. 하지만 전당포에 가져가면 몇 푼은 건질 만한 물건들이다. 보통 상자 동네에서 건지는 물건들보다 더 낫다.

그가 나를 독려한다.

"어서 가져가게나."

보통 때 같으면 망설이지도 않을 나지만, 이건 뭔가 보통 때와는 다르다. 이를테면 미니 난로의 전기 코드를 단정하게 잘 감아 놓은 것 말이다. 뺏으러 올 것을 미리 알고 저렇게 준비를 한다? 장난하는 거야? 아니면 함정이야?

내가 무슨 생각을 하는지 알기나 한 것처럼 그가 말한다.

"이게 내가 처음 당하는 부서뜨리기가 아니거든. 이렇게 하면 자네나 나나 일이 한결 쉬워지지. 자, 어서 가져가게. 다 가져가."

"그래요? 다른 건 뭐 더 없수?"

그렇게 말하면서 나는 그 괴상한 늙은이에게 다가간다. 뭔가 숨기고 있는 게 분명하다. 누구나 숨기고 싶어 하는 무언가가 있기 마련이다.

그가 나를 보고 미소를 짓는다. 주름진 그의 얼굴이 이상하게 빛이 나는 것 같다. 주변에서 일어나는 일은 그게 뭐가 됐든 다 미소를 지을 만한 일이라는 듯 웃으면서 그가 묻는다.

"왜 내가 더 가진 게 있다고 생각하는 건가?"

그때 나무 상자 밑에 뭔가 쌓여 있는 것이 내 눈에 들어온다. 이 늙은이는 그것들을 내가 눈치채지 못하기를 기도하면서 바로 그 앞에 앉아 있었던 것이 틀림없다.

"이건 뭐요?"

"돈 되는 건 전혀 아니고."

하품을 하는 척하면서 그가 말을 잇는다.

"책밖에 없소."

그가 거짓말을 하고 있다는 걸 알아챈 것은 바로 그때다.

3장
....

기억을 하는 사람들은

"거짓말! 책은 도서관에나 있지. 아니 있었지."

라이터(Ryter, '글을 쓰는 사람'이라는 writer와 소리가 같음: 옮긴이)라고 불리는 그 늙은이가 무슨 말인가를 하려다가 멈칫한다. 내가 한 말에 대해서 좀 더 생각해 봐야 할 게 있다는 듯이.

"흥미롭군. 책이라고 부르는 물건들이 도서관에 보관되었었다는 걸 알고 있다니. 자네가 태어나기도 전의 일인데. 어떻게 알았지?"

나는 어깨를 으쓱하며 대꾸한다.

"주워들었지. 그게 다야. 어렸을 때. 대지진 전에 세상이 어땠는지."

"자네는 들은 말을 다 기억하나?"

"대부분. 딴 사람들은 안 그래?"

영감탱이가 작게 웃는다.

"별로. 대부분 프로브 바늘 때문에 뇌가 엉망이 돼서 기억하는 게 거의 없지. 장기 기억이라는 것은 이제 백타임 말이 됐어. 책을 기억하는 건 이제 나 같은 늙은이 몇밖에 없지. 한데 자네도 그런 것 같군."

생각해 보니 이 늙은이가 무슨 말을 하는지 알 것 같다. 나는 항상 다른 사람들은 다 잊어버린 일들을 머릿속에 담고 다닌다.

"또 기억나는 건 없나?"

라이터가 묻는다.

"무슨 상관이슈?"

그가 나를 빤히 쳐다본다. 내 모습을 외우기라도 할 듯이.

"작가한테는 기억이라는 것이 무척 중요하지. 무슨 일이 벌어졌는지를 기억해야 그것을 종이에 옮겨 쓸 수 있거든."

"뭘 종이에 옮겨. 뭘 어떻게 한다고? 뭐라고 지껄이는 거야, 허?"

그가 상자 밑에 숨겨 둔 물건 중에서 종이 한 장을 꺼낸다. 검고 작은 자국이 가득 나 있는 종이다. 나는 그 종이를 눈앞에 가까이 대고 자세히 살핀다. 혹시 그 안에 뭔가 감춰져 있는지도 몰라서. 벌레 발자국 같은 자잘한 검은 무늬 말고는 아무것도 없다.

"나도 전에는 다른 사람들처럼 목소리 타자기를 썼었지. 부서 뜨리기를 당해 뺏기기 전에는."

라이터가 설명한다.

"이제는 단어 하나하나를 손으로 쓴다네. 백타임에 그랬듯이. 좀 원시적이기는 하지."

"하지만 뭣하러? 그 '책'이라는 것에 뭘 넣지?"

라이터는 잠시 나를 쳐다보다가 대답한다.

"미안하네, 젊은이. 그건 내 개인적인 문제라. 내가 해 줄 수 있는 말은 내 책엔 내 인생이 담겨 있다는 걸세."

"시간 낭비를 하시는군. 아무도 책을 안 읽는 이 세상에."

라이터가 슬픈 표정으로 고개를 끄덕인다.

"맞아. 하지만 언젠가 세상이 바뀔 수도 있지. 그런 세상이 오면 사람들은 프로브 바늘에서 나오는 이야기나 경험 말고 다른 것을 원하게 될 거야. 그러면 책을 찾게 되겠지. 언젠가는."

"누가?"

내가 묻는다.

"누가 그런 걸 찾는다고?"

"미래에 살 사람들 말이야."

'미래에 살 사람들.' 왠지 모르게 그 말을 듣는 순간 전율이 느껴진다. 그때까지는 단 한 번도 미래에 대해 생각해 본 적이 없었기 때문이다. 강편치파들하고 어울리자면 미래에 대해서는 생각할 수가 없다. 지금, 여기서, 즉시, 원하는 것을 손에 넣는 것만이 생각하는 것의 전부니까. 미래라는 것은 달과 같은 것이다. 갈 수도 없고, 가면 어떨까 생각할 수도 없는 곳. 만질 수도 없고, 훔칠 수도 없으며, 뇌에다 바늘로 꽂을 수도 없는 것을 생각해 봐야 무슨 소용이 있겠는가?

"자네 이야기는 뭔가?"

라이터가 묻는다. 진짜 관심이 있다는 투로.

"난 이야기 같은 거 없어요."

내가 말을 입에 올리기도 전에 그가 절레절레 고개를 젓는다. 마치 내가 무슨 말을 할 줄 미리 알고, 또 그 말이 옳지 않다는 것도 다 알고 있었던 것처럼.

"누구에게나 자기 이야기가 있다네."

그가 고집스럽게 말한다.

"자네만 겪은, 자네만의 이야기가 있지. 자네만 아는 비밀 같은 거 말이야."

그가 '비밀 같은 거'라는 말을 하자 발끝에서 머리끝까지 한기가 쭉 뻗치면서 뇌가 멍멍해지는 느낌이 든다. 내가 겪은 일들 중에는 기억하기조차 싫은 것투성이다. 그런 걸 다른 사람도 아닌 이 비렁뱅이 늙은이한테 털어놓느니 죽는 게 낫다.

"돌았구만. 바퀴벌레만큼이나 돌았어. 난 가야겠수."

라이터가 자기 물건을 가지고 가라고 강하게 권한다. 미니 난로, 디지털 알람 시계 따위의 고물들을.

"가지고 가야 할 걸세. 조직이 어떻게 돌아가는지 정도는 나도 아네."

별수 없이 그 물건들을 가지고 나선다. 늙은이한테서 물건을

빼앗은 것이다. 기분이 묘하면서 먹은 게 넘어올 것 같은 느낌
이 든다. 하지만 무슨 상관인가. 두 번 다시 볼 사람도 아닌데.
그리고 눈앞에 보이지 않으면 존재하지도 않는 법인데. 내 말이
맞지?

그렇지?

4장
....

하늘빛 눈을 가진 소녀

숙소로 돌아오는 길에 나들이 나온 프루브 하나가 날 발견했는데, 겁이 나 죽을 것 같다.

맥시몰이라는 다 허물어져 가는 동네를 가로질러 가고 있던 도중이다. 백타임에는 교환 판매대들로 가득했었다는 곳이다. 판매대마다 보석과 멋진 옷, 그리고 지금은 아무도 기억하지 못하는 신기한 기계와 번쩍이는 물건들이 넘쳐 났었다고 한다. 지금처럼 한 가지가 아니라 수천 가지의 서로 다른 촉스바가 쌓인 판매대 이야기도 들었다. 촉스바 판매대는 거짓말이겠지만 나는 그냥 믿고 싶다. 맥시몰에는 아직도 교환인들이 몇 있기는 하다. 하지만 교환인들은 철조망 뒤에 숨어 있고, 교환할 물건도 없이 가까이 다가가면 어디선가 테크 경호원들(teks, technical security guard를 줄여서 만든 단어: 옮긴이)이 나타나 깜짝봉으로 마구 두들겨 팬다.

택비 한 대가 가판대 근처에 멈추는 것을 보고 난 멀리 돌아서 가려고 발길을 돌린다. 택비(takvee)는 '전술적 도시 차량(Tactical Urban Vehicle)'을 줄여 부르는 말이다. 프루브들이 도시 지역을 돌아다닐 때 타고 다니는 미니밴인데, 중무장이 되어 있고 사이버로 조정하는 차다. 내 글을 정신 차리고 여기까지 읽은 사람이라면 프루브가 유전적으로 향상된 인간들이라는 것은 이미 눈치챘을 것이다. 이 사람들이야말로 세상을, 적어도 에덴이라고 부르는 세상의 한 부분을 지배하는 사람들이다.

프루브는 척 보면 안다. 그들은 키가 크고 잘생겼고 건강하다. 프루브를 식별하는 또 한 가지 방법은 보통 사람들을 보는 그들의 표정이다. 프루브들은 보통 사람들을 보면 자기도 모르게 몸서리를 친다. 우리 존재가 프루브들을 소름끼치게 한다는 뜻이다. 저들에게 우리는 인간이 완벽하게 태어나지 않았을 때 어떤 상태인지를 기억하게 해 주는 존재들일 뿐이다. 아마 프루브로 태어난 사람들한테는 '불완전'이라는 개념 그 자체가 떠오르기만 해도 속이 뒤집히는 일인가 보다.

그건 그렇고 택비에서 테크 경호원들 한 무리가 내린다. 머리에 이식수술을 한 무전기로 서로 말을 주고받으며 내리는 놈들의 수를 세 보니 여섯이나 된다. 각각 주변을 탐색하고 경호 자세를 취한 후 오케이 사인을 보내자 택비 문이 아래로 열리면서 프루브 하나가 걸어 나온다. 속이 비칠 듯 안 비칠 듯한 반투명의 빛나는 흰색 가운을 입은 여자 프루브다. 아름다운 회색 하늘빛 눈과 티 없는 피부, 그리고 해가 항상 머리 위를 비추는 것처럼 은은한 광택이 흐르는 머리카락.

난 그녀를 뚫어져라 쳐다본다. 프루브를 만나면 어쩔 수가 없다. 몸속은 아리고 몸 밖은 더럽게 느껴져서 그녀의 완벽하게 아름다운 눈에 띄지 않게 어딘가로 몸을 숨겨야 할 것 같은 느낌이 든다. 하지만 숨지 않는다. 마땅히 숨을 곳도 없다. 그때 무슨 이유에서인지 그녀가 나에게 눈을 돌린다. 그녀의 손이 얼굴로 올라가더니 완벽하게 생긴 귀를 만진다. 이식된 무전기로 테크 경호원들과 이야기를 하는 것 같다.

'야, 도망가.' 하고 생각한다. 그냥 쳐다봤다는 죄로도 깜짝봉에 맞아 식물인간이 될 수도 있다. 그런데 갑자기 테크 경호원 하나가 내 뒤에 와서 딱 붙는 바람에 도망칠 수도 없다.

"거기 서!"라는 명령에 난 꼼짝 않고 선다. 테크 경호원들이 늘 그러는 것처럼 이놈도 얼굴 보호대를 쓰고 있기 때문에 표정을 볼 수가 없다. 깜짝봉으로 나를 칠 건가, 말 건가? 전기 충격이 올 것이라는 생각에 몸을 움츠리면서 발작이나 일으키지 말았으면 하고 바라고 있는데, 그가 "따라 와."라고 말한다.

그러고는 나를 프루브한테 데리고 가는 게 아닌가. 듣도 보도 못한 일이다. 프루브가 보통 사람을 가까이 오게 하다니. 하지만 그것이 실제 나한테 일어난 일이다. 가까이 가서 보니 프루브는 내 나이 정도 되는 어린 소녀다. 유전적으로 향상된 피부

덕에 프루브들한테는 주름이 잘 생기지 않지만 가까이에서 자세히 보면 나이가 들었는지 아닌지는 알 수 있다. 이 프루브는 확실히 열네댓 살 정도 된 소녀다. 살짝 보이는 이가 보통처럼 노랗지 않고 새하얗다. 다른 프루브들도 모두 저렇게 하얀 이를 가졌을까? 저토록 완벽하게 새하얀 이를.

"이름 있어?"

소녀가 묻는다.

나는 '뭐라고? 완벽하지 못한 보통 사람들은 이름도 없을 것 같아?' 하고 반문하고 싶지만, 결국 뻣뻣해진 목에서 나오는 소리는 "스파즈"라는 단어 하나뿐이다.

"스파즈." 그녀는 마치 입안에서 단어의 맛을 보면서 맛이 좋은지 싫은지 생각하는 것처럼 내 이름을 발음한다.

"신기해. 이 도시 지역에 사는 사람들은 모두 진짜 이상하고 재미있는 이름들을 가졌더라."

그녀는 테크 경호원 한 명을 가리키며 "돌봐 주세요." 하고 말한 다음 몸을 돌려 교환 판매대로 걸어간다. 내 존재 따윈 이미 잊은 듯한 몸짓으로.

테크 경호원 한 명이 깜짝봉으로 내 등을 찌른다. 낮은 전류로 맞춰 놓았는지 기절하거나 하지는 않는다.

"그만 쳐다봐! 더러운 눈으로!"

내 눈이 더러운 것은 아니지만 명령에 따라 그 아름다운 프루브 소녀가 교환을 하는 모습은 그만 보는 게 내 건강에 낫겠다

싶다. 또 다른 테크 경호원 하나가 내게 먹을거리가 든 작은 주머니를 건넨다. 단백질 바, 탄수화물 셰이크, 촉스바 등등이 들어 있다. 테크 경호원의 태도를 보니 그 프루브는 이런 짓을 늘 하는 것 같다. 보통 사람들한테 적선을 해서 그렇지 않아도 완벽한 자신의 삶을 더 완벽하게 만드는 짓 말이다.

그런 것을 생각하면 그녀를 증오해야 마땅한데 증오감이 들지 않는다. 그럴 수가 없다. 막상 프루브 옆에 있으면 그들을 증오할 수가 없다. 그들처럼 되고 싶기 때문이다. 더 정확히 말하면 그들처럼 되고 싶어서 몸살이 날 지경이 되기 때문이다. 누구나 다 완벽하게 되고 싶어 한다. 유전적으로 향상이 되면 그들처럼 행동하고 그들처럼 느끼고, 하늘빛 눈과 햇살 같은 머리카락으로 세상을 즐겁고도 쉽게 살아갈 수 있을 테니까. 더럽고 부서진 것은 근처에도 오지 못할 테니까.

그렇게 되면 이렇게 더럽고 위험한 도시 지역에서 소소한 모험을 하고 난 뒤에 에덴에 있는 집으로 돌아가서 영원히 행복하게 살면 된다.

나? 나는 납골당으로 돌아간다.

내가 사는 육면체 공간은 비좁고 우중충하다. 바닥에 던져둔 스티로폼 덩어리는 진짜 침대는 아니지만 그 위에 누울 수 있으니 없는 것보다는 낫다. 안에서 문도 잠글 수 없지만 그래도 닫아 둘 문이 있다는 게 어딘가.

그게 납골당의 규칙이다. 잠금 장치가 없는 문. 강편치파들이 들어오고 싶을 때는 언제라도 들어올 수 있어야 하기 때문이다. 마음 내키는 대로 들어와서 아무거나 가져가기도 한다. 그런데 무슨 이유에서인지 내 3D는 가져가지 않고 있다. 하긴 나한텐 없는 것보다는 낫지만, 이젠 아무도 3D 따위엔 관심을 두지 않는다. 그도 그럴 것이 새로 나온 최신 마인드프로브 바늘로 접속만 하면 쇼 전체를 마치 현장에 있는 것처럼 직접 보고 즐길 수 있는데 굳이 희미한 홀로그램 영상을 보면서 시간 낭비를 할 필요가 없기 때문이다.

　어찌 됐든, 나는 그 늙은이한테서 가져온 물건들을 구석에 팽개쳐 버리고 3D 기계를 켠다. 지금까지 이 영화를 만 번은 봤을 것이다. 콜리 리긴스가 태양계를 누비면서 벌이는 모험 이야기다. 지나가는 혹성마다 들러서 아름다운 여자들을 구하는 이야기인데, 대개 이 여자들은 콜리가 죽었을 거라고 여기고 다른 남자랑 결혼하게 되어 있다. 그 남자들이 사실은 콜리를 죽이려고 하는 사람들인 줄도 모르고. 하지만 결국 그 여자들은 속아서 결혼하기 직전에 콜리한테 구출되곤 한다. 이 글을 읽는 사람이 사는 시대에도 3D가 남아 있다면 이미 봤을지도 모르겠지만, 만일 보지 않았다면 내 말을 믿어도 좋다. 콜리 이야기는 정말 재미있다. 볼 때마다 이야기 속으로 빨려 들어가서 나도 콜리처럼 커다랗고 힘세고 잘생겼다고 상상하게 된다. 그런데 오늘은 웬일인지 집중을 할 수가 없다. 그 대신 그 늙은이와 그가 말한 '미래에 살 사람들'에 대한 생각이 계속 내 머릿속에서 빙빙 맴돈다.

무슨 이유에서인지 '미래'라는 개념이 내 머릿속에 들어와서는 좀처럼 떠나지 않고 있는 것이다. 미래. 그러니까 아직 존재하지 않는 시간. 아직 태어나지도 않은 사람들로 가득 찬 세상. 아직 아무도 생각지 못한 일을 하고 살 사람들.

게다가 하늘빛 눈을 가진 그 프루브 소녀도 자꾸 생각이 난다. 상자 동네에서 일어난 일과 그 소녀를 본 일이 섞여 버린 것 같다. 물론 나도 그 소녀와 라이터라는 늙은이가 아무 관계도 없다는 것을 알고 있다.

그 소녀가 준 먹을거리를 조금 먹어 본다. 음식 창구에서 받는 단백질 덩어리들보다 훨씬 맛있다. 그런데도 내 생각은 계속 라이터와 그가 한 말로 되돌아간다.

'자네만 겪은, 자네만의 이야기가 있지. 자네만 아는 비밀 같은 거 말이야.'

도무지 이해할 수 없는 것은, 그 늙은이가 도대체 어떻게 그런 것을 알았을까 하는 거다. 그가 '책'이라고 부르는, 낡적거린 자국이 난 종이 뭉치와 관계가 있는 걸까?

그러고 보니 한 가지 확실한 것도 있다. 내가 조만간 다시 상자 동네로 가서 알아보게 될 거라는 것 말이다.

5장

빌리 비즈모의 세 가지 규칙

곤히 자고 있는데 내 공간에 강편치파들이 들이닥친다.

"스파즈! 스파즈! 야! 일어나!"

강편치파들이 내 물건들을 발로 뒤적거리며 뭐 숨겨 놓은 게 없나 찾는다. 그중 한 명이 프루브 소녀가 준 꾸러미를 더러운 손으로 뒤지자 빌리 비즈모가 그놈 머리를 세게 친다.

"놔둬!"

빌리가 나를 보고 씩 웃으며 말을 건넨다.

"너 우리 편이지, 스파즈. 그래, 안 그래?"

"당연히 그렇지."

나는 정신을 차리려고 애쓰면서 겨우 대답한다.

콜리 리긴스가 그 프루브 소녀를 구조하는 말도 안 되는 꿈을 한참 꾸고 있던 중이다. 아니, 그 소녀가 콜리 리긴스를 구조하는 줄거리였나? 뭐, 그건 중요하지 않다. 지금 당장 중요한 건 빌리 비즈모에게 정신을 집중하는 것이다. 빌리가 무슨 생각을 하는지는 아무도 모른다. 빌리가 위험한 수천 가지 이유 중의 하나가 바로 그것이다. 조금 휘어진 날카로운 코에, 녹슨 쇠톱밥 같은 붉은 곱슬머리, 쥐 같은 누런 이빨. 그리고 누군가 그를 죽이려다 실패한 후에 남은 목과 턱의 희미한 상처. 물론 그 누군가가 산 사람 명부에서 영원히 삭제된 지 오래라는 건 불을 보는 것보다 더 확실한 일이다.

"이 쓰레기 같은 것들이 상자 동네에서 온 것들이냐?"

빌리는 이미 답을 알고 있으면서도 그렇게 묻는다.

"라이터라는 놈이 가진 게 이게 다야? 좋은 물건을 감춰 둔 게 아닌 거 확실해? 특별한 물건 같은 거 말이야."

"그냥 늙어 빠진 비렁뱅이예요. 저게 다였어요."

내가 강편치파의 두목 빌리 비즈모한테 거짓말을 하고 있다니, 나도 믿을 수가 없다. 그 늙은이나 그의 바보 같은 종이 더미가 나하고 무슨 상관이 있다고? 하지만 이제 와서 다 저질러 놓은 거짓말을 취소할 수도 없는 노릇이다. 어차피 빌리도 먹을 것에 더 관심이 있어 보이는 눈치다.

"이건 뭐야?"

그가 탄수화물 셰이크를 집어 들고 묻는다.

그래서 그 프루브 소녀에 대해 이야기한다. 택시를 타고 맥시몰에 와서 날 돌봐 주라고 한 그 이야기.

"널 돌봐 주라고 했다고?"

빌리는 내가 한 말을 곱씹으면서 목에 난 상처를 더듬는다.

"왜 널? 왜 하필이면 너지?"

난 어깨를 으쓱해 보인다.

"그 순간 그 자리에 있어서겠지요."

"그러니까 그 프루브가 자선사업을 하려고 기회를 노리고 있었다는 거냐?"

"자선사업이 무슨 뜻인데요, 빌리?"

"몰라도 돼. 그래서 그 여자한테 뭐라고 했는데? 정확히 뭐라고 했는지 말해 봐."

"사람들이 날 뭐라고 부르는지 물어서 대답해 줬어요."

"그게 다야? 네 이름만 물어봤다고?"

"그게 다예요."

빌리가 쪼그리고 앉아서 내 눈을 들여다본다. 내가 거짓말을 하는 건 아닌지 알아보려는 거다. 빌리가 이렇게 하면 사실대로 말하고도 꼭 거짓말을 한 것 같은 느낌이 들곤 한다. 적어도 프루브 일만큼은 거짓말이 아닌데도 말이다. 빌리가 정말 무서운 것은 그가 몸집이 커서가 아니다. 몸집이야 나보다 별로 크지도 않다. 중요한 건 그의 눈이다. 빌리가 눈을 반짝 빛내면서 관심을 보일 때면 그를 기쁘게 하고 싶다는 욕구가 솟구친다. 그러다가도 눈을 한번 깜짝이고 나면 갑자기 모든 불이 꺼지고 죽은 눈초리가 되어 버리기도 한다. 그럴 땐 정말이지 기분 전환으로, 혹은 단지 자기가 마음만 먹으면 뭐든지 할 수 있다는 걸 증명하기 위해 날 죽이는 건 아닐까 하는 생각이 들 정도다.

"흠. 그 프루브 여자 이야기는 나도 들어 본 적이 있어. 빈민가 구경꾼이야. 스파즈, 너도 그게 뭔지는 알지?"

"아니요."

"빈민가 구경꾼은 우리 같은 사람들하고 어울리는 걸 좋아하는 프루브를 말하는 거야. 에덴에선 얻을 수 없는 스릴을 맛볼 수 있기 때문이지. 보통 인간 주제에 프루브랑 섞였다가 다른 프루브들한테 발각 나면 무슨 일을 당하는지 알지?"

"아니요."

빌리가 자기 목을 자르는 시늉을 해 보인다. 그게 재밌는지 킥킥거리며 말을 잇는다.

"금지된 불장난인 거야, 스파즈. 박살이 나겠지. 토막 치기에 산산조각으로. 그 프루브 여자한텐 가까이 가지도 마. 다시 보면 목숨아 날 살려라 도망쳐야 돼. 그것밖에 길이 없어. 날 믿지?"

"물론."

"착하기도 하지. 항상 빌리를 믿어라. 그게 1번 규칙이야. 2번 규칙은?"

"항상 빌리 말을 따라라."

"좋아, 3번은?"

"항상 빌리한테 진실만을 말하라."

"훌륭해!"

빌리가 지금 당장은 나를 마음에 들어 하는 것처럼 행동하고 있지만 그게 진심인지, 뭔가 다른 속셈이 있어서인지 전혀 알 수가 없다.

"스파즈치고 성적이 좋아. 계속 잘해라, 아가야! 빌리가 만들어 놓은 규칙만 잘 지키면 오늘 네가 턴 늙은이만큼 오래 살 수도 있으니까."

프루브 소녀가 준 탄수화물 셰이크를 건네며 그가 말한다.

"맛있게 먹어라. 에덴의 맛을 볼 기회니까."

그러고 나서 모두 훌쩍 떠나 버리고 나 혼자 남는다. 무슨 이유에서인지 몰라도 온몸이 떨린다. 아니, 무슨 이유에서인지 모르는 게 아니다. 빌리 비즈모에게 거짓말을 했기 때문이다. 그의 규칙을 깨뜨린 것이다. 발각이 나면 빌리가 나를 삭제해 버리거나, 살려 두더라도 이 납골당에서 추방해 버리거나 할 것이다. '안 봐주는 것'이라고 부르는 이 방법은 보호해 주는 조직도 없고 살 곳도 없이 길바닥에 나앉게 되는 것을 말한다.

죽음이냐 '안 봐주기'냐. 어떤 게 더 나쁜지 판단이 서질 않는다. 그리고 그걸 확인하고 싶지도 않다.

6장

빈에 관해서 말인데

그날 늦게 나는 도로 상자 동네로 간다. 내 계획은 그 늙은이를 터는 일을 완전히 마무리하는 것이다. 그러니까 늙은이가 책이라고 부르는 그 쓰레기 같은 종이 더미를 뺏어다가 빌리 비즈모한테 가져다 줄 생각이다. 애초부터 그렇게 했어야 했다. 어쨌든 내 계획은 그거다. 결국 뜻대로 되지는 않았지만.

이번에는 내가 오는 걸 보자마자 '작은 얼굴'이 튀어나온다.

"촉스바!" 먼지 색깔 손을 내밀며 그 아이가 지저귀듯 말한다.

"너 다른 말도 할 줄 아냐?"

내 물음에 그 애는 고개를 흔들며 지저귄다.

"촉스! 촉스!"

촉스바 한 개를 주머니에서 꺼내 주니 녀석은 그걸 한입에 삼키고 또다시 손을 내민다.

"너 길 잘 알지? 라이터한테 데려다 주면 하나 더 주지."

처음 왔을 때처럼 작은 얼굴 녀석을 따라 줄지어 선 콘크리트 상자들 사이를 지나 라이터가 사는 곳까지 간다. 그런데 이번엔 그 영감탱이가 문 앞에 서서 내가 오는 걸 기다리고 있다.

"놀라지 말게나."

그가 미소를 지으며 말한다.

"이쪽에서는 나쁜 소식일수록 빨리 퍼지거든."

나도 모르게 그 말에 상당한 충격을 받는다. 내가 나쁜 소식이라는 그 말 말이다. 사실 틀린 말은 아니다. 내가 상자 동네로 다시 돌아온 것. 그게 나쁜 소식이 아니면 뭐가 나쁜 소식인지 나도 생각이 나질 않는다. 그런데 이 노인네는 실제로는 나쁜 일이 벌어지지 않을 것이라는 듯 엄청나게 낙관적인 표정을 짓고 있다. 얼떨결에 나도 처음 나섰을 때 세웠던 계획을 다 잊어버리고 만다.

'오늘은 관두자.'

난 속으로 그렇게 생각한다.

'그 바보 같은 '책'인지 뭔지는 다른 날 뺏어 가자.'

라이터가 옆으로 비켜서며 말한다.

"편히 생각하고 들어오게나."

그의 빛바랜 회색 눈에 내가 모르는 뭔가를 자기는 다 알고 있다는 표정이 떠오른다. 그런데도 이상하게 화가 나지 않는다. 그저 그가 알고 있는 것을 나도 알고 싶다는 생각밖에 들지 않는다. 내 표정을 보고 그가 묻는다.

"무슨 일인가가 벌어졌군. 강편치판가? 날 삭제하기로 결정했나?"

난 고개를 젓는다.

"아직."

"아직이라."

그가 생각에 잠긴 어조로 말한다.

"정직하게 말해 줘서 고맙네. 걱정할 것 없다고 했으면 사실이 아니라는 걸 알았겠지. 난 항상 사실을 아는 게 더 좋아."

'흥. 빌리 비즈모가 그러는 것처럼 말이지.'

나는 속으로 그렇게 중얼거린다.

실내로 들어서니 그늘이 져서 선선하다. 물론 가구가 하나도 없기 때문에 난 책상다리를 하고 바닥에 앉는다. 늙은이는 책상으로 쓰는 나무 상자에 앉는다. 빛이 들어오는 방향 때문에 그의 얼굴이 잘 보이지 않는다. 헐렁한 자루 같은 옷 때문에 그의 몸이 바싹 마른 것 같기도 하고 형체가 없는 것처럼 보이기도 한다. 마치 자루 속에서 그의 몸이 길을 잃은 것 같은 느낌이다.

"자네 생각을 하고 있었네."

라이터가 말한다.

"자네 이야기 말이야."

"말했잖아요. 난 아무 이야기도 없다고."

그가 고개를 돌리자 그의 눈이 보인다. 크고, 늙고, 그리고 친절한 눈이다.

"할 만한 가치가 있는 이야기가 없다는 말을 하고 싶은 거겠지. 그 판단은 들어 본 뒤에 내가 하도록 하지."

당장 자리에서 일어서서 내가 하고 싶은 말이 뭔지 나한테 말해 줄 필요 없다고 소리치고 싶은 욕구가 치밀어 오른다.

'자기가 뭔데 저렇게 다 아는 척을 한담?'

그렇지만 난 입을 꼭 다문 채 그대로 앉아 있다. 아마도 내 마음속 깊은 곳에선 그가 하는 말이 사실이라는 것을 인정했기 때문일 것이다.

"처음부터 시작해 보게."

그가 제안한다.

"자네가 처음으로 기억하는 게 뭔가?"

처음. 그건 쉽다. 제일 처음은 내 누이동생 빈이 생긴 일이니까. 사실 빈 문제는 이렇다. 그 애는 내 진짜 동생이 아니다. 우린 피를 나누지 않은 관계다. 하지만 처음에는 그 사실을 알지 못했다. 케이랑 찰리가 내 진짜 부모가 아니라는 걸 몰랐기 때문이다. 그런 건 다 나중에 안 일이다. 내가 어른이 되기 시작한 후에. 어쨌든 빈이 생겼을 때 나는 네 살쯤 됐었다. 그게 내가 처음으로 기억하는 일이다.

부드러운 담요에 감싸여 있던 작고 조글조글한 얼굴. 바로 뜨지도 못한 눈에 쪼그만 입술은 레몬이라도 씹은 것처럼 샐쭉하게 오므라져 있었다. 또 냄새는 얼마나 따뜻한 우유 같았는지.

뭐, 갓난아기는 다 그렇겠지만. 그때 그 아기는 태어난 지 며칠밖에 되지 않았었다고. 알았어? 그런데도 내가 내려다보자 그 아기가 한 짓이라니, 제일 생생한 기억은 바로 그거다. 아기의 얼굴 전체가 미소로 환하게 빛나면서 그 조그만 손이 올라오더니 내 코를 잡으려고 허우적거렸다. 그걸로 게임 끝이었다. 그 순간부터 나는 빈을 사랑하지 않을 수 없었고, 내 마음은 단 한 번도 변하지 않았다. 무슨 일이 벌어져도 말이다. 나중에 아무리 나쁜 일이 벌어졌어도, 그리고 그 애 때문에 가족 단위를 잃기까지 했지만 그 애에 대한 내 사랑은 변함없었다.

"그러니까 기아였구나."

라이터가 말한다.

"그리고 빈은 피가 통하지 않은 동생이고."

"기아?"

"옛날 말이네. 하지만 유용한 낱말이지. 길모퉁이에서 발견하고 데려다 키운 것 같은 느낌이 강하게 오는 낱말이거든. 자기 핏줄에 대해서는 아는 게 있나? 생모나 생부에 대해서?"

나는 '무슨 상관이냐'는 태도로 어깨를 으쓱해 보인다. 진짜 아무 상관 없다. 간질 환자를 자기 아이라며 나설 사람이 어디 있겠나.

"그건 나중에 신경 써도 늦지 않을 거고."

라이터가 말을 잇는다.

"누이에 대해 더 이야기해 보게. 빈이라는 아이 말이야."

빈에 대해서 꼭 알아 둬야 할 게 있다. 그 애는 항상 사람들의 좋은 면만 보고 나쁜 쪽은 절대 보지 않는다는 사실이다. 내 양아버지, 기본적으로 괜찮은 사람이긴 하지만, 그 양아버지한테 나쁜 면이 분명히 있는데 그 애는 결코 그걸 보지 못했다. 마치 '나쁨'이라는 개념을 자기 머릿속에서 몽땅 지워 버린 아이 같았다. 모든 게 불거지고, 내가 자랄수록 점점 더 위험해질 뿐만 아니라 나를 간질 환자로 만드는 그 무엇이 빈에게도 전염이 될 거라는 생각을 찰리—그게 내 양아버지 이름이다, 찰리—가 딱 굳힐 때까지도 빈은 그런 걸 전혀 예상하지 못했다.

마침내 찰리가 나에게 떠나라고 말했을 때, 그러니까 나를 가족 단위에서 쫓아냈을 때도 빈은 나를 꼭 안아 주면서 사실이 아닐 거라고만 했다. 찰리가 하는 말이 진심이 아닐 거라고. 큰 실수였다. 그 자리에서 찰리가 빈을 나에게서 떼 낸 다음 내 얼굴을 한 차례 세게 갈기고 엄청나게 욕을 해 댔기 때문이다. 빈은 알아듣지도 못하는, 누구도 들어서는 안 될 그런 욕을.

"찰리가 무슨 생각을 했던 거지?"

라이터가 궁금해하며 묻는다.

"자네랑 빈이 사랑하는 사이였다고 생각했나?"

"찰리가 무슨 생각을 했는지 알 게 뭐예요. 난 한 번도 빈을 그렇게 생각한 적이 없는데. 비록 피는 안 통했을지 모르지만 그 애는 내 여동생이에요."

라이터가 나를 물끄러미 바라본다. 마치 무슨 일인가 벌어지길 기다리는 사람처럼. 내가 무슨 반응을 보일 거라고 생각했는지도 모른다. 내가 아무 말도 하지 않자 그가 입을 연다.

"양아버지 반응이 놀랍다고 말하고 싶긴 한데, 사실 간질병 환자에 대한 편견은 인류의 역사만큼이나 오래된 이야기지. 알렉산더 대왕 이야기 아나?"

난 고개를 젓는다.

"대단한 사람이지. 세계를 정복한 사람이거든. 아주아주 오래전에."

"알았어요, 근데요?"

"그 사람도 간질병이 있었어. 위대한 사람들 중에 간질병을 앓는 사람이 많았다네. 지능이 높아지고 야망이 커지는 걸 보상하느라 머리에 문제가 생기는 것 같은 인상이 들 정도로."

"흠."

"지금의 자네를 만드는 데 간질병도 한몫했다고 볼 수 있지. 그러니 너무 원망 말게나."

원망 말라고? 제정신으로 하는 말이야? 그놈의 병 때문에 가족 단위를 잃게 됐는데도? 빈을 다시 못 보게 된 것도 다 그 때문인데? 간질 발작을 할 때마다 사람들이 내빼 버리는데. 스파즈라는 건 그냥 이름이 아니라 말하자면 경고 같은 거라고. 저 애는 간질병이 있으니 주의하라. 언제 발작을 일으켜 옆 사람을 물어뜯을지 모른다. 병이 옮을 거야! 배 속에 있는 아기에게 병을 옮길 거야! 저 애를 멀리해! 추방해! '안 봐주기' 리스트에 올려!

삭제해야 해.

사람들은 그렇게 속삭이기도 한다.

저 애는 괴물이야. 사고야. 태어나질 말았어야 하는 애라고.

하지만 라이터라는 이 늙은이는 그걸 이해하지 못한다.

"자넨 그걸 저주라고 생각하겠지. 허나 그 '저주'가 동시에 축복이기도 한 거라네. 그 병이 없었다면 다른 사람들처럼 머리에 바늘을 꽂아 댔겠지. 프로브용 바늘에 뇌가 썩어 문드러지도록. 실제 세상이 아니라 가상의 세상에 사는 거지. 지난주에 무슨 일이 있었는지조차 기억하기 힘든데, 네 살 때 일을 어떻게 기억하겠나? 그 병이 아니었으면 여동생에 관해서도 모두 잊어버리고 말았겠지."

"입 닥쳐!"

나는 손으로 귀를 막으며 외친다.

"입 닥치라고!"

그러나 이 멍청한 늙은이는 입을 닫지 않는다. 내가 귀를 막고 아무 말도 듣고 싶지 않다는데도 나한테 뭔가 중요한 이야기를 하려고 든다. 난 내가 누구인지 생각하기도 싫고, 내 문제가 무엇인지 알고 싶지 않은데. 내가 왜 세상의 맨 끝에 있는 도시 지역, 그 도시 지역 중에서도 이런 변두리까지 찾아와 미친 영감이 지껄이는 소리를 듣고 있어야 하는 건지 알고 싶지 않은데도 말이다. 미래가 존재하지 않는다는 건 갓난아기도 다 아는

마당에 이 영감은 나를 앞에 두고 그 미래에 관해 생각해 보고
싶어 하는 것이다.

"닥쳐!"

나는 소리를 꽥 내지른다.

"닥치라고!"

그리고 이내 뛰어 달아난다. 달릴 수 있는 한 제일 빠른 속도
로 달려서 그가 하는 말이 더 이상 들리지 않을 때까지 계속 달
아난다. 그때까지도 내 머리에서 떠나지 않는 말은 내가 세상에
서 가장 증오하는 말, 바로 나 자신을 의미하는 말이다.

스파즈, 스파즈, 스파즈.

7장

모든 소식은 나쁜 소식

뛰는 속도를 조금 늦추고 보니 상자 동네에서 이미 멀리 떨어진 곳까지 와 있다. 지금까지 한 번도 와 보지 않은 곳이다. 좁고 어두운 거리에 건물들이 너무 높게 솟아서 하늘도 보이지 않는다. 낮인데도 밤과 다를 게 없다. 이런 곳에서는 어두운 곳에 숨어서 눈에 띄지 않는 게 상책이다. 어느 곳이든 토박이들은 모르는 사람을 보면 일단 적이라고 생각하니까. 사실 대부분의 경우 그게 맞는 말이기도 하다.

불을 피운 드럼통이 교차로마다 놓여 있고, 집행관들이 재가 올라오는 불길에 대고 손을 녹이고 있다. 각 블록을 '돌보는' 집행관들은 보통 긴 손칼(chetty blade, 중남미 원주민들이 벌목용으로 쓰는 큰 칼날이 달린 머셰티(machete) 칼과 발음이 비슷함: 옮긴이)과 스플랫 총(splat gun, '철퍼덕'이라는 의성어를 표현하는 splat이라는 단어를 사용해서 총에 맞은 희생자가 어떤 상태가 될지 암시하는 이름인 동시에 총구가 나팔꽃처럼 퍼진 스플레이 건(splay gun)을 연상시키기도 함: 옮긴이)으로 무장을 하고 다닌다. 내가 강편치파에 정식으로 가입이 되기 직전이라는 사실을 저놈들이 알지 모를지 모르는 일이다. 저놈들이 내 목을 따 버릴지 아닐지 그것도 모르는 일이다. 이 '어떨지 모르겠는' 바로 이 부분이 사람 잡는 부분이다. 그래서 나는 콘크리트와 분간되지 않게 애쓰면서 조심스럽게 발걸음을 옮긴다.

'이 바보야, 네가 누군지 모르는 사람들이 있는 데는 절대 발도 들여놓지 말았어야지.'

내 잘못인 건 알지만 라이터를 탓하고 싶다. 듣기도 싫은 말을 한 게 그 사람이니까.

이번에는 운이 따라주는 듯하다. 아무도 날 보지 못한 것 같으니까. 나는 골목길로만 다니면서 어두운 그늘에 몸을 숨긴 채 움직인다. 심장이 너무 세게 뛰어서 귀가 아플 지경이다. 숨도 제대로 쉬지 않고 살금살금 발걸음을 뗀다. '제발이지 무사히 여길 빠져나갔으면, 이번만 잘 모면하고 나면 앞으로는 절대 바보 같은 짓은 하지 않을 텐데.' 하고 속으로 수없이 되뇌면서.

영원처럼 느껴지는 시간이 흐른 뒤에야 익숙한 거리로 들어선다. 사람들이 내가 누군지 아는 곳으로 들어온 것이다.

목숨을 구한 것이다. 이번에는.

납골당으로 돌아오고 나니 스펀지 매트리스에 그대로 쓰러져

자고 싶은 마음밖에 없다. 두려움은 사람을 더없이 지치게 만든다. 그러나 나는 매트리스에 눕기는커녕 그 근처에 가지도 못한다. 내 공간 안에서 누군가 나를 기다리고 있기 때문이다.

내가 문 안으로 들어서자마자 누군가 작은 목소리로 속삭인다.

"움직이지 마."

누군지 보이지도 않는다. 전기가 또 나갔기 때문이다. 그러나 어둠 속에 들리는 그 목소리도 나만큼이나 두려워하고 있다.

"누구야?"

내가 묻는다.

"아무도 아니야. 그냥 전령이야."

목소리가 대답한다.

전령은 서로 다른 구역 간에 메시지를 전달하는 사람이다. 서로 다른 조직이 관할하는 여러 구역들을 넘나들어야 하는 이 전령은 어디서나 금지된 사람이다. 조직에서는 모든 것을 일일이 다 통제하고 싶어 한다. 정보 하나하나까지. 그만큼 전령이 하는 일이 위험하기 때문에, 또 잡히면 그대로 삭제당하기 때문에 자연히 엄청난 보수를 받고 일한다. 사실 내가 걱정하는 것이 바로 그것이다. 전령을 시켜서 나한테 메시지를 보낼 만큼 돈이 있는 사람을 하나도 모르기 때문이다. 아니, 그럴 돈이 있는 건 둘째 치고 그럴 의사가 있는 사람을 모른다고 해야 하나?

"문 닫아!"

목소리가 재촉한다.

문을 닫는다. 짙은 어둠이 나를 옥죄는 것 같아 다시 숨이 가빠지기 시작한다.

"네 얼굴을 보여 줘."

용감한 척 말해 본다.

"절대로 안 되지."

목소리는 그렇게 대답한다.

"잘 들어. 주의해서 들어야 돼. 난 여기 온 적 없어. 우린 만난 적이 없고. 난 그냥 메시지일 뿐이야. 알았어?"

"무슨 메시지인데?"

나한테 전할 메시지를 되뇌는 전령의 목소리가 살짝 변한다.

"집에서 온 소식이야."

내 심장이 벌써 내려앉는다. 모든 소식은 나쁜 소식이라는 것을 나보다 더 잘 아는 사람이 있을까? 이 소식이야말로 있을 수 있는 소식 중 가장 나쁜 소식이라는 것을 나는 이미 알고 있다.

"네 누이가 죽기 직전이다."

전령이 전한다.

"죽기 전에 마지막으로 한 번 보고 싶어 한다. 메시지 끝."

그게 전부다. 잠시 후 문이 살그머니 닫히자 나는 어두운 방에 혼자 남는다. 가지고 있던 마이크로플래시를 찾아 켜 보지만 그 조명도 도움이 되지 않는다. 도움이 되는 건 아무것도 없다. 전령이 남긴 말이 머릿속에서 메아리를 치다가 점점 커지면서 끊이지 않는 비명이 된다.

빈이 죽어 가고 있고, 나를 보고 싶어 한다.

그건 둘 다 있을 수 없는 일이다. 빈이 죽는다는 것도, 그리고 내가 도시 지역 반대편에 사는 옛날 가족 단위를 찾아가는 것도. 내가 여기 빌리 비즈모의 구역으로 추방을 당한 것도 바로 그 때문이다. 될 수 있는 한 그 애로부터 가장 멀리 떨어진 곳이 어야 했다. 빈한테 가고 싶으면─세상 어느 것보다 더 하고 싶은 바로 그 일을 하려면─서로 전쟁을 벌이고 있는 구역을 적어도 세 개는 통과해야 한다. 물론 모르는 사람을 통과시켜 줄 구역도 하나 없다. 아니면…….

"빌리 비즈모."

나는 혼잣말로 그렇게 중얼거려 본다. 내 입에서 나온 그 이름을 들으며 희망을 품기 시작한다. 빈을 볼 수 있다는 희망. 어떻게든 그 애를 살릴 수 있을지도 모른다는 희망.

빌리가 나를 안전하게 여행할 수 있게 해 줄지도 모른다. 그럴 만한 힘이 그에게는 있다. 그가 마음만 먹으면. 심지어 빈을 죽음으로 몰아가는 그 뭔가를 고쳐 줄 수 있을지도 모른다.

제대로 생각을 할 수가 없다. 빈을 어떻게 해야 한다는 생각 말고는 다른 건 아무것도 떠오르지 않는다. 그렇지 않았더라면 빌리의 또 다른 규칙을 상기했을지도 모른다. 절대로 빌리를 찾아가서는 안 된다는 규칙. 빌리가 찾아올 때까지 기다려야 한다는 규칙 말이다. 강펀치파 멤버들이 본부로 쓰는 납골당 맨 아래층까지 내려가자마자 집행관들이 날 축축한 콘크리트 바닥에 팽개쳐 버린 것도 바로 그 규칙 때문이다.

"몸을 수색해."

누군가 그렇게 말하자 거친 손이 내 온몸을 수색한다. 숨겨진 무기를 찾는 것이다.

"아무것도 없어."

놈들은 내 얼굴이 위를 향하도록 내 몸을 뒤집는다. 그들이 착용한 레이저 안경이 눈에 들어온다.

"왜 왔는지 말해, 쓰레기 같은 놈."

"빌리."

나는 레이저에 눈이 상하지 않도록 눈을 감으며 가까스로 그렇게 말한다.

"빌리를 만나러 왔어."

"빌리는 널 만날 용건이 없어."

"그 간질병 환자야."

그중 하나가 말한다.

"발작을 일으킨 게 분명해. 오라는 명령 없이 여기까지 온 걸 보면."

"미친 놈. 칼질이나 해 버리자."

'금방 칼이 들어오겠군. 분명히 그러겠지.'

그렇게 생각하고 있는데 웬일인지 모두 주춤거린다. 그러더니 서로의 귀에 대고 중얼거린다. 무슨 말인지 들리지 않는다.

"해 버려!"

누군가 소리친다.

"당장 저 미친놈 멱을 따 버려."

누군가의 부츠가 내 갈비뼈를 찬다. 어찌나 세게 차였는지 허파에서 공기가 다 빠져나가서 다시 들어오려고 하질 않는다.

"움직이면 죽는다."

'숨을 쉴 수가 없어.' 하는 뜻으로 헉! 헉! 소리를 내는데 놈들은 웃음을 터뜨린다. 들어 봐! 저 간질병자가 우리 주제가를 부르누만! 죽을 둥 살 둥 허파가 다시 기능을 되찾도록 하는 데 온 정신을 쏟는다. 공기가 겨우 다시 내 몸속으로 들어올 길을 찾자마자 놈들이 쇠를 박은 부츠의 앞코로 내 몸을 툭툭 찬다. 한 번 뒤집어지면 다시 원 상태로 못 돌아오는 벌레를 건드리듯 그렇게 툭툭. 사실 내가 벌레와 크게 다를 것도 없다.

"일으켜 세워."

놈들이 나를 끌고 다른 방으로 데려간다. 어둡고 보라색이 도는 조명에 향냄새와 촛불 냄새, 그리고 약 같은 냄새가 섞여 있는 방이다.

빌리 비즈모의 개인용 방이다. 어떤 고통을 당했다 한들 무슨 상관 있으랴. 목적한 곳에 들어왔는데! 놈들이 빌리의 발 앞에 날 떨어뜨리고는 꼼짝도 하지 말고, 아무 말도 하지 말라고 이른다. 보스가 머리가 좀 복잡하니까.

어두운 보라색 조명에 눈이 적응을 하고 나서야 놈들이 무슨 말을 하는지 알 것 같다. 빌리의 머리를 복잡하게 만들고 있는 것은 바로 바늘이다. 그는 지금 프로브용 바늘을 머리에 꽂고 있다. 가상현실에 들어가서 게임을 하고 있는 것이다. 그래서 약 냄새도 나는 거다. 빌리 뇌 속에 꽂은 전기장 바늘을 소독한 냄새.

강편치파의 보스는 커다랗고 푹신한 의자에 앉아 있다. 백타임의 왕들이 앉았을 것 같은 의자다. 눈은 뜨고 있지만 실제로는 방에 있는 건 아무것도 보이지 않을 것이다. 잔뜩 켜진 촛불도, 바로 코앞에 있는 나도. 자기 머릿속에서 일어나는 것들을 보느라 겨를이 없을 것이다. 가상현실 게임에 나오는 것들 말이다. 가상현실 게임이 무슨 프로그램을 상영하고 있는지 모르지만 빌리는 그 한가운데서 주인공이 되어 있겠지. 움직이는 홀로그램 한가운데 들어가 있는 것보다 더 좋은 경험을, 아니 이 세상의 그 무엇보다 더 좋은 경험을 하고 있는 것이다.

물론 내가 해 봐서 아는 건 아니다. 처음에 말했다시피 나 같은 간질병자 스파즈는 프로브용 바늘을 사용할 수 없다. 사람들 말로는 별천지에 들어가 있는 것 같다고 한다. 쾌락과 흥분으로 가득 찬, 나를 위해 만들어진 세상. 그리고 모든 꿈과 소원이 다 이루어지는 세상. 뭐가 됐든 지금 우리가 살고 있는 세상보다 훨씬 나은 세상인 것만큼은 분명하다.

그게 가능하다면 난 내 가족 단위랑 같이 살 수 있는 그런 세상으로 가고 싶다. 모두가 행복하고 건강하고 서로 사랑하며 영원히 영원히 사는 에덴 같은 곳으로. 하지만 난 프로브용 바늘을 사용할 수 없고, 빌리가 게임용 바늘을 빼기를 기다리고 있을 수만도 없다. 빈이 당장 나를 필요로 하고 있기 때문이다.

그래서 나는 엄청나게 멍청한 짓을 저지르고 만다. 빌리의 발목을 잡고 그를 깨우려 한 것이다. 처음에는 아무 일도 일어나지 않다가, 갑자기 빌리가 깨어난다. 그가 내 머리카락을 붙잡고 스플랫 총을 내 얼굴에 갖다 댄다.

소름이 끼치게 어두운 목소리로 그가 말한다.

"누가 방해하는 거야? 누가 감히 이 빌리의 기분을 상하게 만드는 거지?"

너무 무서워 말이 나오지 않는다. 그 총의 위력은 본 적이 있어서 잘 알고 있다. 어떻게 그런 이름이 붙었는지도 잘 안다.

"말해."

빌리가 말한다.

"말하지 않으면 저 세상 가기 전에 마지막으로 듣는 소리가 '스플랫'이 되게 해 주겠어."

"나예요. 스파즈."

"그럴 리가 없어."

빌리는 그렇게 말하면서 총을 내 이마에 더 바짝 붙이고 안전장치를 푼다.

"스파즈 녀석은 너무 겁이 많아 여기까지 내려오지도 못해. 넌 가짜가 분명해."

"내 누이동생 때문에 그래요. 내 누이동생이 아파요. 그 애를 보러 가야 해요."

"거짓말. 스파즈는 누이동생 같은 거 없어."

"피가 통한 누이는 아니지만 그래도 동생은 동생이에요."

빌리는 내가 거기 서 있는 게 믿기지 않는다는 눈으로 나를 빤히 쳐다본다. 자기가 방금 보고 있던 가상현실 게임 프로그램에서 나온 사람이라도 되는 것처럼. 그러나 다음 순간 그의 눈이 깜박이더니 제대로 날 알아보는 것 같은 표정이 된다. 그는 천천히 스플랫 총을 내 이마에서 치운다.

"너로구나."

그가 말한다.

"널 이렇게 용감하게 만든 게 도대체 뭐지?"

"빈요. 그 애가 아프다는 소식을 들었어요."

빌리는 잠깐 생각을 하는 것 같더니 어깨를 으쓱한다.

"안됐군. 하지만 네 말대로 그 여자애는 너랑 피도 통하지 않은 애잖아."

"날 보고 싶대요. 도시 지역 다른 쪽 끝에 살고 있으니 도움이 필요해요. 안전하게 거기까지 가려면 도움이."

나는 사정, 간청, 애원 모든 것을 다 해 본다. 그러나 빌리 비즈모는 돌처럼 앉아 있기만 한다. 죽은 눈을 한 차가운 돌처럼. 내가 뭘 원하든, 빈이 죽든 말든 그에겐 아무 상관이 없다. 안전하게 거기까지 갈 허가증은커녕 여길 떠나는 것조차 금지될 게 뻔하다.

"들어 봐, 스파즈."

그가 입을 연다.

"내 허락 없이는 아무도 내 구역을 떠날 수 없어. 너도 예외가 아니야. 네 동생인지 친구인지 일은 안됐지만 날마다 사람들이 죽어 나가. 매시간, 매분. 그러니 잊어버려. 네가 할 수 있는 일은 아무것도 없어."

"빌리, 제발."

그가 스플랫 총을 내 코밑에 갖다 댄다.

"빌리 대답은 노야."

그가 속삭인다.

"또 한 번 보채면 죽음이야. 알겠어?"

"알았어요."

"좋았어."

그가 말한다.

"자, 규칙 한번 다시 읊어 봐."

"항상 빌리를 믿어라. 항상 빌리의 말을 따라라. 항상 빌리에게 진실만을 이야기하라."

"좋아. 다시 한 번."

명령에 따라 나는 그의 규칙을 다시 한 번 반복한다. 믿고, 따르고, 진실만을 이야기하고. 그러나 머릿속에서 나는 벌써 도망을 가고 있다.

8장

·············

번개 냄새

여덟 살쯤 됐을 때 빈은 죽을 고비를 한 번 넘겼다. 빈은 골수병을 앓았는데 피가 너무 약해져서 살기 힘들다고 했다. 금방 세상을 떠날 것 같은 빛이 감도는 눈을 한 채 그 애는 침대에 누워 벌벌 떨고만 있었다. 먹지도 자지도 못하고 온몸이 아프다고 했다. 피부에서 뼛속까지 전부 다.

뭘 해도 소용이 없었는데, 어떤 노파가 찾아왔다. 치료사라고 했다. 그 노파는 빈의 몸을 자기 손으로 한번 훑어 내린 다음 그 애가 죽을 수도 있고 살 수도 있다고 했다. 그러고는 유일한 희망은 그 애의 피를 튼튼하게 해 줄 특별한 약뿐이라고 했다.

그 약은 냄새가 무척 고약하고 맛은 그보다 더 고약한 끈끈한 물약이었다. 빈에게 그 약을 먹일 수 있는 사람은 나뿐이었다. 엄마나 아빠가 그 약을 먹이면 빈은 그 자리에서 먹은 걸 다

뱉어 버리고 말았다. 하지만 내가 먹이면 날 봐서 얼굴만 찡그리고 그냥 삼켜 줬다. 그 애가 너무 약해져서 말도 못하는 상태였기 때문에 난 내가 지어낸 바보 같은 이야기들을 계속 들려줬다. 주로 내가 바보짓을 하는 걸 빈이 어떻게 막아 줬나 하는 이야기들로, 지어낸 이야기라고 해도 사실에 상당히 가까운 것들이었다. 빈은 그런 이야기들을 들으며 미소 짓다가 잠깐씩 눈을 붙이기도 했다.

그 애가 아파 누워 있는 동안 난 내내 침대 옆을 지켰다. 잠도 침대 옆 마룻바닥에서 잤다. 한순간이라도 그 애 곁을 떠나면 다시 돌아왔을 때 그 애가 거기 없을 것만 같은 엉뚱한 생각이 들었기 때문이다. 그것이 날 더 두렵게 했다. 그 애가 죽는 것보다 그냥 사라져 버리는 것이. 찰리는 내가 그 애 방을 떠나지 않으려고 하는 게 자연스러운 일이 아니라고 했다. 하지만 양어머니 케이는 이렇게 말했다.

"그냥 내버려 둬요, 저 애 덕에 빈이 웃잖아요."

그러던 어느 날 아침 잠에서 깨어났을 때 빈이 평화롭게 잠들어 있고 볼에 화색이 돌아온 것이 보였다. 노파가 준 약이 효과가 있었거나 빈이 스스로 병을 이겼거나 둘 중 하나였다. 난 너무나 행복해서 머리가 터지는 것만 같았다. 그길로 달려가 사람들한테 그 좋은 뉴스를 알려 주다가 너무 흥분한 나머지 발작이 오고 말았다.

"빈이 나았어요, 빈이 나았어요!"

그렇게 외치다 갑자기 발작이 시작됐다. 암흑이 고개를 쳐들고 밀려들어 나를 덮친 것이다.

도로 정신을 차리고 나자 양어머니가 내 말이 맞았다고, 빈이 많이 나았다고 말했다. 하지만 찰리는 달랐다.

"이제 정말 그만이야! 저 애 이젠 다시 빈의 방에 못 들어가게 해. 갑자기 발작을 일으켜서 빈이 다치기라도 하면 어쩔 거야?"

그렇게 말한 그날부터 찰리는 날 다른 눈으로 보기 시작했다. 마치 자기가 모르는 다른 사람으로 내가 변하기라도 한 것처럼. 거의 태어난 직후부터 날 길러 왔으면서도.

이제 그런 건 아무 상관 없다. 찰리가 날 어떻게 생각하든, 내가 가족 단위를 잃었든 뭐든. 중요한 것은 어떻게 빈에게로 가는가 하는 거다. 어서 가서 내가 약을 먹이는 것이 가장 중요한 일이다. 그 애가 약을 몇 번이나 뱉어 내도 상관없다. 인상을 찡그리고 약을 삼킬 때까지 계속 먹일 생각이니까.

그래서 난 내 공간으로 돌아가서 가방에 필요한 물건을 던져 넣은 다음 프루브 소녀가 준 것들을 호주머니에 쑤셔 박고 날 막는 사람이 나타나기 전에 얼른 길을 나선다.

한 가지 확실한 사실은 구역의 중심지를 통과하면 안 된다는 거다. 강펀치파가 사방에 깔려 있는 곳인데다 내가 혹시라도 빌리의 명령을 어길까 봐 내가 지나가는지 어쩐지 눈에 불을 켜고 있을 게 뻔하기 때문이다.

유일한 희망은 변두리를 따라 가는 길뿐이다.

변두리에 도착하기도 전에 밤이 된다. 어둠을 뚫고 상자 동네 사이로 길을 찾아가야 한다는 뜻이다. 마이크로플래시 전력을 낭비할 수는 없다. 가는 길에 재충전을 할 수가 없기 때문이다. 그래서 더듬더듬 비틀비틀 걷는다. 못 쓰는 벽돌 더미와 정말 쓸모가 없어서 상자 동네 사람들마저도 버려둔 쓰레기 더미에 걸려 넘어져 가면서, 파이프로 가려면 어디로 가야 하는지 기억해 내려고 애를 쓴다. 옛날 물 파이프가 변두리 쪽을 향해 나 있기 때문이다.

상자 동네 근처에 작은 모닥불이 몇 개 타고 있다. 들개들을 쫓으려고 피워 놓았을 것이다. 불에 손을 녹이며 조금 쉬고 싶은 마음이 굴뚝같지만 빌리의 구역을 벗어나기 전에는 마음을 놓을 수가 없다.

발을 옮기려고 몸을 돌리는 순간 '작은 얼굴'이 어둠속에서 튀어나와서는 "촉스!" 하고 외치며 내 다리에 매달린다.

콩알만 해졌던 간이 다시 정상 비슷한 크기로 되돌아오자 내 말문이 열린다.

"이렇게 나와 있으면 위험한 거 몰라? 너 어디 살아? 너 돌봐 주는 사람 없어?"

그 작은 얼굴은 "촉스, 촉스!"만 되풀이한다. 달리 도리가 없다.

난 딱 하나 남은 촉스바를 준 다음에 그 애 손을 잡고 모닥불 쪽으로 향한다. 상자 동네 사람들은 그 애가 누군지 알 거라는 바람을 가지고. 또 다른 바람이 있다면 그 라이터라는 늙은이가 거기 없었으면 하는 거다. 그 영감이 날 보면 빈에 대해서 이야기하라고 조를 게 분명한데, 내가 지금 제일 하고 싶지 않은 게 바로 그거니까. 이야기하는 걸로는 해결이 안 된다. 그 애한테로 가야만 한다.

모닥불을 피우고 있던 사람들이 다들 뒤로 주춤주춤 물러난다. 그림자와 섞여 든 채 그들은 내가 어떻게 행동할지 기다린다. 작은 얼굴 녀석이 내 손을 잡고 있는 걸 보고 그중 몇 명이 앞으로 나선다. 상자 동네 주변에 널린 녹슨 철물로 엉성하게 만든 긴 손칼들을 보란 듯이 일부러 내밀고들 있다. 상자 동네 주민들은 대부분 어딘지 모르게 지치고 닳은 느낌을 주는데다가 뭘 해도 자기들이 지는 것을 당연시할 것처럼 보인다. 내가 자기들과 싸워 이길 확률이 10분의 1도 되지 않는데 내가 그들을 무서워하는 것보다 그들이 나를 더 많이 무서워하는 걸로 보이니 말이다. 뭐, 지금 내 입장에서 불평할 일은 아니지만.

"여길 떠나! 그 애를 그냥 둬!"

늙은 노파 한 명이 꽥 소리친다.

"진정해요."

나는 손을 들며 말한다.

"이 애를 데려왔을 뿐이에요, 알겠어요? 난 내 갈 길을 가면 돼요, 이제."

작은 얼굴은 그새 촉스바를 다 먹고 불 옆을 뛰어다니고 있다. 한마디도 하지 않은 채 얼굴 가득 미소만 띠고. 아무도 자기 아이라고 데려가는 사람은 없지만 저들이 그 애가 아는 사람들인 것은 틀림없다. 그래서 가던 길을 가려고 몸을 돌리려는데 누군가 크게 외친다.

"이 시간에 누굴 털어 가려고 그러나, 강편치파? 왜 늙은 비렁뱅이 하나 더 잡으시게?"

난 속으로 '고개도 돌리지 마.' 하고 되뇐다. '저들이 어둠을 틈타 괜스레 용기라도 얻어 저 녹슨 손칼로 날 공격하겠다는 맘을 먹기 전에 어서 길을 떠나.' 그렇게 나 자신에게 이른다.

"저거 봐라. 강편치파 깡패 똘마니 녀석!"

그 목소리가 약을 올리듯 계속 말을 잇는다.

"밤에는 별로 용기가 안 나시나 보지? 아무도 도와주지 않을 테니."

사람들이 내 등 뒤에서 움직이는 소리가 들린다. 하지만 나는 뒤를 돌아보지 않는다.

'그래 이 바보야, 잘했다, 잘했어, 낮에 와서 부서뜨리기를 해 놓고 그날로 같은 곳으로 돌아오다니, 그것도 밤중에 혼자서, 뭘 바랐냐?'

그렇게 생각할 뿐이다.

"잡아라!"

누군가 소리친다.

"목을 따 버리자!"

보통 날 같으면 누구라도 날 달리기로 따라잡을 수는 없다. 하지만 이건 보통 날이 아니다. 밤도 아주 한밤중인데다 지형도 익숙하지 않은 곳이 아닌가. 몇 발짝 떼기도 전에 나는 뭔가에 걸려 세게 넘어진다. 넘어져서 땅에 얼굴이 거의 닿을 정도로 엎어져 있는 내 주변을 사람들이 둘러싼다.

"도망가지 못하게 해!"

"저놈을 부서뜨려서 그 느낌이 어떤지 맛보게 하자!"

날 완전히 둘러싸고는 있지만 모두들 약간의 거리를 두고 서 있다. 내가 갑자기 반격이라도 할까 봐 두려워하는 눈치다. 가방 안에 스플랫 총이나 깜짝봉 같은 걸 숨겨 둔 건 아닐까 걱정하는 거겠지. 가방에 든 게 오래된 마이크로플래시 하나와 먹을 것 몇 가지밖에 없다는 것을 아는 순간 한꺼번에 덮칠 게 분명하다.

"목을 따 버려, 목을!"

처음 시작했던 그놈이 또 외쳐 댄다. 하지만 정작 자기는 조금 뒤로 물러난 상태다. 비쩍 마른 몸매에 지저분한 수염을 기르고 눈에는 광기가 도는 놈이다. 이렇게 어두운데도 내 목을 따라고 외치는 그놈 입에서 침이 튀는 것이 보인다.

"일어나!"

다른 목소리가 외친다.

나는 천천히 일어나면서 내가 무기를 들고 있지 않다는 것을 보여 주기 위해 손을 든다. 날 그냥 보내도록 설득하려면 무슨 말을 해야 하나 궁리를 하는데, 갑자기 그 끔찍한 느낌이 엄습해 온다.

"안 돼! 제발 지금은 안 돼!"

혼잣말로 그렇게 중얼거리지만 이걸 방지할 도리는 없다. 무슨 짓을 해도 말이다. 항상 이런 식으로 시작된다. 먼저 번개 냄새가 콧속에서 진동을 한다. 천둥 번개가 치는 폭풍우가 지나간 후 나는 청결한 전기 냄새. 그런 다음 암흑이 몰려와 나를 덮친다.

정신을 차려 보니 라이터가 옆에 앉아 차가운 물수건으로 내 이마를 훔치고 있다. 내가 그의 상자 안에 누워 있는 것이다. 사람들이 날 여기까지 데려왔겠지. 내 발로 걸어온 건 확실히 아니니까.

라이터의 목소리가 들린다.

"괜찮아. 이제 다 지나갔어."

항상 그랬던 것처럼 나는 지칠 대로 지치고, 힘이 없고, 그리고 수치심이 든다. 이런 내 모습을 누군가 본다는 게 싫다.

"대발작이었어."

라이터가 말한다.

"굉장했지. 나무토막을 이 사이에 끼웠더니 반 토막을 내 버리더군."

왜 이가 시리나 했더니 그 때문이군. 발작을 하고 난 뒤에 따라붙는 그 꿈꾸는 듯한 익숙한 느낌이 밀려온다. 당장은 잠을 자면서 모든 걸 잊고 싶은 마음뿐이다. 그런데 그 순간 머리에 찬물을 끼얹은 것처럼 모든 기억이 되살아난다. 나는 벌떡 일어나 앉으며 내뱉는다.

"가야 해요. 지금이 무슨 시각이죠?

"동트기 전 시각이라네."

라이터가 대답한다.

"왜 이렇게 서두르나?"

일어나려고 애를 써 봤지만 다리에 힘이 하나도 없어서 내 뜻대로 되지 않는다.

"좀 쉬게나."

늙은이에 불과한 라이터가 아무 힘도 들이지 않고 나를 다시 주저앉힌다. 내가 왜 쉬지도 못하고 당장 떠나야만 하는지 그는 이해를 못한다. 하는 수 없이 빈에 대해서 이야기해 주고 빌리 비즈모의 손이 뻗쳐 오기 전에 떠나야 하는 이유를 설명한다.

내 이야기를 다 들은 라이터의 늙은 눈동자에 다정한 빛이 감돈다. 그가 고개를 끄덕이며 말한다.

"아하, 이제 모든 게 말이 되는군."

말이 되는 건 하나도 없다는 게 내 생각이지만 논쟁을 할 힘조차 없다. 피곤하다. 너무나 피곤하다.

"눈 좀 붙이게나."

그가 재촉하듯 말한다.

"동이 트면 떠나세."

잠에 빠져들지 않으려고 안간힘을 써 보지만 눈이 저절로 감겨 온다. 나는 숨을 세 번 내쉬기도 전에 잠에 빠져들고 만다.

라이터가 나를 깨울 때는 창백한 회색으로 물든 하늘이 손을 뻗으면 만질 수 있을 것처럼 가깝게 걸려 있다.

"떠나야 할 시간이야."

라이터가 내 어깨를 두드리며 말한다.

"강편치파들이 자넬 찾고 있어."

그 말에 깜짝 놀라 잠이 다 달아나 버린다.

"그걸 어떻게 알죠?"

그가 어깨를 으쓱해 보인다.

"전에 말했지 않나. 여기 변두리 근처에서는 나쁜 소식은 더 빨리 퍼진다고. 몸이 좀 회복됐나? 떠날 준비가 됐어?"

라이터가 다 해진 누더기 자루를 등에 지고 기다랗고 구부러진 지팡이를 쥔 채 서 있다.

"나하고 같이 갈 생각은 말아요."

"그건 왠가?"

"빨리 가야 하는데 따라올 수 있겠어요?"

라이터가 지팡이로 내 배를 세게 찔러 내 주의를 끈다.

"들어 보게, 이 젊은 바보 양반아. 시간이 별로 없으니 예의고 뭐고 간에 시간 낭비 하지 않겠네. 내가 자네 목숨을 벌써 한 번

구해 줬지 않나. 내가 마침 끼어들지 않았으면 어젯밤 쥐도 새도 모르게 자네 목숨이 날아갔을 거야. 그러니 다음번 발작 때 자네 곁에 아무도 없으면 어떻게 되겠나?"

나는 지팡이를 옆으로 밀치며 말한다.

"내 일은 내가 알아서 해요."

그의 목소리가 좀 더 부드러워진다.

"잘 생각해 보게. 자네 혼자서는 해낼 수 없는 일이야. 가이드도 없이 구역을 세 개나 건넌다고? 오늘 해도 지기 전에 저세상 사람이 돼 있든지, 아니면 아예 저세상으로 가는 게 더 낫겠다 생각하게 될 걸세."

나는 가방을 어깨에 들쳐 메면서 이 늙은이의 짜증나는 상자 문 쪽으로 천천히 움직인다.

"무슨 상관이에요? 왜 날 도우려 하는 거죠?"

노인네가 지팡이를 들어 문을 막는다. 적당한 대답을 생각해 내기 위해 시간을 벌고 있는 듯하다.

"두 가지 이유가 있지."

잠깐 침묵이 흐른 후 그가 대답한다.

"첫째, 자네 이야기가 어떻게 결말을 맺는지 알고 싶고, 둘째, 이게 아마도 내가 할 수 있는 마지막 모험의 기회가 될 것 같아서일세. 사랑하는 어린 여인의 생명을 살리기 위한 모험. 늙은이한테 이보다 더 바랄 게 있겠나? 자네와 같이 동행을 하고 우리가 나눈 용감한 모험 이야기를 책에다 쓸 걸세."

"정말 미친 짓이라는 거 알고 있죠? 목숨을 잃을 수도 있단 말이에요."

"미쳤다고?"

노인네가 웃음을 터뜨리더니 고개를 젓는다.

"사람들은 돈키호테도 미쳤다고 했었지."

"돈퀴후티는 또 누구죠?"

"항상 옳은 일을 해야 한다고 믿었던 사람이지. 그 일을 하다가 목숨을 잃는다 하더라도."

노인네가 나를 문밖으로 밀어낸다.

"이제 그만 가세나. 내가 안내할 테니."

그렇게 말하면서 노인네는 그 꼴같잖은 지팡이를 위대한 명검이나 되는 듯 하늘 높이 쳐들고 떠오르는 태양을 향해 걸어간다.

9장

변두리를 따라 여행하고
변두리에서 생사가 갈린다

작은 얼굴이 우리를 따라오려고 한다. 이 쓰레기 더미에서 저 쓰레기 더미로 훌쩍훌쩍 뛰어가며 게임하듯 우리 뒤를 따라온다.

"촉스! 촉스!"

그 아이도 나한테 더 이상 촉스바가 남아 있지 않다는 걸 알고 있다. 촉스바를 먹는 것만큼이나 그 이름을 외쳐 대는 것도 재미있어 하는 것 같다.

"친구를 사귀었구만."

라이터가 날 보고 씩 웃으며 말한다.

하지만 그도 아이가 우리를 따라오면 안 된다는 걸 알고 있다. 아이한테는 너무 위험한 길이니까. 라이터가 손짓을 하자 아이가 춤추듯 다가온다. 라이터가 귀에 대고 잠깐 뭐라고 하자 아이는 마지막으로 "촉스!" 하고 외치고는 상자 동네 쪽으로 달려간다.

그제야 마음이 놓이면서도 귀찮기만 하던 그 아이가 벌써 약간 그리워지기 시작한다.

"저런 애가 수천 명이야."

걸음을 재촉하면서 라이터가 말한다.

"부모를 잃거나 버려진 채 자기 혼자 힘으로 살아가야 하는 애들 말이네. 자네 나이가 될 때까지 살아남는 아이는 거의 없지. 나처럼 늙을 때까지 살아남는 애는 더더욱 없고. 옛날에 어떤 위대한 작가가 비슷한 상황에 대해 소설을 쓴 적이 있었다네. 런던이라는 곳에서 벌어지는 이야기지만. 찰스 디킨스라는 작가인데, 그 사람도 간질병을 앓았지."

'더 이상 참을 수가 없군.'

나는 걸음을 딱 멈춘다. 라이터가 걱정스러운 얼굴로 나를 쳐다본다.

"뭐 잘못된 거라도……?"

"간질병에 대해선 그만 입 닥쳐요. 거기에 관해선 듣기도 싫고 말하기도 싫으니까."

"생각하기도 싫겠지."

라이터가 덧붙인다.

"좋아, 알겠네. 앞으로는 자네하고 똑같은 건강 문제를 가졌던 수많은 사람들 이야기는 하지 않기로 하지. 아무리 성공을 하고 유명해진 사람이라 할지라도. 줄리어스 시저, 나폴레옹 보나파르트, 레오나르도 다빈치, 아가사 크리스티, 루이스 캐럴, 해리엇 터브먼 이야기는 절대 하지 않기로 함세. 잔다르크, 빈센트 반 고흐, 아이작 뉴턴 경, 알프레드 로드 테니슨, 에드거 앨런 포, 위대한 파가니니도 물론이고. 이제 그만 끝. 입을 풀로 붙여 버렸네, 이젠."

늙은이는 아주 만족스럽다는 얼굴을 하고는 지팡이로 앞을 가리키며 말한다.

"앞으로 전진. 길을 인도하게나."

"길을 아는 줄 알았는데!"

내 말에 그는 어깨를 으쓱한다.

"이건 자네 미션 아닌가? 무슨 계획이 있을 테지."

"계획 같은 건 없다는 거 다 알잖아요."

"아하! 그렇다면 파이프를 따라 이동하자고 제안해도 될까?"

내가 전에도 말했지만 파이프는 사람들이 사는 지역 끝까지 뻗쳐 있고 그 너머로도 계속 이어져 있다. 듣기로는 '버려진 땅'까지도 간다고 한다. 방사선 때문에 뼈가 썩는다는 그 버려진 땅 말이다. 하지만 라이터가 말해 주기 전까지는 파이프가 가지를 뻗어 구역과 구역을 연결하고 있는 줄은 몰랐다.

"인류가 고안해 낸 것 중 가장 위대한 물 공급 시스템이지."

다 무너져 가는 콘크리트 기둥이 지탱하고 있는 거대한 파이프의 폐허 밑으로 길을 안내하면서 그가 말한다.

"유압 엔지니어링의 걸작이라고 할 수 있다네. 아직도 쓸 수 있을 텐데 대지진 때 제일 큰 수원지가 말라 버렸지. 한 100년 정도 갖은 방법을 다 쓰고, 그러느라 돈도 무지하게 많이 없앴지만 해결할 수가 없었지. 결국 세월이 흐르다 보니 이렇게 폐허로 변해 버린 것이고."

그는 옛날이야기를 주절주절 끊임없이 늘어놓는 걸 좋아한다. 빈을 찾는 걸 도와주기만 한다면 나도 그의 잔소리를 들어줄 용의가 있다. 파이프에 관한 한 라이터가 한 말도 일리가 있다. 너무 오래되어서 녹슨 쇠 계단이 군데군데 떨어져 나가 버려서 영감이 콘크리트 기둥을 올라갈 때 내가 도와주는 수밖에 없다. 파이프 위로 올라가 보니 안으로 들어가도록 되어 있는 쇠판 중 하나는 이미 못이 다 빠져 나간 상태다.

"수고했네! 휴우! 마지막으로 이렇게 높이 오른 적이 언제더라. 훨씬 젊었을 적 일이지. 자, 어서. 살펴보게나."

나는 쇠판이 열린 곳으로 들어간다. 파이프 안은 내가 허리를 펴고 설 수 있을 정도로 크다. 오래되어 냄새나는 빗물이 발목까지 올라오는 것만 참을 수 있다면 말이다. 녹슨 볼트들이 빠지고 없는 구멍으로 빛이 새어 들어오는 것이 마치 파이프 전체에 총구멍이 난 것처럼 보인다. "야호!" 소리를 쳐 본다. 내 목소리가 메아리치면서 옆 구역까지 울려 퍼질 듯 크게 들린다.

라이터가 파이프로 기어들어 와서는 숨이 차서 헐떡이며 주저앉는다.

"그래 가지고 끝까지 가겠어요? 갈 길이 얼마나 먼데."

"끝까지 가야 하네. 끝내야 할 책이 있거든."

그가 숨이 턱에 찬 소리로 말한다.

나는 지쳐 앉아 있는 그를 노려본다. 다 떨어진 바지가 고인 빗물에 젖어 들고 있다.

"누가 그런 책에 관심이나 있대요? 어서 가기나 해요."

"좋아."

지팡이에 의지해서 간신히 일어나며 그가 말한다.

"준비됐어요?"

노인한테 소리 지른 게 미안하다는 생각이 벌써 든다.

"만반의 준비가 다 되어 있지."

그가 말하면서 주변을 둘러본다. 마음에 드는 눈치다.

"변두리를 따라 여행하고 변두리에서 생사가 갈린다, 이거네."

그가 말하면 모든 것이 다 멋지고 근사해 보인다. 하지만 현실은 보잘것없는 비렁뱅이 둘이 삭고 녹슨 물 파이프에 숨어든 것 그 이상도 이하도 아니다. 우리 앞에는 창백한 쥐 몇 마리가 도망치고 있다. 더러운 물속을 철벅거리며 한동안 전진한 끝에 발밑이 젖지 않는 지점에 도착한다. 발걸음을 떼기가 한결 수월하다. 라이터는 이제 호흡도 훨씬 고르고 내가 상상했던 것보다 건강 상태도 한층 나아 보인다.

'어쩌면 끝까지 갈 수 있을지도 모르겠군.'

"10킬로미터 정도 될 걸세. 그 정도면 이웃 구역에 도착하지."

나와 보조를 맞추며 그가 말한다.

"이게 처음이 아니군요."

"물론 아니지. 오래전 일이네. 날 좀 달가워하지 않는 사람들이 생겨서 자리를 뜨는 게 좋겠다는 생각이 들 때가 있었지. 그때만 해도 몸을 피해야 하는 사람들이 파이프를 많이들 이용했다네. 도시 안에서 이동을 하는데도 말일세. 그것도 이제는 다 잊혔지. 다른 많은 것들처럼."

우리는 계속해서 발걸음을 옮긴다. 전진하는 것 말고는 다른 도리가 없다. 작고 붉은 눈들이 거리를 둔 채 우리를 주시한다. 쥐들이 무섭지는 않다. 적어도 깨어 있는 동안에는. 잠이 든다면 그건 또 다른 문제다. 잠에서 깨어나기도 전에 쥐들이 달려들어 코를 먹어 치우기도 한다는 이야기를 들은 적이 있다. 쥐 냄새를 맡기 전에 코부터 먹어 치운다는 이야기. 쥐 이빨이 너무 날카로워 물어뜯긴 걸 알아차렸을 때는 이미 때가 늦는다는 이야기.

"자네가 떠나든 말든 강편치파가 왜 그렇게 신경을 쓰는 건가?"

라이터가 알고 싶어 해서 나는 빌리가 한 말을 다시 말해 준다. 그리고 빌리의 허가 없이는 그 누구도 어떤 다른 곳에 갈 수 없는 규칙도 설명한다.

"내가 이해가 안 되는 건 왜 강편치파 두목이 특별히 자네한테 주의를 기울이냐 하는 걸세."

나는 어깨를 으쓱해 보이고 대답한다.

"조금 관심을 보인 거지요."

라이터는 자기 혼자 고개를 끄덕이며 말한다.

"맞아. 그런데 왜일까?"

나한테서 대답이 나오기를 기대하지 않는다는 건 확실해 보인다. 그냥 자기 혼잣말을 하고 있는 거다. 하지만 빌리가 나한테 관심을 쏟는 것 자체가 이상하다고 말할 정도로 나를 중요하지 않게 생각하는 것에는 살짝 약이 오른다.

내 표정을 본 라이터가 괜찮다는 듯 내 팔을 손으로 한 번 쥐었다 놓는다.

"생각해 볼 여지가 있는 문제인 것 같네. 내가 자넬 무시해서가 아니야. 다만 구역 보스들이 어떤 행동을 할 때 왜 그런 짓을 하는지 이해하면 상당히 도움이 될 때가 있지. 그 덕에 목숨을 구할 수도 있고. 내 생각엔 우리 비즈모 씨께서 우리가 모르는 뭔가를 알고 있는 것 같네. 자네가 떠나지 못하게 막을 특별한 이유가 있는 게 분명해. 그게 뭔지 알아낼 수 있다면 우리 목적을 이루는 데 도움이 될 수 있지."

"그래요? 그렇게 생각해요?"

내가 말한다.

"내 생각을 듣고 싶어요? 난 빌리가 무슨 생각을 하는지 알아내려다간 우리 둘 다 삭제당하고 말 거라고 생각해요."

내 말이 우리의 괴상한 노인네 입을 막는 데 성공한 것 같다.

그 덕에 2~3킬로미터는 침묵 속에 길을 걷는다. 이윽고 파이프가 조금 내려앉은 곳에 도착한다. 다른 곳보다 바닥이 꺼져 있는 관계로 그 부분은 고인 빗물이 무릎까지 차오른다. 바닥은 미끈거리고 모기 천지다. 그러나 라이터는 전혀 망설임 없이 물을 헤치고 앞으로 썩썩 나아간다. 마치 바지가 젖거나 모기가 물거나 가장자리에 미끌미끌하게 만져지는 것들 정도는 아무 상관이 없다는 투다. 사실 그보다 더 이상한 건, 이 영감은 내가 아무리 화를 내도 나한테 화를 내지 않는다는 거다. 마치 내가 모든 일에 화가 나 있는 게 지극히 당연해서 내가 아무리 화를 내도 자기한테 개인적으로 그러는 게 아니라고 생각하는 듯하다.

한참 후, 휴식을 취하기 위해 몇 분 멈춰 섰을 때 나는 가져온 먹을 것을 그에게 조금 나눠 준다. 내가 내민 것들을 보고 그가 묻는다.

"이건 프루브 물건인데, 그렇지 않나?"

그래서 프루브 소녀에 관한 이야기를 들려준다.

"위험해. 유전적으로 향상된 것들과 접촉하는 건 무척 위험한 일이야. 그쪽에 위험한 건 전혀 아니고, 우리한테 위험하다는 거지. 우리가 자신들의 예전 모습을 하고 있기 때문에 그들이 우리를 증오하는 걸세."

말은 그렇게 하지만 라이터도 프루브 음식은 먹는다. 마지막 한 조각까지. 그런 다음 우리는 다시 발걸음을 옮긴다. 계속해서 걸어 이윽고 해가 지고 밤이 될 때까지 걷는다. 어둠이 깃든 파이프 안은 더 크고 길어 보이고, 붉은 눈들은 한결 가까이 다가온 느낌이 든다. 계속 걷다 보니 얼굴에 바람이 느껴지는 곳에 다다른다.

"중단 지점에 도착했군."

라이터가 말한다.

"중단 지점요?"

"파이프 한 부분이 없어진 곳이지. 한 2킬로미터 정도는 땅으로 이동해야 하네."

파이프가 끝난 지점까지 걸어가 봤지만 너무 어두워서 저 아래 땅은 보이지도 않는다. 하늘에 둥둥 뜬 느낌이 들어 어지럽다. 그래서 녹슨 쇠파이프가 내 발밑에 든든하게 느껴질 때까지 조심스럽게 다시 뒷걸음질을 쳐 돌아온다.

"아래로 어떻게 내려가죠?"

"해가 뜰 때까지 기다리는 게 나을 것 같군."

라이터가 제안한다.

"여기까지 와서 목 부러뜨릴 일 없잖나, 그렇지?"

움직이지 않고 정지를 한다는 생각이 나를 미치게 만들지만 기다리자는 노인네 말에도 일리가 있다. 나한테 무슨 일이 생기면 아예 빈을 도와주지도 못하니까. 그래서 파이프가 구부러진 곳으로 가서 웅크리고 누워 번갈아 가면서 잠을 자기로 한다.

"자네가 먼저 자게나. 난 우리 작은 친구들하고 좀 놀아 주고 있을 테니."

그가 붉은 눈들이 있는 쪽에 조약돌 하나를 던지자 눈들이 멀리 도망간다.

"좋은 꿈 꾸길 바라네."

'흥, 쥐가 득시글거리는 파이프 안에서 잘 수나 있겠어?'

그렇게 생각한 것 같은데, 어느 순간 내 어깨를 흔들며 속삭이는 라이터의 목소리에 깊은 잠에서 깨어난다.

"일어나. 놈들이 오고 있어."

무슨 소리가 들려온다.

쉬익-틱-틱, 쉬익-틱-틱.

소리가 점점 더 가까워진다. 우리를 잡으러 파이프를 따라 뭔가 오고 있다.

10장

원숭이 소년들의 공격

쉬익-틱-틱, 쉬익-틱-틱.

지금 이 순간 긴 손칼이나 스플랫 총을 내 손에 넣을 수만 있다면 무슨 짓이라도 할 수 있을 것 같다. 그러나 내가 가진 건 등에 멘 가방뿐이다. 그나마 없는 것보다는 낫다. 아주 조금. 가방에 끈이 달려 있으니 무엇이 됐든 가까이 오기만 하면 끈을 잡고 가방을 휘두를 수 있다. '무엇'이라고 한 건 들리는 소리가 사람 소리 같지 않아서다. 강편치파 일당이라고 하기엔 너무 섬세하고 꾸준한 소리이고, 쥐들이 내는 소리치고는 너무 크다.

'쥐 크기가 들개 정도나 된다면 모를까.'

그런 생각을 하고 있자니 나도 모르게 온몸이 오그라든다.

라이터와 나는 파이프의 우묵하게 들어간 벽면에 딱 붙어 있다. 저쪽에서 오고 있는 게 뭔지 모르지만 우리를 눈치채지 못하고 지나가길 바라면서.

쉬익-틱……틱.

우리를 알아채지 못하고 지나갈 행운이란 없을 듯싶다. 그것이 속도를 줄이고 있다.

어둠 속을 너무 뚫어져라 노려봐서 눈알이 튀어나올 것만 같다. 틱…… 틱…… 점점 더 가까이 다가오고 있다. 급기야 손을 뻗으면 닿을 것 같은 거리에 온 것 같다. 아니, 그쪽에서 손을 뻗으면 나한테 닿을 정도가 되었다고 해야 하나.

그림자가 움직인다. 등이 곱사등이처럼 굽은 괴물 같은 모양이다. 그것이 나를 봤는지 아니면 나의 존재를 느꼈는지 내가 있는 쪽으로 방향을 튼다. 틱…… 틱. 날카로운 발톱이 바닥에 끌리는 소리가 분명하다. 바늘처럼 날카로운 발톱 소리. 얼음장 같은 물이 내장을 관통하는 느낌이다. 심장은 망치로 두들기는 것처럼 세게 뛰고, 나는 숨 쉬는 것도 잊어버린다. 그것이 내 쪽으로 손을 뻗는다.

나는 가방을 부여잡고 온 힘을 다해 휘두르기 시작한다.

"촉스."

괴물이 그렇게 말한다.

꼭 데리고 다니지 않으면 안 되는 것, 맞다, 다섯 살짜리 꼬마다. 그것도 아는 말이라고는 한 가지밖에 없는 꼬마를 데리고 다니게 되다니. 어찌 된 영문인가 하면, 작은 얼굴 녀석이 라이터가 가진 것 같은 지팡이를 발견해서 여기까지 끌면서 따라온 것이다. 쉬익-틱-틱. 이 녀석을 꼼짝없이 달고 다니게 생긴 거다. 도로 데려다 줄 시간도 없고, 설령 다시 돌아간다고 해도 그 애를 돌봐 줄 사람도 없다. 내가 무슨 짓을 해도 이 녀석이 어둠 속에서 나를 찾아내도록 정해져 있다는 느낌이 든다.

라이터 늙은이라도 탓해야 할 것 같다.

"영감이 오지 않았으면 저 녀석도 여기까지 오지 않았을 것 아니에요."

"저 녀석한테 먹을 걸 준 건 바로 자네잖나. 저 불쌍한 아이는 평생 굶주려 왔어. 저 애가 처음부터 자네한테 들러붙지 않은 게 오히려 이상한 일이지. 안 그런가, 미스터 촉스바!"

영감탱이가 하는 소리가 맞긴 하지만 그렇다고 화가 풀리는 건 아니다. 아무도 돌보지 않는 쪼그만 비렁뱅이 아이가 어찌 되든 내가 무슨 상관이라고?

"너무 걱정 말게."

라이터가 말한다.

"자기 일은 자기가 알아서 할 아이니까. 지금까지 그렇게 해서 살아남았으니 말일세."

"구역에서 도망가는 건 혼자서도 어려운 일이에요. 세 명이 몰려다니면 거의 불가능하다고 봐야죠."

라이터가 깃털 같은 하얀 눈썹을 올리며 말한다.

"아하, 그러니까 자네가 구역에서 도망해 본 경험이라도 있다는 말인가?"

그가 나를 보는 표정을 보니 왠지 거짓말하기가 싫다.

"한 번도 구역을 떠나 본 적은 없어요."

난 그렇게 인정한다.

"여기 온 이후로는 한 번도."

"그러면 내 말을 한번 믿어봄 직하지 않은가? 우리가 지금 하려고 하는 일은 절대 불가능한 일이 아닐세. 물론 위험하긴 하지. 맞아. 하지만 불가능한 거하고는 거리가 멀어. 결국 전령도 구역 세 개를 건너 자네한테 메시지를 전달하지 않았나? 그 사람이 할 수 있으면 우리도 할 수 있네. 그리고 우리 셋이 함께 다니면 전문 전령이나 밀수꾼이라는 오해를 받을 염려도 적고."

그가 하는 말이 납득은 되지만 인정하고 싶진 않다. 촉스바는 다 떨어졌지만 프루브가 나한테 준 먹을 것 중 일부를 작은 얼굴에게 내민다. 녀석이 얼마나 굶주렸는지 그걸 순식간에 먹어치우고 얼굴 가득 미소를 띤다.

우리는 하늘이 밝아지기를 기다렸다가 파이프가 끝난 지점으로 가서 주변을 살펴본다. 계단이 없어도 기둥을 따라 미끄러져 내려갈 수 있을 것이라고 라이터가 말한다.

"다른 도리가 없어. 위험하더라도 시도를 해보는 수밖에."

결국 작은 얼굴이 우리를 안내하는 꼴이 된다. 녀석은 파이프 가장자리 너머로 기어 나간 다음 콘크리트 기둥에 달린 녹슨 쇠 손잡이 같은 것을 이용해 아래로 내려간다. 한 10초쯤 지난 뒤

땅 위에 닿은 녀석이 소리친다.

"촉스! 촉스!"

저 아이가 나름대로 나한테 붙인 이름이거나 아니면 그냥 "내가 해냈다!"라는 뜻으로 외치거나 하는 거겠지.

라이터의 축 처진 늙은 얼굴이 창백해지고 근심으로 가득 차는 걸 보면서도 나는 아무 말도 하지 않는다. 그가 내려가기 시작한다. 작은 얼굴보다는 훨씬 오래 걸리지만 뼈 같은 건 부러뜨리지 않고 무사히 땅에 도착한다.

이제 둘이서 함께 나를 올려다보고 있다.

"자!"

라이터가 외친다.

"자네도 할 수 있어!"

나는 빈을 떠올린다. 그 애가 나를 기다리고 있다. 나한테 고소공포증이 있다는 것 따위는 중요하지 않다. 반쯤 내려갔을 때 발이 미끄러진다. 나는 떨어지지 않으려고 콘크리트에 몸을 바짝 붙인다.

'움직이지 마, 움직이면 떨어져.'

"거의 다 왔어."

바로 아래에서 라이터가 말한다.

"오른쪽 발을 뻗어 봐."

나는 그가 시키는 대로 한다. 라이터는 계속해서 다음에는 어디에 발을 디뎌야 하는지 말해 준다. 한 천년쯤 흐른 후에 나는 온몸을 벌벌 떨며 땅에 도달한다.

"발작이라도 왔으면 어쩔 뻔했어?"

내가 말한다. 딱히 누구에게랄 것도 없이 나 혼잣소리로 하는 말이다.

"그렇지 않았잖은가."

라이터가 말한다.

"일어나지도 않은 일로 걱정할 시간이 없어. 빨리 움직여야 하네. 다음 파이프에 도착하려면 두 시간쯤 걸어야 해. 거기에 아직도 파이프가 남아 있다면 말이네."

"뭐라고요?"

내가 놀라 묻는다.

"그걸 모른단 말이에요?"

"내가 마지막으로 여기 온 지 몇 년이 흘렀는지 모르네."

그가 시인한다.

"모든 게 변화해 가지 않나. 내 눈으로 직접 보기 전에는 아무 것도 확신할 수가 없지."

내 눈으로 직접 보게 된 광경은 어마어마하다. 이 구역에는 키 큰 빌딩들이 변두리까지 뻗쳐 있다. 백타임에는 저렇게 크고 높은 건물들이 유리로 만들어졌었다고 한다. 100층이 넘는 거인 같은 유리 빌딩들. 사람들은 유리 빌딩에 들어가서 전기 상자 같은 것을 타고 오르락내리락했었고, 마지막에 가서는 아예 빌딩에서 나오지도, 땅에 발을 딛고 걸어 다니지도 않았다고 한다. 건물 안에서만 살다가 죽었다는 얘기다. 이제 그런 빌딩들은 뒤틀린 무쇠 뼈대에 불과하다. 거대하고 으스스하기만 한 이 철골 구조물들은 하늘을 향해 뻗어 오르다가 스모그 속으로 사라진다.

빌딩들마다 주변에 엄청나게 많은 콘크리트 조각들이 쌓여 있다. 대지진이 온 세상을 뒤흔들어 땅이 그 속을 온통 드러내고 강이 다 말라 버렸을 때 빌딩에서 떨어져 나온 잔해들이다. 빛을 받으니까 저 쓰레기 더미도 다이아몬드처럼 빛이 난다. 그러나 라이터는 그게 깨진 유리 조각이라고 설명한다. 거기 있지도 않은 보물을 찾다가 목숨을 잃은 사람이 수없이 많다는 이야기와 함께.

"유일한 진짜 보물은 우리 머릿속에 있지."

라이터가 자기 머리를 툭툭 치면서 말한다.

"기억은 다이아몬드보다 더 소중한 것이라네. 게다가 아무도 훔쳐 갈 수 없는 것이기도 하지."

높이 솟은 빌딩들을 올려다보니 나 자신이 작게 느껴진다.

"왜 저렇게 높이 지은 걸까요?"

라이터에게 묻는다.

"지을 수 있으니까 지었겠지."

"하지만 지진이 무섭지도 않았을까요?"

"저런 건물을 못 지을 정도로 무서워하지는 않았으니까 지었겠지. 뭐든지 진짜 당해 보기 전에는 그게 얼마나 나쁠지 아무도 짐작하지 못하는 것 같아."

스모그에 가려 태양이 보일 듯 말 듯 하다. 그러나 라이터는 태양을 왼쪽에 두고 똑바로 걷기만 하면 우리가 원하는 곳으로 문제없이 갈 수 있다고 말한다. 두 시간 정도를 터벅터벅 걷는다. 그동안 살아 있는 거라곤 하나도 보이지 않는다. 잡초 한 포기, 곤충 한 마리 없다. 생명이 없는 모래 더미와 폐허로 변한 건물들뿐이다. 쥐들조차도 이런 변두리 가까이에 살 정도로 멍청하지 않다. 나한테는 그편이 나았다.

우리밖에 없는데도 누군가 우리를 지켜보고 있는 것 같은 이상한 느낌을 지울 수가 없다. 건물들이 보고 있는 걸까. 옛날 빌딩들이 뭔가 볼 수 있는지 어떤지는 모르지만, 빌딩들이 신음 소리를 낼 수 있는 것은 확실하다. 바람이 철골 사이를 지나갈 때면 빌딩들은 속수무책으로 서서히 죽어 가고 있는 자기들의 운명을 슬퍼하기라도 하듯 신음 소리를 내며 울어 댄다.

다행히 파이프는 라이터가 있을 거라고 생각한 곳에 그대로 있다. 우리가 가려는 곳까지 데려다주기 위해 파이프가 무너져 가는 콘크리트 기둥 위에 앉아 기다리고 있었던 것이다.

파이프가 있는 곳까지 거의 다 왔을 무렵 울부짖는 소리가 들려온다.

"아-히-후-후! 아-히-홉-홉!"

야생동물 소리처럼 들리긴 하지만 왠지 꼭 집어 야생동물이라고 말할 수도 없는 소리다. 작은 얼굴이 내 다리에 매달린다.

떨고 있는 아이의 움직임이 울부짖는 소리만큼이나 나를 겁나
게 만든다.

"아-히-후-후! 아-히-홉-홉!"

소리를 내고 있는 것들이 폐허 사이에서 쏟아져 나온다. 팔을
휘저으며 이리저리 날뛰고 울부짖으면서.

"원숭이 소년들이야. 움직이지 마."

라이터가 말한다.

떼를 지어 쏟아져 나온 원숭이 소년들이 우리 주변을 둘러싼
다. 원숭이처럼 보이도록 얼굴에 페인트칠을 한 채, 살기 띤 눈
들을 번뜩이고 있다.

11장

위대한 멍고

　원숭이 소년들. 그들에 대해서 들어 본 적은 있다. 강편치파들이 내가 사는 구역을 다스리듯, 원숭이 소년들은 이 구역을 다스린다. 그러나 폐허 사이로 쏟아져 나온 저 생물체들은 더 이상 인간 같아 보이지 않는다. 얼굴에 원숭이 칠을 한 만큼이나 행동도 짐승 같다. 얼굴에 페인트칠을 한 것뿐만이 아니다. 이를 갈아 날카롭게 만들고, 손톱도 노랗고 휘어진 갈퀴 모양이다.

　"뭔가 잘못됐어!"

　라이터가 재빨리 속삭인다.

　"그러게요."

　나도 작은 소리로 대답한다.

　갈퀴 손들이 미치광이 같은 동작으로 우리를 붙잡으려고 다가오는데, 갑자기 라이터가 휙 돌아서서 정색을 하고 나를 보면서 경고하듯 말한다.

"반항하지 말아야 하네. 잘못하면 산 채로 사지를 찢기고 말 거야."

무슨 짓을 하든 결과는 같을 거라는 생각이 든다. 싸워 봤자 아무 도움도 되지 않을 게 뻔하다. 저쪽은 수가 너무 많고, 우리는 너무 적다. 작은 얼굴을 계속 내 옆에 붙여 두려고 해 보지만 놈들이 우리를 들어 올리자 그 애와 나는 떨어질 수밖에 없다. 작은 얼굴이 "촉스! 촉스!" 하고 외친다. '도와 달라!'는 뜻이다. 하지만 나는 지금 저 아이도, 라이터도, 나 자신도 도울 수가 없다. 날카로운 이를 사납게 맞부딪치며 울부짖는 미치광이들 손에 들려 어디론가 끌려가는 마당에 내가 달리 무슨 짓을 할 수 있단 말인가.

강편치파도 이렇게까지는 행동하지 않았는데 하는 생각이 든다. 희생자를 삭제할 때도 이 정도는 아니었다. 하지만 이 원숭이 소년들한테는 규칙을 만들어 주고 이렇게 해야 한다 저렇게 하면 안 된다 하고 일러 주는 보스가 없는 것처럼 보인다. 늙은이 말이 맞다. 뭔가 잘못된 게 분명하다. 원숭이 소년들이 단지 짐승처럼 보이고 짐승처럼 행동하는 것이 아니다. 말 그대로 짐승이 된 것이다.

놈들이 소리를 고래고래 질러 대면서 우리를 들고 폐허 속으로 향하더니 뒤미처 철골 빌딩들의 긴 그림자 아래로 들어간다. 사방에 피 냄새와 녹슨 쇠 냄새가 진동을 한다.

우리가 끌려간 곳은 이상하고 어두운 구조물이다. 무너진 건물에서 쇳덩이들을 가져다 만든 것으로 거대한 쇠기둥들을 땅에 박은 다음 금속 밧줄로 한데 묶어 만든 일종의 요새 같은 곳이다. 벽에 뚫린 구멍에 스플랫 총과 대포들이 설치되어 있다. 원숭이 소년 무리가 요새를 둘러싸고 펄쩍펄쩍 뛰면서 소리를 질러 댄다.

"아-히-후-후! 아-히-흡-흡!"

비명 소리가 점점 변해 한 단어가 된다.

"멍고!"

원숭이 소년들은 그렇게 외쳐 대기 시작한다.

"멍고! 멍고! 멍고!"

그렇게 한참을 외쳐 댄 후에야 비로소 쇠밧줄에 연결된 거대한 쇠 벽의 한 부분이 열린다. 개중 일부만 우리 셋을 떠멘 채 안으로 들어간다. 나머지도 모두 한꺼번에 밀려들지만 요새를 지키는 테크 경호원 한 부대가 딱 버티고 서서 더 이상 아무도 들이지 않는다. 부대원들이 긴 손칼과 깜짝봉을 휘둘러 몰려드는 원숭이 소년들을 밖으로 밀어붙인다.

원숭이 소년들이 우리를 땅에 내려놓고 뒤로 물러선다. 그러자 커다란 문이 우리 뒤에서 올라와 원숭이 소년들이 안으로 들어올 기회를 막아 버린다. 그들을 만난 후 처음으로 고함 소리가 멈춘다.

왠지 모르지만 정적이 더 공포스럽다.

테크 경호원들이 무기를 겨냥한 채 우리에게 일어나라고 손짓한다.

라이터는 혼자 서기도 힘든 지경인 것 같은데 내가 도우려 하자 괜찮다는 시늉을 한다.

"공격 태세도, 공포심도 보이지 마."

그가 다급하게 속삭인다.

"그냥 분위기가 흐르는 데로 따라가."

흐르는 데로 따라가라고? 이 늙은이가 무슨 말을 하는지 전혀 알아들을 수가 없다. 열두어 명은 족히 되어 보이는 상대방이 중무장을 한 채 아무 말도 없이 손짓으로만 지시를 하는 마당에 흐르는 데로 따라가라니? 그저 작은 얼굴이 나와 멀어지지 않도록 신경 쓰면서 테크 경호원들에 밀려 요새 깊숙이 끌려 들어가는 수밖에 없다.

입구에서부터 나던 고약한 냄새가 시간이 갈수록 더 심해진다. '상하수도 시설이 전혀 안 돼 있구만. 조명이 계속 깜박거리는 걸 보면 전력도 부족하고.'

누가 이곳을 운영하는지 모르지만 자잘한 것에는 신경을 별로 안 쓰는 인물임에 틀림없다.

포로들이 가득 들어 있는 영창을 지나간다. 포로들은 생기가 하나도 없는 눈으로 지나가는 우리를 쳐다본다. 모두 뼈만 남은 앙상한 모습에 누더기를 걸치고 있다. 신음 소리를 내거나 도움을 구할 힘도, 자기 자신을 깨끗이 닦을 힘도 없어 보인다.

"좋은 징조야."

라이터가 입을 다문 채로 말한다.

좋은 징조라고? 저 늙은이가 이제 완전히 정신을 놓았군. 하지만 좀 더 생각해 보니 영감이 무슨 뜻으로 하는 말인지 이해가 된다. 포로가 있다는 건 잡힌 사람들을 바로 삭제해 버리지 않는다는 말이기도 하다. 그 말은 우리도 살아남을 가능성이 있다는 뜻이다. 적어도 얼마 동안은.

테크 경호원들은 우리를 밀어붙이면서 어둡고 구불구불한 통로로 내려간다. 어찌나 여러 번 모퉁이를 돌고 도는지 설령 탈출을 한다 하더라도 밖으로 나가는 길을 찾는 게 불가능할 거라는 생각이 들 정도다.

멍고는 보이기도 전에 그 이름부터 들려온다. 커다란 목소리가 통로를 따라 울려 퍼지고 있다.

"멍고의 말을 듣고 복종하라…… 멍고의 말을 듣고 복종하라……."

고장 난 중고 3D 플레이어가 한군데서 걸려 계속 한 장면만 반복 재생되는 것 같은 느낌으로 같은 말이 계속 반복되어 나온다.

알고 보니 고장 난 중고 3D 플레이어 이야기는 과장이 아니다.

일행이 그 커다란 목소리 쪽으로 가까이 다가가자 조명이 점점 환해진다. 빛이 벽에까지 반사되어 눈이 부실 정도다. 그리고 마침내 모퉁이 하나를 돌자 거기 멍고가 있다.

"무릎 꿇어!"

테크 경호원 우두머리가 그렇게 소리치면서 깜짝봉으로 우리를 쳐서 바닥에 꿇어앉힌다.

"위대한 멍고에게 경의를 표하라! 멍고의 말을 듣고 복종하라!"

우리는 무릎을 털썩 꿇은 채 멍고를 올려다본다. 사납고 힘 있어 보이는 조직 보스다. 불꽃이 튈 것 같은 치열한 눈빛, 근육질의 팔, 어깨까지 기른 칠흑같이 검은 머리, 이빨을 드러낸 채 금방이라도 싸울 태세를 갖춘 핏빛 원숭이 문신이 새겨진 떡 벌어진 가슴. 그 보스가 주먹으로 제 가슴팍의 문신을 치면서 "멍고의 말을 듣고 복종하라…… 멍고의 말을 듣고 복종하라……."라고 쉼 없이 외쳐 대고 있다.

말도 안 되지만 나는 거의 소리 내어 웃음을 터뜨릴 뻔하다가 가까스로 참는다. 위대한 멍고는 홀로그램에 지나지 않는다. 3D 영화의 한 부분을 잘라 내 반복적으로 상영하고 있다. 세 살배기 아이조차도 속아 넘어가지 않을 사기극이다. 물론 나를 속일 수도 없지.

라이터가 중얼거린다.

"내가 무슨 시험을 해 볼 생각인데, 내가 뭘 하든지 끼어들지 말게나."

그러더니 이놈의 늙은이가 말리기도 전에 지팡이에 의지해서 천천히 일어선다.

"무릎 꿇어! 위대한 멍고에게 경의를 표하라!"

테크 경호원 보스가 명령한다.

모든 무기가 라이터를 겨냥한다. 그런데 마스크를 쓰고 있어서 확실하게 말할 수는 없지만, 확신이 무너지면서 테크 경호원들이 초조해하는 느낌이 전해진다.

"우리를 진짜 멍고에게 데려가 달라."

라이터가 말한다. 반복해서 같은 말을 되풀이하고 있는 홀로그램 소리에 묻히지 않으려고 목소리를 한껏 높인 상태로.

"무릎 꿇어! 경의!"

테크 경호원 보스가 다시 한 번 소리친다.

"멍고는 살아 있나?"

라이터가 다그쳐 묻는다.

"멍고는 살아 있다."

테크 경호원 보스는 자신도 잘 모르겠다는 목소리로 말한다. 왜 이 늙은이를 그 자리에서 삭제해 버리지 않고 말 상대를 해 주고 있는지 자기도 알 수 없다는 태도다.

라이터가 그 보스에게 다가간다. '저 영감 이제 완전히 죽은 목숨이군.'이라는 건 내 생각이고, 테크 경호원 보스는 전혀 움직임이 없다.

"마스크를 벗어 보게나."

라이터가 그렇게 권한다.

"얼굴을 한번 보여 주게."

놀랍게도, 테크 경호원 보스가 중무장한 보안용 마스크를 벗는다. 마스크 아래로 드러난 얼굴은 근심이 가득한 눈을 한 둥그렇고 어린 소년의 얼굴이다. 그 얼굴이 이 영감 말을 들어야 할지, 멱을 따야 할지 모르겠다는 혼란스러운 표정으로 라이터를 바라보고 있다.

"우리를 멍고에게 데려가 주게나."

라이터가 그를 보며 말을 잇는다.

"어쩌면 우리가 도울 수 있을지도 모르니."

테크 경호원 보스는 잠시 망설인다. 그러다가 갑자기 어딘가 찔린 것처럼 고통스러운 표정으로 얼굴을 일그러뜨리며 말한다.

"나는 그런 결정을 할 위치가 아니야."

"그럼 그런 결정을 내릴 수 있을 만한 사람이 누군가?"

라이터가 부드럽게 묻는다.

"없잖나? 그럴 줄 알았네. 생각해 보게, 젊은이. 멍고는 자네가 어떻게 행동하기를 바라겠나?"

"멍고 말을 듣고 복종하라."

테크 경호원 보스가 자동적으로 바로 대답한다.

"맞아, 물론이지."

라이터가 참을성 있게 말한다.

"자네는 멍고 말에 복종하는 임무를 그야말로 훌륭하게 해냈네. 상황도 무척 어려운데 말이야. 경호 부대가 산산조각 나지 않게 유지하고, 요새도 잘 지켜 내고, 다른 것들도 다 잘해 왔네.

하지만 이제는 여기서 한 걸음 더 나아가야 하네. 멍고를 도와
야 해. 우리를 멍고에게 데려가 주게나."

"나, 나, 난 무서워요."

테크 경호원 보스가 말을 더듬거린다.

"우리 모두 무섭다네."

라이터가 위로하듯 부드럽게 말한다.

"이 상황이 계속되면 요새가 함락되고 자네들 모두 목숨을
부지하기 힘들 걸세. 자네도 무슨 조치를 취해야 한다는 것을
알고 있지 않나."

테크 경호원 보스는 누가 들을까 두려운 듯 초조한 목소리로
말을 한다.

"당신이 한 말이 맞긴 맞아요. 하지만 당신이 우리라면 어떻
게 할 건데요?"

"멍고를 돕는 데서부터 시작하면 어떨까?"

불쌍한 테크 경호원 보스는 마치 고문이라도 당하는 듯한 표
정이다. 그러나 그는 결국 고개를 끄덕인다.

"따라오세요. 하지만 우리 모두 죽음을 당하더라도 내 탓은
하지 말아요."

"경고해 줘서 고맙네."

라이터가 대답한다.

"자, 가세나."

그 광경은 내가 지금까지 본 것 중 가장 놀라운 광경이다. 늙

은 비렁뱅이가, 그것도 불법으로 구역에 들어온 늙은 비렁뱅이 주제에 테크 경호원 보스를 설득해서 명령을 어기게 만들다니. 자기를 쳐다보는 나를 보고 라이터가 눈을 찡긋해 보인다. 내가 무슨 생각을 하고 있는지 알겠다는 듯이. 그냥 가는 데까지 가 보자는 뜻인 게 확실하다.

"촉스?"

작은 얼굴이 내 바지를 잡아당기며 묻는다.

"쉿! 괜찮을 거야."

그 말을 하고 나니 원숭이 소년들에게 잡힌 후 처음으로 우리 가 살아서 빠져나갈 수 있을지도 모른다는 생각이 들기 시작한 다. 물론 기회가 닿는 대로 저 어린 테크 경호원 보스를 무찌르 고 총을 쏘아 대며 요새 밖으로 탈출할 계획을 라이터가 세우고 있다는 가정 하의 이야기다. 그런데 알고 보니 라이터는 내 생 각과 완전히 다른 계획을 세우고 있다. 이 바보 미치광이 늙은 이는 정말로 멍고를 만나기를 원한 것이다. 홀로그램 멍고가 아 니라 진짜 멍고 말이다.

우리는 겁에 질린 테크 경호원 보스를 따라 지금까지 지나온 것보다 훨씬 좁은 통로를 지나—정말이지 움직이기조차 힘든 좁은 통로다—철제 사다리를 올라간다.

사다리 맨 꼭대기에 오르자 테크 경호원 보스가 초조한 눈으 로 주변을 살피고 숨을 깊게 들이쉰 다음 머리 위 출입문의 손 잡이를 돌린다. 그는 원망스러운 눈초리로 라이터를 한번 쳐다보고 나서 문을 밀어 올린다.

"안으로."

그가 속삭인다.

라이터는 조금도 주저하지 않고 남은 사다리를 마저 올라가 출입문 안으로 사라진다.

나라고 뭐 딴 도리가 있나? 나도 그를 따라 안으로 들어간다. 위대한 멍고, 원숭이 소년들의 보스의 비밀 보금자리에 발을 들여놓은 것이다.

12장

반복 재생의 문제점

제일 먼저 내 주의를 끄는 것은 엄청난 악취다. 죽어서 곰팡이가 핀 쥐, 썩어 문드러진 달걀, 더러운 똥 기저귀 같은 것들도 따라올 수 없을 만큼 나쁜 냄새. 출입문을 통해 기어 올라가고 나서 한쪽으로 몸을 굴려 웅크리고 어두운 실내에 눈이 적응할 때까지 기다린다. 악취가 나는 것만 빼면 방은 빌리 비즈모의 방과 비슷한 분위기에 크기만 좀 더 크다. 조직 보스의 오락실. 각종 맛난 음식과 기기들, 그리고 현재 나와 있는 게임기란 게임기는 다 모여 있다. 앉으면 몸을 적당히 감싸도록 디자인 된 공기 의자들이랑 걸어 다니는 동안 발을 마사지해 주는 마사지 카펫, 그리고 온갖 종류의 아름답고 번쩍이는 물건들이 널려 있다. 그중 많은 수는 진짜가 아니다. 홀로그램 수족관에서 헤엄쳐 다니는 야광 물고기, 나한테는 들리지 않는 음악에 맞춰 팔다리를 움직이며 프로젝터 테이블 위에서 춤추는 3D 무희들.

그러나 악취는 가상 프로그램이 아니다. 너무 독해 눈물이 날 지경이다.

"코로 숨 쉬지 않도록 노력해 보게나."

라이터가 충고한다.

그의 표정을 보니 이 방에 들어온 후 눈과 코에 들어오는 것들에 별로 놀라지도 않은 것 같다. 그를 따라 방 한가운데 커다란 원형 침대가 놓인 곳으로 간다. 거기가 바로 악취의 진원지로, 두꺼운 매트리스로 만들어진 왕좌를 상상하면 된다.

"불쌍한 바보."

라이터가 작은 소리로 말한다.

침대-왕좌에는 굶주려 말라비틀어진 인물이 자기 분비물에 절은 채 누워 있다. 빠진 머리카락이 거의 다 벗어지다시피 한 머리 주변에 엉성하게 쌓여 있다. 이빨은 하나도 없고, 눈은 허옇게 백태가 끼어 완전히 멀어 있다. 앙상한 가슴에 붉은 원숭이 문신이 희미하게 보일 듯 말 듯 하다. 얼핏 보면 죽은 사람처럼 보이지만 아직은 아니다. 완전히 죽은 건 아니다. 손가락이 가끔 움찔하기도 하고 입도 벌렸다 닫았다 한다. 마치 무슨 말을 하고 싶기라도 한 듯. 가늘디가는 목에 약하게나마 맥박이 뛰는 것도 보인다.

엉망진창이 된 그의 입에서 희미한 소리가 흘러나온다.

"음음-음-으음."

배터리가 다 닳아 없어지기 직전에 돌아가는 작은 모터 소리를 연상케 하는 소리다.

마인드프로브 기계가 담긴 은색 상자에서 주황색 불빛이 천천히 깜박거리면서 바지직바지직하는 소리를 낸다. 침대에 있는 저 해골이 가상현실 게임 기계에게 무슨 말을 하고 싶어 하든지, 아니면 가상현실 게임 기계가 자기에게 무슨 말을 하고 있다고 착각하든지 둘 중 하나겠지. 이상한 일은 비할 수 없이 더럽고 뼈만 남아 누워 있는데도 미소를 짓고 있는 것처럼 보인다는 것이다. 자기가 어떤 상태인지 전혀 모르는 듯.

"어떻게 된 거지?"

내가 묻는다.

어린 테크 경호원 보스가 용기를 내서 우리를 따라 방으로 들어온다.

"멍고가 저렇게 반복 재생을 한 지 1년도 넘었어요."

"반복 재생?"

라이터가 묻는다.

"끝없이 변화를 주면서 반복을 계속하는 게임이에요."

테크 경호원 보스가 설명한다.

"원하지 않으면 멈출 필요가 없는 거죠. 저 프로그램은 '에덴이여 영원 하라'라는 건데 멍고가 제일 좋아하는 트렌드 프로그램이죠. 멍고는 지금 에덴에서 프루브가 되어 살고 있는 거예요. 프루브를 그만두고 싶어 하질 않아요. 거기가 너무 좋아서."

멍고의 대머리 한가운데 꽂혀 있는 바늘 주변으로 회색의 걸쭉한 액체가 흘러나온다. '뇌 고름'이라고 부르는 저건 프로브 바늘을 너무 오래 꽂고 있어서 나오는 물질이다. 좀 더 값비싼 프로브용 바늘은 24시간 정도를 해도 뇌 고름 없이 할 수 있다고 하지만, 프로브를 1년 이상 하는 사람이 있다는 말은 들어 본 적도 없다.

"그러니까 딴 세상에 살고 있는 거구만."

라이터가 말한다.

"아니 자기가 딴 세상에 살고 있다고 믿고 있는 거지."

"바로 그거예요."

테크 경호원 보스가 대답한다.

"기계를 끄면 안 되나?"

"기계를 끄면 멍고는 죽게 돼요. 지금으로서는 프로브 바늘이 멍고의 생명을 부지하는 유일한 도구예요. 그 바늘이 뇌를 자극해서 심장이 뛰는 거니까요."

"그렇군. 아무도 멍고를 돌보거나 씻기지 않는 건 모두들 위대한 멍고가 너무 무서워서인가?"

"네. 이 방에 허락 없이 발을 들이는 것만으로도 그 자리에서 삭제됐던 때가 있었어요. 멍고는 사람 죽이는 걸 밥 먹듯이 했어요. 어떤 때는 아무 이유도 없이 죽이기도 하고. 눈을 똑바로 쳐다보는 것도 사형선고 감이었죠."

라이터가 테크 경호원 보스를 자세히 살피며 말한다.

"자네 눈으로 둘러보게나. 아직도 멍고가 두려운가?"

테크 경호원 보스가 천천히 고개를 젓는다.

"누군가가 이 구역을 맡아 운영을 해야 하지 않나."

라이터가 부드럽게 말을 잇는다.

"왜 그 일을 자네가 하면 안 되지?"

"저요?"

테크 경호원 보스가 두려움에 찬 목소리로 묻는다.

"자넨 우릴 여기까지 데려올 정도로 용기 있는 사람 아닌가. 누군가 일을 맡아서 하지 않으면, 그것도 빠른 시일 내에 그런 사람이 나오지 않으면 모든 게 무너지고 말 거야. 지도해 주고 리드해 주는 사람이 없으니 원숭이 소년들이 퇴화하고 있지 않은가? 저대로 두면 얼마가지 않아 자네랑 자네 부하들을 모두 없애고 자기들도 전멸하고 말 걸세."

"하지만 왜 제 말을 듣겠어요? 전 구역 보스가 아닌데."

"멍고도 아니었지."

라이터가 지적한다.

"자기가 스스로 자신을 보스로 만들기 전까지는."

그 방에서 나온 다음 테크 경호원 보스는 출입문을 꼭 닫는다. 그래도 그 방의 광경과 냄새는 내 뇌리를 떠나지 않는다. 나는 조심하지 않으면 똑같은 일이 빌리 비즈모에게도 일어날 수 있겠구나 하고 생각한다. 마음 한편으로는 빈에 대해 그렇게 무자비했으니 빌리도 저렇게 돼 버렸으면 하는 생각이 있지만, 또 다른 한편으로는 강편치파가 밉기는 해도 누군가 규칙을 만들어 주는 사람이 없으면 상황이 지금보다 훨씬 더 나빠질 거라는 생각이 들기도 한다.

"자네 이름이 뭔지 물어도 되나?"

라이터가 테크 경호원 보스에게 묻는다.

"골름."

"좋은 이름이야."

라이터가 생각에 잠겨 말한다.

"위대한 골름. 어떤가?"

위대한 골름은 금방이라도 속에 든 걸 다 토해 낼 것 같은 표정이 된다. 얼굴에서 핏기가 싹 사라지고 가쁜 숨을 몰아쉰다. 마치 미래를 내다보면서 거기 보이는 광경이 별로 마음에 들지 않는 듯 눈은 먼 곳을 응시하고 있다.

"실패하면 어쩌죠?"

그가 묻는다.

"모든 의혹을 없애야 하네."

라이터가 명료하게 대답한다.

"또 한 가지 할 일은 간단한 규칙 몇 개를 만드는 일이지. 그게 바로 원숭이 소년들이 지도자에게서 원하는 걸세. 엄격히 지켜져야 할 몇 개의 규칙."

골름이 생각에 잠긴다. 멍고 자리에 자기가 앉는다는 아이디어에 서서히 젖어 들고 있다는 것이 그의 얼굴에 나타난다. 생각하면 할수록 괜찮은 아이디어라는 생각을 굳히는 것 같다.

"내가 보스가 되면 내 말에 복종해야 하겠지."

그가 혼잣말로 중얼거린다.

"복종하지 않으면 죽는다. 그게 첫 번째 규칙이 되는 거야."

라이터가 고개를 끄덕인다. 마치 그 말을 기다렸다는 듯이.

"위대한 골룸에게 한 가지 부탁이 있습니다."

그는 그렇게 말하면서 고개를 깊이 숙인다.

생각에 잠겨 있던 골룸이 말한다.

"음? 아, 뭔데요?"

"사실은 부탁할 것이 두 가지입니다. 첫 번째는 모든 포로들을 사면하시라는 겁니다. 새로운 보스의 호의를 보이기 위해서지요. 두 번째는 우리 일행을 이 구역에서 추방해 주십시오. 테크 경호원들을 시켜 구역 경계까지 데리고 가서 추방을 하는 겁니다."

골룸이 고개를 번쩍 들고 라이터를 날카롭게 쳐다본다.

"뭐라고요? 여기 남아서 계속 날 도와줄 줄 알았는데?"

"치러야 할 미션이 있습니다."

가능한 한 엄숙하고 장중하게 들리도록 신경을 쓰면서 라이터가 말을 잇는다.

"하지만 한 가지 더 충고할 게 남아 있지요. 누군가를 완전히 신뢰할 수 있을 때까지 한 사람을 고문으로 만드는 일은 삼가시라는 겁니다. 내 기억이 맞는다면 멍고도 이전 보스의 고문이었지요. 바로 멍고가 암살한 그 보스 말입니다."

골름은 초조한 눈빛으로 뒤를 흘낏 보다가 그런 자신을 의식하고는 얼른 멈춘다. 그는 벌써 덩치도 더 커 보이고 더 강해 보이기 시작한다.

"멍고는 자기가 보스가 됐다는 선언을 동쪽 타워에서 했었지."

그가 갑자기 눈에 광채를 띠며 말한다.

"위대한 골름도 똑같이 해야 해. 이제 새 보스를 모시게 됐고, 새 규칙이 생겼다는 것을 모두에게 알려야겠어."

라이터는 생각에 잠겨 골름을 살피다가 고개를 끄덕인다.

"왕은 죽었다."

라이터가 선언한다.

"새 왕 만세!"

13장

………

잠들기 전 가야 할 길이 수십 리

작은 얼굴은 겁을 잔뜩 먹은 표정을 하고 있다. 녀석을 탓할 수만도 없다. 택비에 우리를 태우고 가는 테크 경호원들의 태도가 친절과는 좀 거리가 있기 때문이다. 게다가 원숭이 소년 한 무리가 우리를 태운 택비를 쫓아오며 소리를 지르고 돌을 던져대고 있으니 말이다. 차를 둘러싼 무쇠 철판에 돌이 날아와 부딪힐 때마다 작은 얼굴은 그렇지 않아도 작은 체구를 더 작게 오그린다. 녀석은 요새를 떠난 후 지금까지 '촉스'라는 말을 한 번도 하지 않았다.

"괜찮아."

녀석을 안심시키려고 말한다.

"이제 금방 이 구역에서 벗어나게 될 거야."

말은 그렇게 했지만 속으로는 확신이 생기지 않는다. 구역 보스를 바꾼 게 잘한 일인 건 분명하지만 아직 골름이 완전히 권력을 장악한 것은 아니지 않은가. 원숭이 소년들이 새 보스가 생겼다는 사실에 익숙해지려면 한참 시간이 걸릴 것이다.

"멍고에 대해서는 어떻게 안 거죠?"

라이터에게 물어본다.

그는 그냥 어깨를 으쓱해 보인다.

"정보에 바탕을 둔 추측이라고 해야 할까? 여러 가지 정황 증거로 미루어 보아 멍고가 더 이상 구역을 다스리고 있지 않다는 추측은 했지만, 실제로 멍고를 보기 전까진 확신하지 못했지."

그 말을 들으니 더 놀랍다. 당시의 라이터는 너무나 확신에 차 보였기 때문이다. 불과 얼마 전 나하고 싸우느니 자기 물건을 일찌감치 포기하는 쪽을 선택한 그 처량한 늙은이와 지금의 라이터가 얼마나 달라 보이는지 생각해 본다. 물론 라이터가 소중하게 생각하는 단 하나의 소지품은 결국 빼앗기지 않고 끝났지만 말이다. 어떻게 생각하면 라이터가 테크 경호원 보스에게 썼던 작전을 나에게도 똑같이 썼고, 그 보스가 넘어간 것처럼 나도 라이터의 작전에 넘어간 거라고 볼 수 있다.

우리가 탄 택비 안은 어둡고 선선하다. 부드러운 검은 소파는 앉은 사람의 체형을 포근하게 감싸도록 디자인되어 있다. 모든 것이 폭신폭신하고, 강화되고, 무장되어 있다. 창문처럼 보이는 것은 실은 바깥 풍경을 찍어서 비춰 주는 와이드 스크린 화면이다. 방탄유리도 깨뜨릴 수 있는 무기들이 나와 있기 때문이다.

조용히 귀를 기울이면 무기 시스템을 모니터하고, 언제 닥칠지 모르는 위험에 대비해서 경계를 늦추지 않는 사이버 두뇌의 모터 소리가 작게 들린다. 고성능의 전술적 도시 차량은 승객을 보호하기 위해 스스로 알아서 모든 상황을 판단한다는 말까지 있을 정도다.

구역 보스가 되는 것도 괜찮은 일이겠다는 생각을 잠시 해 본다. 언제 어디서든 날 위해 죽을 준비가 된 테크 경호원들에 둘러싸여 새 택비를 타고 돌아다니다가 왕좌 침대에 누워 게임 기계를 켜고…… 그러다가 문득 멍고가 떠오른다. 지금까지는 삭제당하는 것이 사람이 당할 수 있는 일 중 최악이라고 생각했었다. 땡! 틀렸다. 이미 죽었으면서 죽은 줄도 모르는 것, 최악은 그것이다.

택비가 하늘을 가릴 정도로 높은 건물들의 뼈대가 던져 주는 그림자 밑으로 들어간다. 잠시 밤처럼 깜깜해진다. 그림자 안에 무엇이 숨어 기다리고 있을지 모르는 일이다. 우리를 죽이고 싶어 하는 보이지 않는 뭔가가 있을지도 모른다. 무슨 이유에서인지 그러다 빈에게까지 생각이 미친다. 혈액병이 그 아이에게 이런 느낌을 주는 것일까? 그림자 속에 숨어 있다가 자기를 잡아채 갈 정체 모를 그 무엇. 이런 일이 다른 사람이 아닌 자기에게 일어난다는 것에 화가 나 있을까? 두려워하고 있을까? 어떻게 하고 있을까? 그런 생각을 계속하다간 비명을 지르고 말 것 같다는 느낌이 든다. 그래서 나는 작은 얼굴 녀석이 무서워하지 않도록 말을 걸고 농담을 하는 데 정신을 집중한다.

"우리 가는 곳에 도착하면 촉스바를 많이 먹을 수 있을 거야."

녀석한테 계속 이야기를 들려준다.

"저기 있는 저 낡은 건물들만큼이나 높이 촉스바가 쌓여 있어. 날 믿지, 그렇지?"

녀석은 내가 쿡 찌른 후에야 비로소 반응을 보인다. 고개를 끄덕이고 희미하게나마 미소 비슷한 것도 얼굴에 띤다. 몇 분 후, 일행은 파이프가 있는 곳에 도착한다. 테크 경호원들은 우리를 택시 밖으로 던지다시피 하고는 고맙다는 말을 하기도 전에 휭 사라지고 만다. 난폭한 원숭이 소년들이 따라잡을까 두려운 것이다. 그들이 두렵기는 우리도 마찬가지다.

"계단이 있었으면 하고 바랐는데."

높은 곳에 걸려 있는 파이프를 올려다보며 라이터가 말한다.

"사다리 비슷한 거라도 말이네."

우리는 결국 콘크리트 기둥 주변에 쌓인 잔해 더미를 기어올라야 한다고 결론 내린다. 작은 얼굴은 그제야 살아서 탈출할 수 있다는 실감이 드는지 비로소 생기가 돈다. 녀석이 이리저리 길을 찾아 우리 둘을 인도하면서 콘크리트 더미를 올라간다. 꼭대기에 다 오르기까지 라이터나 나나 숨을 헐떡이느라 정신이 없다. 그러나 작은 얼굴은 숨이 가쁘지도 않은 모양이다. 우리가 겨우겨우 꼭대기에 오르자 기다리고 있던 녀석이 한 번 활짝 웃어 보이고는 파이프 안으로 뛰어오른다. 그러고는 손뼉을 치면서 "촉스!"하고 외친다. 모든 것이 괜찮다는 표시다.

바보 같은 그 단어가 이렇게 반가울지 예전엔 정말 몰랐다.

이상하게 들릴지 모르지만 파이프 안에 들어가니 집에 돌아온 느낌이다. 아는 장소이고, 뭘 주의해야 할지 어느 정도는 예상할 수 있는 곳이기 때문이다. 쥐들마저도 낯익고 방금 겪은 경험에 비하면 하나도 무섭지 않다. 빨강 눈이 어둠 속으로 사라져 버릴 때까지 쥐들이 우리를 앞질러 뛰어간다.

"길을 안내하게나."

라이터가 짐짓 엄숙한 몸짓을 지으며 말한다.

"잠들기 전 가야 할 길이 수십 리, 지켜야 할 약속이 있으니."

우리가 그 말을 알아듣도록 잠시 기다린 다음 그가 덧붙인다.

"시에서 인용한 걸세."

나는 얼떨떨한 나머지 시가 뭔지 묻지도 못한다. 하지만 이 늙은이는 여느 때와 마찬가지로 내가 무슨 생각을 하고 있는지 다 꿰뚫어 본다.

"그 시를 쓴 사람은 로버트 프로스트란 시인이지. 20세기에 산 사람이라네. 그가 쓴 수많은 시들 중에 지금까지 전해 오는 건 그 구절 딱 한 줄뿐이야. 하지만 한 줄만 남았어도 문학적 불멸성을 지녔다고 말할 수 있지."

"문-학-적 불-멸-성."

잘난 척하는 그의 목소리를 흉내 내면서 물어 본다.

"그게 뭐죠?"

"우리의 일부분이 영원히 사는 것을 말한다네."

그가 설명한다.

"말로 적힌 우리의 일부분 말일세."

"그래요? 아무도 그 말에 관심이 없으면 어떻게 되는 거죠?"

"언젠가는 관심을 갖게 될 거야."

그가 고집스럽게 말한다. 그 순간 라이터가 다른 무엇보다도 그 사실을 믿고 있다는 느낌이 든다.

누군가를 영원히 살 수 있게 하는 말에 대해서는 잘 모르지만, 라이터 말이 맞는 구석이 하나 있기는 하다. 잠들기 전에 가야 할 길이 수십 리라는 것, 파이프를 따라 그렇게 먼 길을 가야 한다는 사실 말이다. 게다가 녹슬어 생긴 구멍이나 발에 상처를 낼 정도로 투박하게 튀어나온 부분을 피해 가며 걸어야 한다.

파이프의 어떤 부분은 메아리가 너무 심하게 울려 우리 셋이 걸어가는 소리가 마치 군인 한 부대가 지나가는 소리처럼 들릴 때도 있고, 어떤 때는 심지어 쥐 발소리 하나 들리지 않을 때도 있다. 라이터는 그것을 '으망효과' 때문이라고 설명한다. 그러나 나는 파이프가 살아 있는 생물처럼 기분이 좋아졌다 나빠졌다 하기 때문이라고 생각한다. 시끄럽게 떠들고 싶은 기분, 조용히 있고 싶은 기분, 어두운 기분 등등. 어떤 때는 정말 평화롭고 안락한 느낌이 들 때가 있다. 마치 우리가 안전한 느낌을 갖기를 파이프가 원하기라도 하는 것처럼. 어떤 때는 너무 무서운 느낌이 들어 무릎이 빠져 버리는 게 아닌가 싶을 때도 있다. 하지만 우리가 어떤 느낌인지는 중요하지 않다. 파이프는 사실 우리에게 아무런 관심도 없으니까. 파이프는 그저 우리를 앞으로 앞으로 나아가게 하는 역할을 할 뿐이다.

난 늙고 지친 라이터가 언젠가는 멈춰서 쉬자고 할 거라고 생각하고 기다린다. 그러나 그는 불평 한마디 없이 터벅터벅 발길을 옮긴다. 한참 시간이 흐른 후에야 나는 그가 보기보다 훨씬 강한 사람이라는 결론을 내린다. 어떤 때는 그도 파이프처럼 조용하고, 어떤 때는 입에 모터라도 단 듯 책이며 말들에 대해서 떠들어 댄다. 아무도 그런 것엔 관심이 없다는 것이 좀 애석할 뿐이다.

한번은 이런 말을 하기도 한다.

"이름은 어떤 의미가 있을까, 스파즈? 자네라면 알 것 같은데."

"이름은 그냥 단어에 불과해요."

나는 그렇게 대답한다.

"뭐든 아무 상관 없는."

"아무 상관이 없다고? 오디세우스는 그럼 뭔가?"

"오-디-스-헤-우스? 그건 누구죠?"

"오디세우스는 많은 것을 가리키지. 이름, 신화, 단어."

"흥, 아무도 모르는 단어를 가지고 무슨!"

"내가 아는 단어지. 그리고 귀를 기울이기만 하면 자네도 아는 단어가 되는 거고."

"좋아요, 하고 싶은 대로 해 보세요. 듣고 있으니까."

라이터가 만족스럽다는 듯한 신음 소리를 낸다.

"처음에는 오디세우스도 우리 같은 보통 사람이었지. 그런데 길고 어려운 여정에 올랐어. 우리가 지금 하는 것처럼. 그 후로 그 사람이 겪은 여행에 대해 사람들이 세대를 거듭해서 이야기했다네. 결국 오랜 세월이 흐르고 흘러 그 이야기는 신화가 됐지. 나중에 그 모험 이야기를 글로 옮긴 것이 책이 되었고. 그 이름은 '길고, 모험적인 여행'을 의미하는 단어 오디세이가 된 것이고."

"진짜 바보 같은 이름이네."

나는 되는대로 내뱉는다.

"그래? 어떤 사람들은 스파즈가 바보 같은 이름이라고 할 텐데?"

그 말을 듣고 나는 발걸음을 멈춘다. 그의 표정을 보려고 해도 너무 어두워서 잘 보이지 않는다.

"날 약 올려 보려고 하는 거예요?"

나는 손가락으로 그의 앙상한 가슴을 쿡쿡 찌르며 묻는다.

"아니지."

그가 부드럽게 말한다.

"자네를 생각하게 만들고 있을 뿐이라네."

"생각 같은 건 하고 싶지 않아요!"

내가 말한다. 아니 소리친다.

"목적지에 도착할 때까지 그냥 걷고만 싶다고요, 알겠어요? 그러니 단어니 신화니 하는 영감탱이 같은 소리는 이제 그만 집어치워요. 그냥 걷기나 하라고요!"

그런 다음엔 오랫동안 침묵이 흐른다.

14장

아름다운 소녀들은 구출해야지

파이프가 끝나는 곳까지 도착해 보니 온 세상이 화염에 휩싸여 있다.

수 킬로미터 떨어진 곳에서도 냄새를 맡을 수 있다. 처음에는 불타는 냄새가 콧속을 간질이듯 약간 나더니, 얼마쯤 지나자 혀에 맛이 느껴질 정도로 강해진다. 꺼끌꺼끌하고 쌉쌀하고 뜨거운 맛. 가까이 갈수록 공기 중에 불길의 느낌이 강해진다. 연기 때문에 라이터는 자꾸 기침을 한다. 기침을 할 때마다 어지러워하면서 휘청거린다. 저 늙은이가 저렇게 기침을 하다가 다 쪼그라든 허파를 뱉어 내는 건 아닐까 걱정이 된다.

"난 괜찮네."

라이터는 계속해서 그렇게 말한다.

"연기 조금 난다고 멈출 수는 없지."

그렇다고 돌아갈 수도 없다. 여기서 돌아가면 빈은 절대 찾을 수 없을 것이고, 게다가 우리 뒤쪽에 있는 사람들이 우리를 삭제하려고 칼을 갈고 기다리고 있으니 뒤로 돌 수도 없다. 그래서 발에 닿는 파이프가 뜨거워지는 것을 느끼면서도 계속 전진할 수밖에 없다.

　얼마나 오랫동안 연기 속을 걸었는지 모른다. 아무도 말을 많이 하지 않는다. 마치 연기가 우리 몸에서 말을 짜내어 버린 것 같다. 이러다가 쓰러져 버리지 않을까 하는 걱정이 슬슬 들기 시작할 때쯤 라이터가 기침을 하면서 말한다.

　"거의 다 왔어."

　파이프가 끝나는 지점은 콘크리트 기둥에서 떨어져 뚫린 면이 땅 쪽으로 기울어 있다. 기운 각도가 너무 가팔라 미끄러져서 떨어져 내리지 않도록 정신을 바짝 차려야 한다. 한 가지 좋은 뉴스도 있는데, 아래로 내려갈수록 연기가 옅어진다는 점이다.

　막상 가 보니 울퉁불퉁 찢어진 채 뚫린 파이프 끝이 땅에 부분적으로 파묻혀 있다. 마지막 몇 미터는 몸을 낮게 해서 거의 기어가다시피 하지 않으면 나갈 수 없다.

　밖으로 나온 후 제일 먼저 눈을 끈 것은 불타는 지평선이다. 태양이 녹아내려 세상의 가장자리가 전부 화염에 휩싸인 것처럼 보인다.

　"저기 봐."

　라이터가 놀라서 숨을 헐떡이며 말한다.

"구역 전체를 깡그리 태우고 있구만."

연기와 함께 끔찍한 냄새가 실려 온다. 눈에 보이는 화재 그 자체보다 처음 불을 놓은 사람들에 대한 두려움으로 더 오금이 저리게 만드는 그런 종류의 냄새다. 몸속이 재주넘기를 하듯 팔딱팔딱 뒤집힌다. 한동안 아무것도 먹지 않아서만은 아니다. 모든 것이 불에 타고 있다. 빌딩들, 콘크리트 상자들, 길거리 판잣집들, 사람들, 심지어 땅의 흙까지도 모두 불타고 있다.

겁을 잔뜩 먹은 내 마음 한쪽에서는 다시 파이프 안으로 숨어들어가 상황이 좋아질 때까지 기다리자고 졸라 대지만, 내 머릿속에서는 당분간은 상황이 좋아질 가능성이 없다는 것을 알고 있다. 어쩌면 영원히 좋아지지 않을 수도 있다. 완전히 여기에 갇힌 꼴이 된 셈이다. 게다가 조심하지 않으면 우리도 연기 기둥이 되어 사라져 버릴지도 모르는 일이다.

라이터가 나와 작은 얼굴을 가까이 부른다.

"뭉치는 것 말고는 살아 나갈 방법이 없어."

연기가 너무 짙어서 멀리까지 보이지는 않지만 군중들의 고함소리는 들린다. 원숭이 소년들이 내던 것과 비슷한 동물적인 소리지만 그보다 더 심한 느낌이다. 저 소리에선 인간다운 구석을 찾으려야 찾을 수가 없다. 마치 멍고의 구역에서 벌어진 일이 여기서도 똑같이 일어났는데 멍고네보다 훨씬 더 오랫동안 그 일을 겪은 그런 느낌이다.

그때 군중의 고함 소리와는 또 다른 소리가 들려온다. 소녀의 목소리다.

"가까이 오지 마! 경고한다! 날 건드리면 혼날 줄 알아!"

겁을 내고 있지만 강한 목소리다. 누가 감히 자기를 해칠 수 있다는 것을 믿지 못하겠다는, 심지어 정신 나간 군중마저도 자기한테 그런 짓을 할 수 없다고 믿는 듯한 목소리다.

연기가 잠시 걷히자 그 목소리의 주인공이 보인다. 늘씬하고 아름다운 소녀가 고장 난 택비 위에 올라가 있다. 방탄복도 없이 은은한 광채가 도는 얇고 하얀 가운을 입고 은색 머리띠를 두른 모습이다. 사람들이 고함을 지르며 택비를 둘러싸고 몰려들고 있고, 그녀에게 빼앗은 먹을거리를 더러운 얼굴에 마구 구겨 넣고 있다. 누군가가 횃불을 휘둘러 대면서 그녀의 발목을 붙잡으려고 손을 뻗쳐 대는 것이 보인다.

"나는 에덴에서 온 라나야다. 나한테 손가락 하나라도 댔다가는 목숨을 잃을 것이다!"

그 프루브 소녀. 맥시몰에서 내 이름을 물었던 그 소녀. 빌리 비즈모는 다시 그 소녀를 보면 그 즉시 걸음아 날 살려라 도망쳐야 한다고 했다. 프루브와 보통 사람 사이의 접촉이 금지되어 있다면서. 그러나 지금 이 순간은 나와 라이터가 뭔가를 하지 않으면 저 소녀는 불에 타 죽거나 사지가 찢겨 죽거나, 혹은 두 가지 일을 동시에 당하거나 할 판국이다.

"같은 사람이 틀림없나?"

내가 자초지종을 설명하자 라이터가 그렇게 묻는다.

"확실해요."

"저 소녀가 누구든 크게 상관은 없어."

라이터의 눈에 총기가 들어온다.

"아름다운 소녀들은 구출해야지."

"우리가 뭘 어떻게 할 수 있겠어요?"

라이터는 잠시 생각에 잠긴다. 피곤에 젖은 그의 눈이 택비를 둘러싼 미친 군중들과 불붙은 빌딩에서 흘러나오는 짙은 연기를 오가며 주위를 살핀다.

"내가 신호를 보낼 때까지 여기서 기다리게. 그런 다음엔 최선을 다해야 해."

"뭐라고요?"

내가 묻는다.

"무슨 소리예요?"

그러나 라이터는 이미 연기 속으로 사라진 뒤다. 나는 작은 얼굴도 마저 사라져 버리기 전에 얼른 그 애 손을 붙잡는다.

"미치광이 노인네 같으니라고."

내가 내뱉는다.

"도대체 무슨 생각을 하는 거야?"

잠시 후 연기 속에서 고함 소리가 들려온다.

"먹을거리다! 저놈 잡아라! 저놈한테 먹을거리가 있다!"

그 소리를 들은 군중들이 프루브 소녀를 끌어 내리려 했던 걸 순간적으로 다 잊어버린다. 다들 고함을 지르고 횃불을 휘두르며 연기 속으로 한꺼번에 뛰어들어 간다. 피 냄새를 맡고 사냥감을 쫓는 짐승들처럼. 모두들 눈이 먼 것처럼 보인다. 자기들이 원하는 것 이외에는 아무것도 눈에 보이는 게 없는 것 같다. 지금 당장은 먹을 것, 양식만이 그들이 원하는 것이다.

나는 작은 얼굴과 함께 택비로 달려간다. 프르부 소녀는 성난 군중이 자기를 놔두고 다른 데로 갔다는 게 믿기지 않는 얼굴로 멍하니 연기 나는 쪽을 바라보고 있다.

"빨리, 여기서 빠져나가야 해."

"넌! 전에 봤던 그 이상한 소년이잖아!"

프루브 소녀가 나를 알아보고 소리친다.

"스파즈라고 부른다는 그……."

"어서!"

나는 손을 내밀며 말한다.

"놈들이 금방 돌아올 거야."

프루브 소녀가 내 손을 잡고 뛰어내린다.

"왜 모두들 다른 데로 달려간 거지?"

소녀가 묻는다.

"나중에 설명할게. 택비가 많이 고장 났어? 작동은 하는 거야?"

"몰라."

소녀가 말한다.

"다들 갑자기 튀어나와 우리를 포위했어. 움직일 수 없다는 걸 알고 같이 있던 테크 경호원들은 모두 달아나 버렸어."

"안으로."

나는 혹시 되돌아온 놈들이 있을까 봐 연기 쪽을 살피면서 소녀를 재촉한다.

"나한테 이래라저래라 하지 마."

소녀가 뻣뻣하게 말한다.

'자기가 세상의 여왕이라도 되는 줄 아나 보지.'

"내가 누군지 알아?"

"물론 알지. 지금 당장 입 다물고 택시 안으로 들어가지 않으면 죽은 프루브가 될 사람."

소녀가 날 쓰레기 보는 듯한 눈으로 한번 흘겨본다. 내가 굶주린 폭도들보다 나을 게 없다는 표정이지만 그래도 몸을 숙여 택시 안으로 들어간다. 나와 작은 얼굴도 바로 따라 올라탄다.

"이거 몰 수 있어?"

내가 묻는다.

"문 닫아!"

소녀가 말한다. 내가 문을 닫으려고 손잡이를 찾고 있는데 문이 자동으로 닫힌다.

'음성 작동 장치라…… 물론 그렇겠지. 프루브니 당연히 최신 모델을 가지고 있겠지.'

"앞으로!"

소녀가 명령하자 택시가 움직이기 시작한다.

와이드 스크린 화면에는 연기와 폐허로 변한 건물들 말고는 아무것도 보이지 않는다. 비명을 질러 대는 폭도들을 피해 이런 전술적 도시 차량 안에 들어온 것이 기쁘면서도 한편으로는 라이터 걱정으로 속이 뒤집힐 것 같다. 굶주린 폭도들을 향해 "먹을거리다!" 하고 외치면 무슨 일이 벌어질지 다 예상했을 텐데……. 우리가 탈출하고 있는 지금 이 순간 라이터는 폭도들의 손에 잡혀 죽어 가고 있을 것이다. 모든 게 그가 계획한 대로다.

"거기서 뭘 하고 있었지?"

나도 모르게 강한 어조로 말이 나온다. 지금 라이터가 무슨 일을 당하고 있든 모든 게 이 소녀 잘못이라는 생각이 들어서다.

"먹을거리를 나눠 주고 있었어."

소녀는 약간 훌쩍거리며 말한다.

"눈치챘을지 모르지만 저 사람들 모두 굶주리고 있었거든."

"나도 알아. 프루브도 먹어 치울 만큼 굶주리고 있지."

"감히 그러진 못해."

소녀의 유전자 향상 프로그램에 두뇌 향상도 포함되어 있었는지 물어보려고 하는 참에—어떻게 저렇게 멍청할 수가 있을까 하는 생각에서—누군가 연기 속에서 뛰쳐나와 우리 앞으로 달려오는 게 보인다.

"멈춰!"

내가 외친다. 택비가 너무 갑자기 멈추는 바람에 안전장치가 작동할 틈도 없이 우리 모두 앞으로 내팽개쳐진다.

"뭐하는 거야?"

프루브 소녀가 화를 내며 말한다.

"감히 내 차에 명령을 내리다니!"

라이터다. 원래도 누더기였던 옷은 더 찢기고 팔에는 피가 흐르고 있다. 그런데도 그는 우리에게 팔을 흔들며 정신 나간 사람처럼 함박웃음을 짓고 있다.

"어떻게 문을 여는 거야?"

"내가 왜 문을 열어 줘야 하지?"

소녀는 고소하다는 얼굴로 맞받아친다.

"저 노인이 너의 목숨을 구해 준 사람이니까."

내가 대답한다.

소녀는 무슨 말인가 해서 내 말에 대꾸를 하려다가 마음을 바꿨는지 그냥 "문 열어!" 하고 말한다.

문이 스르륵 열리자 나는 손을 내밀어 라이터를 잡아 안으로 끌어당긴다. 굶주린 폭도들이 그 뒤를 따라 연기 속에서 뛰쳐나오고 있다.

"출발!"

내가 외친다.

"출발! 출발!"

얼마 지나지 않아 우리는 최고 속도로 심하게 흔들리며 폐허 속을 달리고 있다. 불에 타서 숯덩이가 된 건물들 사이를 뚫고 한참 가서야 장애물 없이 탁 트인 길이 나온다. 프루브 소녀는 제어판 앞에 앉아 날카롭게 이런저런 명령을 내려 전도차를 몬다.

내 옆에 앉아 있던 라이터가 혼잣소리로 웃는다. 그가 팔을 들어 올려 이빨 자국을 보여 준다.

"날 산 채로 먹으려 들더구만."

그가 놀랐다는 듯이 말한다.

"얼마나 배가 고픈지 알겠지. 나같이 비루먹은 늙은이까지 먹으려 하는 걸 보면."

"그런데 뭐가 좋다고 웃는 거예요? "

내가 묻는다.

"내가 웃었나? 나도 몰랐네. 안도감 때문이 아닐까. 그냥 살아남은 것만 해도 너무 기뻐서."

물론 나도 기쁘다. 그러나 그 마음을 어떻게 표현해야 좋을지 모르겠다. 나는 손을 뻗어 그의 주름진 손을 그냥 꼭 잡는다.

"다행이에요."

나는 작은 소리로 말한다.

"다행이에요."

차에 장착된 헬륨 추진을 사용하면 택시는 시속 300킬로미터까지 속도를 낼 수 있다. 반쯤은 공중에 떠서 움직인다는 말이 되겠다. 내비게이션 시스템이 아니면 연기에 가려 보이지 않는 건물이나 초고속으로 달리는 방탄차에 뛰어들 만큼 정신이 나간 폭도 등과 충돌하겠다 싶을 정도로 빠른 속도다. 프루브 소녀는 제어판 앞에 앉아 화면과 계기판에서 눈을 떼지 않고 있지만, 사실 이 차는 우리를 '안전한 곳으로 데려가라'는 소녀의 구두 명령에 따라 저 혼자 움직이고 있다.

3분쯤 흐른 후 전도차가 속도를 늦추더니 서서히 정지한다. 밖을 비추는 화면에 황량한 회색 들판이 보인다. 사람도, 건물도, 무너진 건물도, 불길도, 연기도 보이지 않는다. 아무것도 보이지 않는다.

"여기 있으면 당분간은 안전할 거예요."

차가 중립 기어로 들어가는 소리를 들으며 프루브 소녀가 선언한다.

"여기가 어딘가?"

라이터가 묻는다.

"보통 사람들은 여길 '금지 지대'라고 부르고, 우린 그냥 '지대'라고 부르지요."

제어판 앞에서 일어나며 소녀가 대답한다.

"아하!"

라이터가 고개를 끄덕인다.

"아직도 지뢰가 묻혀 있나?"

프루브 소녀는 '어떻게 알았지?' 하는 표정으로 그를 쳐다보다가 고개를 끄덕이며 말한다.

"물론이죠. 그 지뢰들이야말로 에덴의 1차 방어선인 걸요. 이 차에는 그 지뢰들의 작동을 중지시키는 암호가 들어 있어요. 그렇지 않았으면 우린 벌써 산산조각이 나 있겠지요."

"그러니까 밖에 나가 산책은 못하겠군?"

그가 희미하게 미소를 띠며 말한다.

"살고 싶으면 안 하는 게 낫겠죠."

그렇게 말하다가 소녀가 잠시 망설인다. 그런 소녀의 모습이 너무도 품위 있고, 완벽하게 아름다워서 온몸에 통증이 느껴질 정도다. 보통 사람들이 프루브 앞에서 보이는 보편적인 증상이다. 나는 보통 사람으로 태어난 것이 얼마나 비참한 일인지를 다시 한 번 절감한다.

"그건 그렇고."

그녀가 라이터에게 말한다.

"아까 폭도들의 주의를 끌어 줘서 고마워요."

"천만에."

라이터가 우아하게 대답한다.

"같이 목숨을 구하게 됐으니 우리도 고맙다고 해야지요."

그녀가 고개를 휙 돌려 라이터를 쳐다본다. 라이터가 뭔가 잘못 생각했다는 표정이다.

"아, 날 해치지는 못했을 거예요."

소녀가 말한다.

"더럽고, 무지하고, 굶주린 폭도들일지는 몰라도 프루브한테 손을 댈 생각은 감히 못했을 거예요."

라이터의 늙은 눈이 속으로 웃는 표정을 짓고 있으면서도 목소리는 더없이 정중하다.

"그랬을지도 모르지. 어찌 됐든, 우리같이 더럽고 무지한 보통 사람들을 도와줘서 고마워요. 실은 또 하나 부탁이 있어요."

그녀가 완벽한 눈썹을 치켜세운다. "흠?" 하는 그녀의 목소리가 상당히 냉정하게 들린다.

"라나야. 라나야라고 불러도 되지요?"

프루브 소녀의 반응은 고개를 끄덕이는 것과 어깨를 으쓱하는 것의 중간 정도다. 이 늙은 거지가 자기를 무슨 이름으로 부르든 상관없다는 투다.

"라나야, 여기 내 젊은 친구하고 나는 이루어야 할 미션이 있어요. 너무 늦기 전에 다음 구역까지 가서 어떤 어린 소녀를 찾아야 해요."

"너무 늦기 전이라니요?"

라나야가 묻는다.

"너무 늦기 전이라는 건 무슨 뜻이죠?"

내 목이 그제야 제 기능을 되찾는다. 나는 전령이 빈에 관해 가지고 온 소식이랑, 그 아이가 혈액병으로 앓아 온 사정, 빈이 죽기 전에 그 애를 봐야겠다는 내 결심 등을 이야기한다. 그리고 그 애한테 가기 위해 우리가 얼마나 고생을 하고 있는지도.

내 이야기를 듣는 라나야의 차가운 눈빛이 조금씩 녹더니 어느 한순간 그 프루브 소녀도 거의 보통 사람처럼 보인다.

"그 어린 소녀가 친동생인가요?"

그녀가 묻는다.

"내 친구예요."

내가 말한다.

라나야가 고개를 끄덕인다. 그녀는 잠시 생각에 잠겨 있다가 선언하듯 말한다.

"거기까지 내가 데려다 줄게요."

15장

지대

참 이상한 느낌이다. 지뢰밭을 택비로 누비는 것 말이다. 작은 착오로 우리가 탄 이 차에서 올바른 신호를 보내지 않으면 그 순간 라나야 말대로 우리 모두 산산조각 나고 말 것 아닌가. 라나야는 아무 걱정도 하지 않는 것 같다. 우리가 어디에 있고, 어디로 가는지도 다 알고, 그리고 목적지에 아무 문제 없이 도착할 수 있다고 확신하는 것같이 보인다.

"에덴은 도시 지역의 중앙에 있어요."

라나야가 내비게이션 화면을 톡톡 치며 설명한다.

"'지대'는 에덴을 사방으로 둘러싸고 있지요. 그러니까 지뢰밭 안을 빙 돌아가면 어떤 구역에도 다 갈 수 있어요. 문제없어요."

"문제가 없다고?"

나는 의심스러운 목소리로 묻는다.

"나는 날마다 하는 일이야."

라나야는 약간 화를 내며 말한다.

"아무것도 모르나 보지?"

그 하는 말투로만 보면 내가 화를 내야 마땅한데 무슨 이유에 선지 화가 나지 않는다. 프루브가 깔보는 투로 대해도 보통 사람들은 그걸 당연시하게 된다. 그게 어떤 태도든 자기를 '상대해 준다'는 것만으로도 프루브가 큰 혜택을 베푸는 것이기 때문이다. 다른 이유는 더 갖다 댈 것도 없다. 아무튼. 그래서 나는 입을 다물고 라나야가 하는 말을 듣고만 있다. 내가 바보라고 말하고 있는데도 나는 소녀 입에서 나오는 말을 더 듣고 싶다. 너무 아름다워 바라보는 것만으로도 몸이 아파오는 듯하다. 하지만 그 통증마저도 좋다. 말이 안 되는 건 알지만 모두 사실이다.

프루브들. 빌리 비즈모 말이 맞다. 두통거리인 것은 틀림없다. 더없이 완벽한 사람들임에도 불구하고.

"라나야."

라이터가 무척 사무적인 어조로 말한다.

"도시 지역을 이렇게 탐험하는 것에 관해 보호자들은 뭐라고 하시나?"

"그건 내 일이에요. 보통 사람에게 나 자신을 설명해야 할 필요는 없지요."

라이터는 그녀의 반응이 재미있다고 생각하는 것 같다.

"물론, 그럴 필요는 없지. 유전적으로 완벽하게 만들어진 사람들보다 우리 보통 사람들이 훨씬 하등 생물이라고 생각할 테니까. 그럼에도 불구하고 보통 사람들과 접촉을 시도해 온 것 같은데, 왜지? 그냥 스릴을 만끽하기 위해서? 위험이 주는 긴장감을 즐기려고? 아니면 그 이상의 이유가 있는 건가?"

라나야가 인상을 찌푸린다. 그러니까 더 아름다워 보인다.

"내가 당신들을 도울 필요는 없어요. 알고 있죠?"

"알고 있지. 그러나 결국은 도울 거요."

"과연 그럴까요?"

라나야가 경멸하는 어조로 말한다.

"어떻게 그렇게 확신을 하죠? 나에 대해서 뭘 안다고."

"본질적으로 용감하고 친절한 사람이니까."

라이터는 그렇게 말한다.

"그건 유전자 향상으로 만들어진 성품이 아니지. 유전자 조작으로는 완벽한 코를 만들 수는 있어도 친절한 마음을 만들어 내지는 못하거든."

"내 코가 뭐가 잘못됐다고!"

라나야가 그렇게 외치면서 코를 만진다.

"전혀 잘못되지 않았지."

라이터는 재미있다는 듯 말한다.

"당신은 무지한 노인네예요! 그런 말을 할 자격이 없는 사람이라고요."

라나야가 열을 받아 외친다.

"자네가 용감하고 친절하고 완벽한 코를 가졌다고 말할 자격이 없다고?"

라이터는 쿡쿡 웃으면서 자신의 보잘것없는 하얀 턱수염을 쓰다듬는다.

"잠깐, 아, 이제 이해가 가는군. 그러니까 보통 사람은 에덴의 자손과 동등한 자격으로 이야기할 자격이 없다는 뜻인가 보군. 바로 그거였군."

그러고 나서 라이터는 혼잣말인 듯 덧붙인다.

"그렇게 생각할 수밖에 없겠지. 우월감이 머리끝에서 발끝까지 그리고 그 사이에 있는 모든 유전자에 속속들이 스며들어 있으니. 그럼에도 불구하고 여러 구역을 다니며 모험을 하고 사람들을 도와주는 걸 보면 내 첫인상이 맞는다는 뜻이지. 자란 환경에도 불구하고 친절한 마음을 가지고 있다는 증거지."

라나야는 "흥!"이라는 말 말고는 아무 말도 하지 못한다. 그러고는 몸을 돌려 제어판을 보면서 바쁜 척한다. 늙은 거지 따위가 자기에 대해 뭐라 떠들든 상관없다는 투다.

탈출을 한 뒤로 내내 작은 얼굴은 마치 태양을 바라보듯 라나야를 우러러보고 있다. 그녀가 제어판으로 다시 주의를 돌리자 녀석이 자기 자리에서 기어 나와 조금씩 조금씩 그녀 가까이 다가간다. 마치 너무 가까이 가면 불에 델 것을 알면서도 조금이라도 더 가까이 가고 싶어 불에 데는 것도 상관없다는 듯이.

"촉스?"

들릴 듯 말 듯 그렇게 말하는 작은 얼굴 쪽으로 얼굴도 제대로 돌리지 않은 채 라나야가 묻는다.

"이 아이 배가 고픈 거야?"

"그 애는 항상 배고픈 상태지."

내가 대답한다.

"촉스바가 하나도 없다고 말해. 아까 그 폭도들이 다 가져가 버렸어."

"직접 말씀하시지."

"감히 그렇게 건방진 말투를 쓰다니!"

"내가 건방지게 굴려고 해서 그렇게 말한 게 아니야."

나는 가능한 한 최대로 부드러운 어조로 말하려고 애쓴다.

"저 작은 얼굴 녀석이 네 주의를 끌고 싶어 하는 것 같아서 그런 거야. 그래서 촉스바를 달라고 한 거니까. 그게 저 녀석이 할 수 있는 유일한 말이거든."

라나야가 그 아름다운 머리를 나에게로 돌린다.

"그러니까 '촉스'라는 단어가 저 아이가 아는 유일한 말이라는 거야?"

내가 고개를 끄덕이자 그녀가 말한다.

"과연 그런지 한번 보지."

라나야가 작은 얼굴에게 미소를 지어 보이며 묻는다.

"내 이름은 라나야야, 라,나,야, 하고 말해 볼래?"

작은 얼굴이 뒷걸음질을 친다. 자기 자리로 돌아와서는 나한테 붙어 얼굴을 파묻고 아름다운 프루브 소녀로부터 숨어 버린다.

"내가 뭘 잘못했는데?"

그녀가 당황해서 묻는다.

"아무것도 잘못한 것 없어요."

라이터가 라나야를 안심시킨다.

"야생에서 자란 아이지. 엄마도, 아빠도 없고, 길러 준 사람도 없어서 인간이 되는 걸 배울 기회가 없었다오. 말을 하지 않고 거의 짐승처럼 살아왔지. 생각도 이미지로 하지 말로 하는 게 아니야."

"정말 이상하네."

라나야가 몹시 놀란 목소리로 말한다.

라이터가 고개를 저으며 슬픈 목소리로 말한다.

"이상한 게 아니야. 도시 지역에는 저런 아이들이 수도 없어요. 날마다 더 늘어나고 있고."

갑자기 인공적인 목소리가 제어판에서 들려온다.

"순찰 차량 접근 중"

"아이쿠!"

라나야는 다음 순간 바로 택비에게 명령을 내린다.

"도피 조치를 취하라. 순찰 구역을 벗어나라."

택비가 방향을 바꾸더니 속도를 올린다.

"무슨 문제야?"

내가 묻는다.

"에덴 보안 순찰대야."

라나야가 설명한다.

"여기 있는 게 불법이거든. 원래 아무도 못 들어오는 구역이지. 그래서 금지 지대라는 이름도 붙은 거고."

"그렇군."

나는 더 멍청해진 느낌으로 대답한다.

"잡히면 억류가 되나?"

라이터가 묻는다.

"감히 그렇게까지는 못하겠지만 나에 대해 보고가 들어가겠지요."

라나야는 보고가 들어가는 것이 억류되는 것보다 더 나쁜 일인 것처럼 말한다. 다행히 택비가 보안 순찰대를 따돌리는 데 성공해서 우리 일행은 금지 지대를 빠른 속도로 가로질러 다음 구역으로 진입한다.

빈이 사는 구역이다. 아직 그 애가 살아 있다면. 사실 그 문제는 생각하는 것조차 힘들어 아예 하지 않는다. 당연히 빈은 살아 있을 것이다. 살아 있어야만 한다. 우리가 이렇게까지 고생을 해서 가고 있는데 그 애가 감히 살아 있을 생각을 하지 않는 건 아니겠지.

"무슨 문제라도 있나?"

라이터가 나를 보고 묻는다.

"아니요. 괜찮아요."

"아이쿠."

라나야가 다시 같은 소리를 낸다. 이번엔 에덴 보안 순찰대 문제가 아니다. 폐허 사이에서 우리를 맞으러 나온 무리들을 보고 나온 말이다. 제트바이크를 타고 홀연히 나타난 밴들족 (Vandals, 5세기경 서유럽에 침입해 로마를 약탈한 게르만족의 한 종족으로, 이후 문화, 예술품, 자연 등을 고의적으로 훼손하는 사람들을 vandal이라고 부르는데, 그 이름을 폭력을 휘두르는 조직의 이름으로 차용한 것임: 옮긴이)들이 스플랫 총을 휘두르며 우리에게 정지하라는 신호를 보내고 있다.

그중 가장 큰 제트바이크에 꼿꼿이 앉아 있는 인물은 내가 아는 사람이다. 내가 다시는 만나지 않기를 바랐던 사람.

로티 게츠, 밴들족의 보스, 이 구역의 보스.

16장

밴들 퀸의 구역

보스 레이디. 밴들 퀸. 손톱. 화이트 위도.

사람들은 로티를 여러 가지 이름으로 부른다. 그중 어떤 것도 좋은 이름은 아니다. 손톱이라는 이름은 기다란 손톱에 특별히 만든 칼날을 붙이고 다녀서 붙은 이름이다. 손톱 칼날이 어찌나 순간적으로 깊이 들어오는지 그 칼날에 맞으면 맞은 것을 깨닫기도 전에 죽어 버리는 것으로 악명이 높다. 또 그 여자가 애인으로 삼는 남자들은 모두 오래 살지 못하기 때문에 화이트 위도라는 이름도 얻었다. 그 외에 다른 이름도 많다. 뒤에서 작은 소리로 속삭이는 이름들. 그녀에게 들켰다가는 그 자리에서 삭제되어 버리는 그런 이름들 말이다.

로티 게츠가 처음이자 마지막으로 나에게 잠깐이나마 주의를 기울인 순간은 내가 가족 단위를 잃던 날이다. 그날 로티는 그녀의 칼날 손톱으로 나를 간질이면서 돌처럼 차가운 눈으로 말했다.

"네 몸속에 나쁜 피가 흐르는군. 그런 걸 우리 구역에 둘 순 없지, 그렇지 않아?"

그런데 그녀의 영역에 들어오자마자 로티의 부하들에게 포위를 당한 것이다. 마치 우리가 올 것을 미리 알고 있기라도 한 듯.

"걱정할 것 없어요."

라나야가 명랑하다고 할 수 있을 정도의 어조로 말한다.

"날 아는 사람들이에요."

내가 무슨 말을 하기도 전에 라나야는 천장에 있는 출입구를 열고 손을 흔들며 인사를 건넨다.

"물물교환을 하러 왔어, 지나가게 해 줘!"

밴들족들이 제트바이크를 공회전시키는 소리가 너무 커서 공기가 젤리처럼 걸쭉하게 느껴진다. 소음이 공기를 흔드는 것이 보일 정도. 제트바이크의 배기구에서 내뿜는 화염이 땅을 그을리고 있고, 밴들족들이 짓고 있는 미소는 누군가에게 고통을 주고 싶어서 손이 근질근질해 죽겠다는 듯 야비하고 비정해 보인다.

로티 게츠가 주먹을 추켜올리자 엔진 소리가 잦아든다. 그녀는 안장 위에 서서 라나야를 뚫어져라 쳐다본다. 대부분의 보통 사람들은 겁이 나서라도 프루브를 그렇게 쳐다보는 건 상상조차 못할 일이다. 그러나 로티는 물론 아니다.

"뭘 교환하러 왔지?"

로티가 도전적으로 묻는다.

나랑 라이터와 작은 얼굴은 차 안에 숨어서 와이드 스크린을 통해 그 광경을 보고 있다. 스크린으로 보기에도 라나야가 그 질문에 놀란 것이 느껴진다. 지금까지는 아무도 언감생심 그런 질문을 하지 않은 게 분명하다.

"그…… 뭐…… 항상 하는 물건들. 문제가 있나 보지?"

라나야가 자신 없는 목소리로 말한다.

"문제가 있지."

로티가 말한다.

"누군가 내 구역에 마인드프로브를 밀수해 들여오고 있어. 여기선 프로브를 하는 게 금지돼 있거든. 들키면 죽음이야."

제트바이크들이 그 말에 동의하듯 우르릉우르릉 공회전을 한다.

"난 밀수꾼이 아니야."

라나야가 항의한다.

"난 프로브 같은 건 전혀 몰라."

"모른다고?"

로티는 제트바이크에서 내려 아찔한 높이의 부츠 굽으로 왕좌에 오르듯 택비의 트렁크 위를 찍으며 올라오더니 라나야와 같은 눈높이가 되는 곳에 멈춰 선다. 주변에는 그녀가 가장 신임하는, 최고로 잔인한 밴들족 500명쯤이 장갑차도 뚫을 만큼

강력한 석궁과 스플랫 총으로 중무장을 한 채 그녀의 명령이 떨어지기만을 기다리고 있다. 로티가 신호를 보내기만 하면 완전한 승리를 거두거나 죽음을 당할 때까지 싸울 각오가 되어 있는 놈들이다. 그게 바로 밴들족의 규칙이다. 승리 아니면 죽음. 그들은 항상 승리한다.

"뭘 숨기고 있는 거지?"

"숨긴다고?"

라나야가 맞받아친다.

"아무것도!"

"그럼 한번 보지."

로티는 그렇게 말하고는 한 손으로 라나야를 번쩍 들어 올려 출입구 밖으로 꺼낸 다음 트렁크 위에 내려놓는다. 화면에 비치는 라나야의 얼굴이 충격에 휩싸여 있다. 온 세상이 옆으로 기운 것을 목격한 듯한 그런 표정이다.

다음 순간 로티는 출입구를 통해 안을 들여다보고 있다. 숨어 있는 우리를 보고도 전혀 놀라는 것 같지 않은 표정이다.

"두 가지 중 하나를 선택해."

로티가 이를 드러내며 웃는다.

"나와. 아니면 안에 든 채로 차를 폭파시켜 주지."

다른 도리가 있나. 모두 나올 수밖에. 라이터가 앞장을 서고, 그다음에 작은 얼굴, 그리고 나 순서로.

"각하, 설명할 기회를 주십시오."

라이터가 자기가 낼 수 있는 목소리 중 가장 근엄한 목소리로
말한다.

"나한테 각하 어쩌고 하면서 수작 부리지 마."

로티가 으르렁거린다.

"설명할 필요도 없어. 보면 다 알아."

그녀는 말하면서 나를 노려본다.

"내 눈에 보이는 건 반역자, 규칙 위반자, 구역 탈주자야."

"저 사람들은 해치지 마세요."

내가 말한다.

"그냥 날 도와주려고 했을 뿐이에요."

로티가 내 말에 반가운 기색을 한다.

"구역 보스의 명령을 어기는 걸 도와주는 것도 사형감이야.
그건 알고 있었을 텐데?"

나는 고개를 끄덕인다.

"우리 모두 알고 있지요."

라이터가 말한다.

"입 닥쳐, 이 늙은이야! 지금 이 간질병 환자하고 이야기하고
있잖아. 자, 말해 봐, 스파즈, 이렇게 목숨을 걸고 내 구역에 들
어올 정도로 중요한 게 뭐지?"

심장이 어찌나 심하게 뛰는지 제대로 생각조차 할 수 없다.
그러나 로티에게 진실을 말하지 않으면 내 살을 저며서라도 진
실을 캐내고 말 것이라는 건 알고 있다.

"내 누이동생요. 그 애가 보고 싶어서 왔어요."

내가 왜 여기 왔는지 로티도 이미 다 알고 있을 것이 분명하다. 빌리 비즈모에게서 다 들었을 것이다. 사람들은 빌리가 한때 로티의 애인이었다고 한다. 살아남은 몇 안 되는 로티의 연인. 그래서 구역 간에 전쟁이 나면 로티와 빌리는 대개 같은 편이 된다.

로티가 내 얼굴 가까이 자기 얼굴을 들이민다. 너무 가까워 그녀가 내쉬는 공기에서 나는 분노의 냄새까지 맡을 수 있을 지경이다. 번개가 친 후 공기 중에서 나는 그런 냄새.

"이유를 하나만 대 봐."

그녀가 말한다.

"널 살려 줘야 할 이유 하나만."

"빈을 보게만 해 주면 뭐든지 하라는 대로 다 할게요."

그녀가 칼날이 붙은 손톱으로 내 턱 밑을 쓰다듬는다.

"그건 이유가 아니지."

"제발…… 이렇게 사정합니다."

"그렇게 사정하는 것을 금지하는 규칙이 있지, 간질병 환자."

입을 다무는 게 더 낫겠다는 생각이 든다. 로티는 그냥 우리를 가지고 놀고 있는 것이다. 우리가 왜 여기 왔는지, 우리가 뭘 원하는지 그녀에게는 별 상관이 없다.

"뭐든지 다 한다고?"

그녀가 내 말에 대해 곱씹으며 천천히 말을 뱉는다.

"흠. 그것 재밌을 수도 있겠군. 내 전투사들하고 잠깐 상의를 해야겠군."

그녀가 부하들에게 거들먹거리는 걸음으로 돌아가는 품새만 봐도 자기가 딛고 있는 저 땅을 완전히 장악하고 있는 사람이라는 것을 느끼지 않을 도리가 없다. 로티의 부하들이 뭐라고 하는지는 하나도 들리지 않지만, 그중 몇 명이 고개를 끄덕이며 우리를 흘끗 쳐다보기도 하고 자기들끼리 뭐라고 수군덕거리기도 한다.

잠시 후, 로티가 택비 쪽으로 돌아온다.

"나, 로티 게츠, 밴들 퀸, 이 구역의 보스가 너에게 명령을 내린다. 프로브 밀수꾼을 데려와라. 그 해충 같은 놈을 내 앞에 데려오면 간질병 환자가 누이동생을 볼 수 있도록 허락하겠다. 그게 내 결정이다."

라이터가 듬성듬성 난 턱수염을 쓰다듬으며 말한다.

"하지만 각하, 지금 시간이 급박한 실정입니다. 우리는 한시라도 급히……."

"닥쳐!"

로티가 외친다.

"명령대로 해, 늙은이. 프로브 밀수꾼을 데려와! 그렇게 하지 않으면 죽음이야!"

우리가 용기를 내서 항의한다 하더라도 제트바이크들이 시동을 거는 우레와 같은 소음과 로티 만세를 불러 대는 밴들족들의 귀청을 찢는 함성 소리에 묻혀 아무 소리도 들리지 않을 것이다.

"손톱! 손톱! 손톱!"

모두 한소리로 그렇게 외쳐 댄다.

"손톱! 손톱! 손톱!"

잠시 후, 로티가 그 날카로운 손톱으로 회색 하늘을 가르는 시늉을 하면서 나를 뚫어져라 노려본다. 굳이 입을 열지 않아도 그녀가 하고자 하는 말은 명백하다.

'한 치도 오차가 있으면 안 돼. 밀수꾼을 데려와. 목숨을 걸고.'

17장

엉뚱한 곳에서 프로브 찾기

라나야가 가장 먼저 알고 싶어 한 것은 밴들 퀸의 명령을 따르지 않으면 어떻게 되느냐 하는 거다.

"그러니까 동생을 찾은 다음 도망가 버리면 왜 안 되는데?"

라이터가 한숨을 쉬며 나를 쳐다본다. 그 질문에는 내가 대답을 해야 한다고 생각하는 것 같다.

"로티가 지금부터 내 가족 단위를 감시할 테니까."

내가 설명한다.

"여기 온 것만으로도 내 가족 단위가 다 위험에 빠지게 됐어. 다른 도리가 없어. 그 바보 같은 밀수꾼을 찾는 수밖에."

어떤 전령들은 메시지를 전하는 데 그치지만 어떤 전령들은 물건을 가지고 다니면서 물물교환을 하기도 한다. 금지된 물건들 말이다. 로티는 자기 구역 안에서는 프로브를 사용하는 것을 금지했다. 이웃 구역의 조직원들이 일보다 프로브를 하는 데 더 많은 시간을 쓰면서 벌어지는 부작용을 보고 금지하기로 결정한 게 틀림없다.

"굉장히 영리한 지도자로군. 로티 말일세. 잔인하지만 영리해. 멍고가 로티의 반만큼만 똑똑했어도 아직 위대한 멍고로 남아 있었겠지."

라이터의 말이 끝나고 우리는 다시 택비를 타고 이동한다. 밴들족들로부터 가능한 한 멀리 떨어지고 싶어서 속도를 내고 있다. 그들이 따라올 줄 알았는데 아직까지는 아무도 우리를 추적하지 않고 있다. 따라붙지 않는 것이 우리가 밀수꾼을 찾는 데 도움이 된다고 로티가 판단했는지도 모른다. 문제는 어디서부터 어떻게 시작해야 할지 아무것도 모른다는 거다. 이건 마치 끝없는 블랙홀로 천천히 떨어지면서 빠져나오려고 몸부림치면 칠수록 더 깊이 빨려 들어가는 듯한 느낌이다. 무엇보다 견딜수 없는 일은, 나만 떨어지는 것이 아니라 내가 주변 사람들까지 모두 끌고 들어가고 있다는 것이다.

"깊이 생각해 봐야 하네."

라이터가 제안한다.

"다 같이 말이야. 모두 머리를 모아 계획을 마련해야 해."

택비가 멈춰 선 곳은 이곳 토박이(나도 한때는 이곳 토박이였지만)들이 벽돌 공장이라고 부르는 지역이다. 옛 공장의 흔적이라곤 서서히 먼지로 변해 가고 있는 깨진 벽돌 더미뿐이다. 이곳에는 아무도 살지 않는다. 아니, 두 발 달린 생물은 살지 않는다. 차 안의 화면으로도 꼬리가 긴 쥐들의 빨강 눈들이 산더미 같은 벽돌 사이에서 별처럼 반짝이는 것이 보인다. 어떤 밤에는, 특히 칠흑 같은 밤에는 이 벽돌 공장도 사람들이 대화를 나누는 것처럼 들리는 찍찍거리는 소리로 가득 차면서 시끌벅적 살아날 때가 있다. 그럴 때면 마치 쥐들이 죄다 모여서 한꺼번에 떠들어 대는 것처럼 들린다.

내가 쥐들 이야기는 꺼내지도 않았는데, 라이터는 내가 떨고 있는 것을 눈치채고 말한다.

"무슨 방법이 있을 걸세."

그가 장담한다.

"라나야, 혹시 무슨 좋은 아이디어 없어요? 혼자라면 프로브 밀수꾼을 어떻게 찾아냈을 것 같아요?"

라나야가 어깨를 으쓱한다.

"모르겠어요. 프로브를 어디서 살 수 있는지 알아봤겠죠. 맞아요, 거기서부터 시작했을 거예요."

"훌륭해!"

라이터가 외친다. 그는 신이 나면 훨씬 젊어 보인다. 좋은 생각이 세월을 녹여 버리기라도 하는 것처럼 말이다.

"단순하다는 장점이 있어."

그가 깡마른 두 손을 비비면서 말한다.

"최고의 계획은 보통 단순한 아이디어에서부터 시작하거든.

맞아, 정말! 라나야, 굉장히 좋은 생각이에요. 금지된 프로브용 바늘이 어디서 나오는지 근원을 찾아내면 그걸 공급하는 사람, 그러니까 프로브용 바늘 밀수꾼까지 찾아낼 수 있을지도 몰라."

아이디어 하나가 내 머릿속에 깜빡 하고 떠오른다.

"우리가 프로브를 사고 싶다고 하면 어떨까요?"

"그렇지! 바로 그거야! 놈이 우리에게 오도록 만드는 거야. 훌륭해!"

그렇게 해서 우리는 범죄자가 될 계획을 세우고, 밴들 퀸의 구역에서 금지된 물건들을 사고파는 엄청나게 위험한 지하 세계로 들어갈 준비를 한다.

라나야는 우리를 트레이더빌로 데려간다. 수백 명의 상인들이 판매대에서 장사를 하고, 심지어 지나가는 거지도 교환할 물건을 가지고 있는 곳이다. 거기 가 본 적이 있는 라나야는 택비를 어디다 세우고 어디로 가서 누굴 만날지도 모두 알고 있다.

"내가 알아서 말을 할 테니 다들 잠자코 있어요. 나를 아는 사람들이니까."

라나야는 그 아름다운 코를 쳐들고 잘난 척하며 말한다. 자기가 미스 완벽 유전자라는 사실을 우리가 잊지 않도록 한 번 더 되새겨 주는 느낌이다.

트레이더빌은 옛 스카이레일 밑에 판매대와 판잣집, 보안 초소 등이 얽히고설켜 있는 곳이다. 옛날에는 기차가 그 위를 날

아다녔다고 한다. 어찌나 속도가 빠른지 지나가고 나면 바람이 생긴다는 기차. 소리보다 빨라서 지나간 후에야 소리가 들린다는 기차 말이다. 그런 전설이 진짜라고 해도 이제 기차는 흔적도 없이 사라진 상태고 남은 것은 높이 가설한 기차 선로뿐이다. 가끔 선로 일부가 무너져 내리기도 하지만 그런 것에도 아랑곳하지 않고 날이면 날마다 모여들어 거래를 하고, 흥정을 하고, 가능하면 훔치기도 하느라 바쁜 상인들로 북적거린다.

여기서 '상인'이라는 말은 '도둑'의 다른 말이라고도 한다. 그게 사실인지 아닌지는 모르겠지만, 조심하지 않으면 옷을 교환하러 갔다가 입고 있던 옷까지 빼앗기는 수도 종종 있다. 나한테도 그런 일이 한 번 있었기 때문에 잘 안다. 내 옛날 아빠 찰리는 그 빌어먹을 더러운 헌 옷의 옷값보다 더 귀중한 교훈을 얻은 셈이라고 말했었다. 그날 내가 배운 귀중한 교훈은 '찰리한테는 뭐든 말해 봤자 소용없다.'라는 것이다. 거기 더해 또 한 가지 배운 것은 상대방이 내놓을 물건이 테이블에 올라오기 전까지는 절대 내 물건을 넘겨주면 안 된다는 것이다.

라나야는 우리를 데리고 트레이더빌 중에서도 가장 붐비는 쪽으로 간다. 날씨에 따라 그늘이 되기도 하고, 산성비를 막아주기도 하는 녹슨 차양이 쳐진 곳 아래다. 그곳 판매대에는 도시 지역 전역에서 모여든 물건들이 전시되어 있다. 웨스트 구역에서 온 부츠, 비스티 노예 소녀들이 만드는 유명한 벨벳 망토, 요리하는 데 필요한 주물 기구, 온갖 종류의 먹을거리, 무기류,

신변 보호 방탄복, '남성들의 머리를 혼란시킬' 것을 보장하는 이국적인 향료, 향신료, 약, 극약, 홀로그램, 3D, 싸구려 실내 장비 (다른 말로 앉을 때마다 삐걱거리는 의자), 고급 실내 장비 (다른 말로 앉아도 삐걱거리지 않는 의자), 북과 피리, 다리가 세 개뿐인 개(짖고 물지만 도망가지 못하는!), 스물여덟 가지 맛의 국수, 그리고 가장 중요한 촉스바!

먼저 라나야는 달고 있던 귀걸이로 먹을거리를 교환한다. 작은 얼굴에게 촉스바를 건네주자 녀석은 껍질을 채 뜯기도 전에 구역의 왕이 된 듯한 표정으로 함박웃음을 짓는다. "촉스!"

녀석이 그녀의 옷을 부여잡고 외친다.

"라나-이야! 촉스!"

그 소리에 나는 가던 걸음을 멈춘다. 녀석 목숨을 몇 번이나 구해 주고 여기까지 데리고 다녔는데 내 이름이 아니라 라나야 이름을 먼저 배워? 라나야가 '봐! 내가 말했지!' 하는 표정으로 날 보지만 난 상관없다는 표정을 짓는다. 이것 말고도 걱정해야 할 일이 산더미다.

"이쪽으로. 누굴 만나야 할지 알아요."

라나야는 그렇게 말하면서 세 여자가 각종 사랑의 향료를 팔고 있는 좀 큰 규모의 판매장으로 우리를 데려간다. 여자들이 향기 나는 병을 내밀며 라이터에게 물건을 팔겠다고 떠들어 댄다.

"난초 에센스! 장미 에센스! 자, 자, 노인 양반, 코밑에 한번 대 보세요."

아름답고 젊은 프루브 소녀의 마음을 사로잡기 위해 노인네가 향료를 살 거라고 생각하는 게 틀림없다.

라이터가 미소를 띠며 관심 없다는 손짓을 하는 사이 라나야는 바로 본론으로 들어간다.

"주인하고 이야기해야 해요. 벤더 있어요?"

라나야가 목소리를 낮추고 말한다.

"벤더야 항상 있지요."

한 여자가 휘파람과 웃음소리 중간쯤 되는 이상한 새소리를 내자 가판 뒤쪽으로 쳐져 있는 커튼을 열고 벤더가 나타난다.

누가 자기를 불렀는지 깨달은 그의 얼굴이 미소로 환해진다.

"오, 라나야! 이렇게 반가울 데가!"

'부자처럼 뚱뚱하다'라는 표현이 있다. 부자들이 아니면 살이 찔 정도로 먹을거리를 살 수 없기 때문이다. 그 말이 사실이라면 벤더는 엄청난 부자임에 틀림없다. 그는 다른 사람들이 방탄복을 입듯 자기 부의 상징을 온몸에 걸치고 있다. 게다가 어렵게 얻은 지방 덩어리가 잘 있는지 확인이라도 하려는 듯 엄청나게 나온 배를 계속해서 다독거린다. 그의 몸만큼이나 둥글둥글한 얼굴은 유쾌한 인상을 준다. 사실 벤더는 모든 면에서 유쾌해 보이는 사람이다. 단 한 가지, 작고 반짝이며 조심스럽게 주변을 살피는 눈은 예외다. 그 눈으로 우리 일행을 주의 깊게 살피면서 그는 윤기 나는 검은 턱수염에 달린 금으로 된 수많은 작은 고리들을 만지작거린다.

"수행원들을 바꾸셨구만. 이전 테크 경호원들이 무슨 말썽이라도 피웠나 보지?"

"바로 그거야."

라나야는 그 이상은 설명하지 않고 입을 다문다. 그녀가 벤더에게 더 가까이 다가오라고 손짓하자, 벤더는 상당히 초조한 표정을 짓는다. 라나야가 목쉰 소리로 속삭인다.

"프로브를 교환하고 싶은데, 도와줄 수 있어?"

벤더는 라나야가 칼로 찌르기라도 한 듯 재빨리 몸을 뺀다.

"안 되지, 안 돼! 우리 구역에서 프로브를 사용하는 건 금지되어 있는 것도 모르나? 그런 물건을 가지고만 있어도 즉결 삭제감이야. 실제로 그걸 교환했다간 그보다 더 큰 벌이 내리지."

"죽는 것보다 더 큰 벌?"

라나야가 궁금하다는 듯 묻는다.

"물론. 죽는 것보다 나쁜 일이 몇 가지 있는데 밴들 퀸은 그걸 쫙 꿰고 있다고. 제발 부탁이니 프로브 같은 건 잊어버려."

"하지만 프루브한테는 같은 규칙을 적용할 수 없지, 그렇지 않아?"

라나야가 벤더를 달래듯 묻는다.

"나는 예외 취급을 해 주면 안 될까?"

라나야가 벤더의 턱수염에 달린 작은 금 고리들을 쓰다듬을 듯 손을 내밀자 그가 서둘러 몸을 뒤로 뺀다.

"제발, 친애하는 라나야, 불가능해."

"하지만 전에는 예외 취급을 많이 해 줬었잖아."

벤더가 고개를 너무 세게 저어서 수염에 달린 고리와 턱에 늘어진 살이 모두 흔들린다.

"프로브는 안 돼요, 절대 그것만큼은 안 돼. 다른 건 모두 기꺼이 교환하겠지만 프로브는 아니야. 금, 은, 보석 등등 뭐든지 찾아 줄 수 있지만 프로브는 못해."

벤더는 그러면서 서서히 뒷걸음질을 친다. 마치 위험한 프루브 소녀와 자기 사이에 안전한 거리를 확보하려는 듯한 몸짓이다. 그러나 라나야도 그것을 놓치지 않는다. 마침내 턱수염 고리 중 하나에 손가락을 걸고 그의 얼굴을 가까이 당긴 그녀는 벤더의 귀에 대고 뭔가를 속삭이고, 두려운 얼굴로 고개를 끄덕이던 벤더도 라나야 귀에다 뭐라고 속삭인다.

라나야는 미소를 참으려고 애쓰면서 우리 쪽으로 돌아온다.

"따라와요. 여기서 그리 멀지 않아요."

라나야는 아주 만족스러운 표정으로 말하면서 우리를 데리고 간다. 우리는 가판대 뒤쪽으로 난 길을 따라 트레이더빌의 가장 은밀한 곳으로 향한다. 방탄복을 입은 깡패들이 판잣집들을 지키고 있고, 여자들이 호객 행위를 하기 위해 열린 창문에서 손짓을 하는 그런 곳이다. 여기야말로 공기놀이 공에서부터 사람 목숨까지 뭐든 살 수 있는 곳이다. 작은 얼굴의 눈을 가려 주고 싶은 마음이 든다. 하지만 녀석은 훨씬 심한 것도 이미 수없이 봐 왔을 것이다. 길거리에서 자란 아이들이 다 그렇듯이.

라나야는 그 모든 더럽고 사악한 모습들이 하나도 눈에 보이지 않는 것처럼 행동한다. 이 모든 것이 그녀에게는 현실이 아닌 것처럼 느껴질지도 모르겠다. 그리고 보니 보통 사람들이 사는 이 세상의 그 무엇도 그녀에게는 현실이 아니겠구나 하는 생각이 든다. 그 어떤 것도 자기를 해칠 수 없다는 듯이 행동하는 것도 바로 그런 이유에서이겠지. 이 모든 것이 '프루브 공주가 도시 지역을 방문하면서 겪는 모험'이라는 게임의 일부로 느껴질지도 모를 일이다.

라이터가 나를 흘낏 보면서 고개를 젓는다. 걱정스러운 얼굴이다. 자기 자신보다도 우리 일행을 더 걱정하는 것 같다. 트레이더빌의 이 부분까지 들어왔다가 다시는 햇빛을 못 보는 사람들이 심심찮게 있다. 내가 무슨 말을 하려는 찰나 라나야가 갑자기 손을 든다.

"가만히, 움직이지 말아요. 퓨리(Fury, 그리스 로마신화에 나오는 복수의 여신 중 하나: 옮긴이)들이 우리를 조사하는 동안 여기서 기다려야 해요."

퓨리? 무슨 퓨리?

그렇게 생각하고 있는데, 바로 그때 그들이 보인다. 두건이 달린 검은 망토를 입은 인물들이 판잣집 사이에서 나타나 우리 쪽으로 다가오고 있다. 손이 닿을 정도로 가까이 온 그들이 쓴 해골 마스크와 검은 단도가 눈에 들어올 때는 이미 늦은 뒤다.

18장
....

암살자의 표시

퓨리들이 아무 소리도 내지 않고 어둠 속에 모습을 감추는 것을 보면 그저 놀라울 따름이다. 그들이 쓴 해골 마스크는 암살자의 표시이다. 허리에 찬 검은 단도와 함께. 퓨리들에 대해서 들어 본 적은 있지만 한 번도 직접 본 적은 없다. 여자들만 퓨리가 될 수 있다는 이야기도 들었지만 막상 보니 여자인지 남자인지 구별할 방법은 전혀 없다. 검은 두건이 달린 망토 속에 누가 들어 있는지, 무엇이 들어 있는지 누구도 알 수 없을 것 같다.

퓨리들은 솜씨가 아주 교묘하고 은밀해서 그들 손에 희생되는 사람들은 소리도 한 번 내지 못하고 일을 당한다고 한다. 나는 작은 얼굴을 내 옆에 꼭 붙인 채 라나야가 일을 잘 처리하기만을 바라는 것 말고는 달리 방법이 없겠다는 생각을 한다.

자기 주변을 소리 없이 돌면서 살피는 퓨리들에게 라나야가 조용히 말을 건넨다.

"인사드립니다. 비다 블릭에게 드릴 물건을 가지고 왔습니다."

그 이름을 듣는 순간 심장이 오그라드는 느낌이 든다. 비다 블릭은 지하 상인들의 보스로 구역의 보스만큼이나 막강한 권력을 누리는 인물이다. 아무도 그를 속일 수 없다. 혹 그랬다 하더라도 그 일을 떠벌릴 수 있을 만큼 오래 목숨을 부지한 인물은 없다. 라이터도 퓨리들에 대해 들어 본 적이 있는 게 분명하다. 눈이 함지박만큼 커졌기 때문이다. 우리는 서로 쳐다보기만 할 뿐 아무 말도 하지 못한다. 한마디라도 잘못했다가 퓨리들을 자극할까 두렵기 때문이다.

라나야는 조금도 두려워하지 않는다.

"나는 에덴의 자손이에요"

라나야는 자기의 우아한 코 바로 밑에 들이댄 검은 단도를 완전히 무시한 채 말한다.

"블릭에게 가서 무척 급한 일로 만나야 한다고 전해요."

항상 하는 명령조 말투에 하나도 변함이 없다. 칼을 들이댄 암살자들 앞에서도 하나도 달라지는 것이 없다. 내 머리는 퓨리들을 약 올리다니 이 프루브 소녀가 엄청난 바보로구나 하고 생각하지만, 가슴은 그녀의 용기에 감탄하고 있다. 그녀는 내가 아무리 용기를 낸다 해도 절대 따라갈 수 없을 정도로 용감하다.

"어서! 하루 종일 여기 서서 기다리고 있을 수는 없으니."

라나야가 재촉을 한다.

이제 끝이군, 나는 그렇게 생각한다. 그저 저 단도의 칼날이 충분히 날카로워서 별 고통 없이 모든 게 끝나기만을 바랄 뿐이다. 그러나 감히 어쩌지 못해 꾹 참고 있던 숨을 다 내뱉기도 전에 퓨리들이 모두 사라져 버리고 어둠 속에서 작은 체구의 대머리를 한 인물이 불현듯 나타난다.

"줄 물건이 있다고? 자기 목숨 말고 또 무엇을 가져왔는가?"

비다 블릭은 가느다란 팔을 가슴 앞에서 꼬아 팔짱을 낀 채, 호기심 가득한 얼굴로 라나야를 올려다보고 있다. 귀한 보석을 발견하고 그 보석이 박힌 곳에서 그걸 뽑고 싶어 안달이 난 표정이다. 머리에서 발끝까지 통틀어 웬만큼 큰 거라고는 그의 영리함과 교활함으로 반짝이는 눈뿐이다. 라나야가 자기보다 키가 두 배는 더 큰데도 블릭은 전혀 개의치 않는 것 같다. 하기야 자기 명령에 복종하는 퓨리들이 있으니 키가 무슨 상관이겠는가.

"필요한 건 모두. 그게 내가 가져온 거예요."

라나야가 대답한다.

"부자로군."

비다가 어깨를 으쓱하면서 말한다.

"하긴 프루브들은 모두 부자지. 정확히 뭘 원하는 거지?"

라나야는 손가락으로 자기 이마를 두드리며 말한다.

"프로브, 마인드프로브."

블릭은 이도 작다. 그 작은 이들을 모두 드러내면서 미소를 짓지만, 그 미소 어디에서도 우호적인 구석은 찾아볼 수 없다.

사실 그 미소는 상대방을 갈기갈기 물어뜯기 위해 짓는 미소에 더 가까워 보인다. 자신에게 유리한 고지를 점령하려고 블릭이 머리를 굴리는 소리가 들리는 듯하다. 그 뒤엔 퓨리들이 어둠 속에 잠긴 채 영원처럼 고요하게 그의 명령을 기다리고 있다.

"프로브 사용하는 건 이 구역에서는 금지되어 있는데."

그는 지나가는 사람과 날씨에 대해 주고받는 어투로 말한다.

"그런 것쯤은 다 알고 있을 텐데."

"금지된 건 많지요. 금지가 되면 단지 그 가치가 높아지는 것 아닌가요?"

"금지됐다고 해서 모두 사형선고 딱지를 붙이고 다니지는 않지. 마지막으로 나한테 '프로브'라는 단어를 언급한 비렁뱅이 놈이 무슨 일을 당한 줄 아나?"

블릭은 머리카락이 하나도 없는 머리를 손으로 쓸면서 말한다.

"나는 비렁뱅이가 아니에요."

라나야는 그에게 다시 한 번 자신의 신분을 일깨워 준다.

"나는 에덴의 자손이에요."

"그건 그래."

블릭이 별 감흥 없이 말한다.

"하지만 프루브가 천하무적이라는 생각은 무슨 근거에서 나온 거지? 프루브는 찔러도 피가 안 나오나? 응? 좋아, 에덴의 자손씨, 앉아서 이야기하지. 그 정도 성의는 보여 주지. 내 사무실로 들어와."

우리는 그를 따라 판잣집 중 하나로 들어간다. 유일한 조명인 촛불 하나에서 나오는 불빛은 그림자도 만들지 못할 정도로 약하다. 비다 블릭처럼 힘 있는 사람은 엄청난 영화를 누릴 것이라 생각했는데 모든 것이 지극히 평범하고 수수하다. 벽에는 아무 장식도 걸려 있지 않고, 바닥 카펫은 닳아서 올이 드러날 정도다. 블릭이 물물교환 할 물건이 있다 해도—물론 많이 있을 것이다—여기에다 보관하지 않는 것만큼은 분명하다. 그러다가 나는 이곳이 그의 진짜 '사무실'이 아니라 그저 '가장 편리한 곳'일 뿐이라는 걸 깨닫는다. 이곳은 단지 아까 그가 서 있던 지점에서 가장 가까운 판잣집에 불과하다. 우리가 어떤 인상을 받을지 걱정할 만큼 우리가 중요한 인물들이 아닌 것이다.

블릭은 카펫에 앉은 다음 우리에게도 앉으라고 손짓한다. 모두 앉고 나자 퓨리들이 미끄러지듯 들어와 벽에 둘러선다. 그들은 한번 자리를 잡고 정지한 후에는 미동조차 하지 않아 마치 두건 쓴 조각품처럼 보인다. 그들이 너무 두려워 해골 마스크 안에 든 얼굴이 어떨지 보고 싶은 마음도 들지 않는다.

"이게 뭔가? 이걸 수행원이라고 데리고 다니는 건가?"

블릭이 라이터와 나, 작은 얼굴을 가리키며 말한다.

"내 친구들이에요."

라나야는 그렇게 말하고 우리를 소개한다.

"스파즈. 기억하는 이름이지. 이 구역에서 추방당했었지, 그렇지? 그런데 이렇게 노인, 소년, 프루브와 같이 다시 나타나다니. 정말 이상하군. 이유가 뭐지?"

블릭이 나를 똑바로 쳐다보며 말한다.

나는 최대한 아무렇지도 않다는 듯 어깨를 으쓱해 보인다. 마치 이 구역에서 저 구역으로 돌아다니는 게 대수롭지 않은 일이라는 듯.

"내, 음, 가족 단위를 만나러 왔어요."

블릭은 내 설명이 재미있다고 생각하는 것 같다.

"그러니까 그냥 들러서 안부나 전하고 가겠다는 건가?"

"뭐 그 비슷한 거죠."

그의 작은 이가 미소 짓는 모양으로 늘어선다.

"마음 놓고 거짓말해 봐. 어떨 때는 진실보다 거짓말이 더 재미있거든. 거짓말하는 사람에 대해 더 많은 것을 알게 해 주기도 하고. 그리고 거기, 영감, 당신은 또 뭐지?"

라이터는 양손을 펴 보인다. 조금 떨리고 있지만 내 손만큼은 아니다.

"마지막 모험을 하는 중입니다. 불 꺼지기 전에 마지막으로 세상을 볼 기회라 생각했죠."

블릭은 고개를 끄덕이고 라나야를 쳐다본다.

"제일 재미있는 거짓말은 네 거야."

그가 말을 이어 간다.

"프로브에 대해 관심이 있는 것처럼 말하지만 한 번도 그걸 경험해 본 적이 없다는 게 너무 분명해. 그러니 프로브에 대한 정보는 다른 목적을 위해 알아내려고 하는 거겠지. 날 배반할 게 분명하고."

"아니야!"

라나야가 말한다.

"조용히 해!"

퓨리들이 다가오자 방이 줄어드는 느낌이 든다. 블릭의 눈에서 불길이 솟구치는 듯하다. 마치 촛불을 눈 안에 켜 놓은 것 같다. 잔인하고 분노에 가득 찬 불빛이다.

"너희 프루브들한테는 큰 약점이 있어. 너희들은 보통 사람들은 모두 무지하다고 생각하지. 멍청하면 나 같은 자리를 유지할수 있을 것 같아? 우리 프루브 아가씨, 한 가지 말해 주지. 내가거래하는 게 금지된 물건들뿐이 아니야. 난 정보도 거래하지. 네가 여기 온 건 프로브 밀수꾼을 밀고해서 밴들 퀸한테 잘 보이기 위해서라는 것이 내게 들어온 정보야. 그걸 부정할 텐가?"

그가 작은 소리로 묻는다.

"끝까지 부정할 테야?"

라나야가 고개를 젓는다.

"좋아."

그가 만족해하며 말한다.

"네가 모르는 것 한 가지가 있어. 그건 바로 구역 여왕이 날 두려워한다는 사실이지. 내가 언제 자기를 제거하고 구역 전체를차지하려 들지 모른다는 공포에 싸여 있다고나 할까. 하긴 일리가 있긴 하지. 내가 굳이 그 여자한테 상납을 하고 앉아 있을 이유가 없단 말이지. 특히 나한테 뭘 해 주는 것도 없는 보스인데다, 아무런 경고도 없이 들이닥칠 수 있는 이런 퓨리들을 거느리고 있는 마당에. 솔직히 누가 더 무서울까? 시끄럽고 야만스러운 밴들족들하고 내 조용하고 교활한 암살자들하고 말이야."

블릭은 우리한테서 대답이 나오기를 기대하지 않는다. 그는 기특할 정도로 영리한 자기 머리를 뽐내는 동시에 우리를 겁주기 위해서 자기 계획을 떠벌리고 있을 뿐이다.

"내 말에 충격을 받았나?"

그가 묻는다.

"처음 발을 담글 때 뭣도 모르고 시작했구만."

라나야가 숨을 한 번 깊게 쉰 다음 말한다.

"이제 떠나도 되나요?"

블릭이 소리 내어 웃는다. 작은 비명 같은 웃음소리다. 깍, 깍, 꺄악. 마치 자기가 괴롭힌 사람들의 고통을 모두 저장해 놨다가 웃을 때 꺼내 쓰는 것처럼 들린다.

"떠난다고! 이제 막 사귀기 시작했는데?"

"하지만 프로브 밀수꾼을 찾아야 하니까."

라나야가 고집스럽게 말한다.

블릭은 작은 머리를 좌우로 젓는다.

"이해를 못하는군. 하나 물어보지. 누가 프로브랑 프로브용 재생 장치를 우리에게 가져오지?"

"그걸 알았다면……."

라나야가 대답하기 시작한다.

"정말 아무 물정도 모른다니까! 프로브, 프로브! 그렇게 떠들어 대지만 정작 그 프로브 게임에는 아무도 관심이 없어. 밴들퀸도 관심이 없다고. 그 게임이 싫어서 금지시킨 게 아니야. 그냥 상납을 더 받고 싶었던 것뿐이야."

"하지만 나한테 뭐라고 했냐 하면……."

"닥쳐!"

블릭이 고함을 친다. 긴 손칼의 칼날만큼이나 날카롭고 차갑고 성미 급한 목소리다.

"정말 몰라서 하는 말이야, 프루브? 네가 온 곳에서 프로브 게임도 나온다는 걸 모른다는 말이야?"

"그건 말도 안 돼요."

라나야가 흥분해서 말한다.

"사실이야. 프로브란 프로브는 죄다 에덴에서 나오는 거야."

"믿을 수 없어."

"못 믿겠다고?"

블릭은 라나야가 계속 인정하지 못하는 것을 보고 재미있어하며 말한다.

"주변을 살펴봐. 우리가 프로브 게임을 만들 만한 기술을 가지고 있다고 생각해? 뇌로 하는 프로브를? 그걸 재생할 수 있는 기계장치는 또 어떻고? 프루브들에게 먹을거리를 구걸하는 주제에? 절망과 폐허 속에서 살고 있는 우리들이? 뇌에 바늘을 꽂아서 뇌가 녹아내리더라도 에덴에서 사는 맛을 잠시라도 맛보고 싶어 하는 우리가? 너무 무지해서 모욕적이야. 밴들 퀸이 뭐라고 했든 상관없어. 넌 살려 두기엔 너무 멍청해.”

블릭이 왼쪽 손을 작게 움직여 신호를 보내자 퓨리들이 앞으로 쓱 나서며 단검을 쳐든다.

“잠깐!”

라이터가 소리친다.

그때 공기가 움직이기 시작한다. 촛불이 깜빡이다가 꺼진다. 뭔가 커다란 물체가 다가오고 있다. 자체적으로 바람을 일으킬 만큼 커다란 무엇인가가. 심장이 한 번 뛰는 사이에 그 물체가 우리를 덮친다. 땅을 뒤흔드는 제트바이크의 엔진 소리, 밴들족이 지르는 공격의 함성, 스플랫 총이 터지며 들리는 뭉툭하고 추한 소리.

퓨리들은 블릭을 데리고 순간적으로 사라져 버리고 만다. 판잣집의 벽 한쪽이 무너진다. 그 너머에서 들리는 제트바이크의 소리가 너무 커서 나는 아무 생각도 할 수가 없다. 라이터가 무슨 말인가 외치지만 들을 수가 없다. 그는 작은 얼굴을 끌고 열린 벽 틈으로 달려간다. 라나야가 나를 끌어당기지만 나는 움직일 수조차 없다. 그러자 그녀가 내 뺨을 후려친다.

효과가 있다. 이제 정신을 차리고 라나야를, 아니 은은한 빛을 발하는 그녀의 옷을 따라 뛴다. 사방팔방에서 폭발음이 들린다. 나를 치고 지나가는 제트바이크에 탄 밴들족 전투사가 소리 없는 비명을 지르는 것이 보인다. 단검을 든 퓨리 하나가 그의 등에 붙어 있다. 그다음에는 무슨 일이 일어났는지 모른다. 미치광이 같은 전투의 함성을 뒤로하고 밤의 어둠 속으로 달리고 또 달리고 죽어라 달렸을 뿐이니까.

19장

스파즈, 산성비에 녹다

트레이더빌은 버려진 도시가 되어 있다. 분주했던 판매대들은 모두 텅 빈 채 판자로 막아 놓은 상태다. 남은 거라곤 갑자기 들이닥친 밴들족을 서둘러 피하는 길에 상인들이 떨어뜨렸을 법한 저장용 금속 깡통 몇 개뿐이다.

어두운 하늘에서 가랑비가 내리면서 빈 깡통에 핍! 핍! 핍! 소리를 낸다.

핍! 핍! 핍!

나는 그대로 장승처럼 서서 목덜미로 빗물이 흘러내릴 때까지 비를 맞고 서 있다. 온몸이 그 빌어먹을 빈 깡통처럼 텅 빈 느낌이다. 내 몸속에서도 핍! 핍! 핍! 소리가 나는 것 같다. 너무 두려웠었다. 프루브 소녀가 내 뺨을 치기 전까지는 너무 두려워 꼼짝달싹 못했다. 너무 두려워 나 말고 다른 사람을 도울 여유도 없었다. 너무 두려워 도망가는 것 말고는 아무것도 생각할 수 없었다. 너무 두려워 심지어 빈을 생각할 겨를도 없었다.

아니, 그건 거짓말이다. 바로 그것 때문에 이렇게 텅 비고 비참한 느낌이 드는 거니까. 빈을 생각하긴 했다. 그 아이가 나를 찾지 않았더라면, 내가 여기 오지 않았더라면 얼마나 좋을까 그렇게 생각했다. 밴들 퀸하고 그녀의 라이벌이 세력 다툼을 하는 틈바구니에 끼게 된 것이 다 그 아이 탓이라고 여겼다. 마치 내가 바보 겁쟁이인 것이 모두 빈의 잘못인 것처럼.

그래서 이렇게 산성비를 맞고 서 있는 것이다. 산성비가 내 피부를 파먹는 그 근질근질한 감각을 느끼면서, 비가 충분히 오래 오면 내 몸이 다 녹아 버리고, 내 문제들도 다 녹아 버리지 않을까 생각하고 있는 중이다. 스파즈, 간질병 환자, 산성비에 녹아 버리다. 잘 꺼져 버려라!

입을 열고 비를 받아먹으면 더 빨리 녹아 버릴 수 있지 않을까 생각하는데 라이터가 절룩거리며 나타난다. 지팡이에 몸을 많이 의지하고 있고, 걷는 품이 심상치 않고, 그의 늙은 눈에는 고통이 스며 있다. 그가 나에게 지친 미소를 지어 보이며 말한다.

"살아 나왔군, 다행이야."

'다행이라니, 뭐가?'

나는 그렇게 생각하며 입을 연다.

"다쳤군요."

"그냥 타박상 정도지 뭐. 심각한 건 아니고, 그 끔찍한 제트바이크에 치여 넘어졌다네. 언젠가 제트바이크한테 치여 죽을지는 모르지만 다행히 오늘은 아니야."

"다른 사람들은요?"

"라나야하고 작은 얼굴은 택비를 가지러 갔어."

그러고는 그가 나를 본다. 그야말로 나를 들여다본다.

"왜 그러나? 어디 다쳤어?"

나는 고개를 저으며 그의 눈을 피한다.

"아, 겁이 나서 몸을 피한 게 뭐가 잘못됐다고?"

라이터가 알겠다는 듯 말한다.

"우리 모두 도망쳤어. 상대는 너무 수가 많고 우리는 몇 명 안되고. 그러니 무슨 도리가 있었겠나?"

나는 어깨를 으쓱해 보인다.

"일이 이렇게 된 게 우리한텐 오히려 잘된 일일 수도 있어."

내 기분을 띄우려고 애쓰며 그가 말한다.

"밴들 퀸이 비다 블릭하고 그의 암살단을 잡으려고 우리를 이용했던 게 분명해. 자기가 공격할 때 우리가 블릭의 주의를 끌고 있기를 바랐던 거지. 마인드프로브니 뭐니 거기엔 별로 신경 쓰는 것 같지도 않고. 아닐 수도 있지만 누가 알겠나? 진짜 중요한 건 밴들 퀸이 지금 아주 바빠졌다는 거지. 자기가 시작한 전쟁에 전력을 집중해야 하니 우리가 갈 길을 막을 사람이 없을 걸세."

나는 계속 땅만 내려다보면서 "흠?" 하는 의기소침한 소리만 내고 있다.

"자네 가족 단위 말이야."

라이터가 말을 잇는다.

"자네 누이동생. 아무리 밴들 퀸이라도 이 전투가 계속되는 동안에는 그쪽을 감시하는 데 인력을 낭비할 여력이 없을 거란 말일세."

이렇게 절망한 상태만 아니었더라도 그 정도는 나 혼자 생각해 낼 수 있었을 것이다. 늙은이 말이 맞다. 목적지에 거의 다 왔고, 서두르기만 하면 우리를 막을 사람이 아무도 없다. 쏟아지는 비도 더 이상 느껴지지 않는다. 내 온몸을 채우는 유일한 느낌은 빈을 만나야 한다는 욕구뿐이다. 살아 있어야 해, 빈. 제발 살아만 있어 줘.

나도 널 위해서 살아 있는 거야. 이번엔 네가 날 위해 살아 있어 줄 차례야.

방탄 처리가 아주 두껍게 된 차량인데도 택비는 믿기지 않을 정도로 조용히 움직인다. 라나야가 몰고 온 차가 미끄러지듯 우리 뒤에 와서 멈추지만 우리는 그녀가 "어서, 빨리!" 하고 소리를 치고, 작은 얼굴 녀석이 "란-아이-아 촉스!" 하고 후렴을 붙이고 나서야 그 사실을 알아차린다. 들어가 보니 라나야는 작은 얼굴이 전도차 조종을 하는 흉내를 낼 수 있게 해 주고 있다. 녀석은 제어판 앞에서 터져 나오는 웃음을 참지 못하고 어린아이들이 낼 수 있는 온갖 폭발음 흉내를 내며 조종하는 시늉을 하느라 바쁘다. 밴들족들이 공격했을 때 주워들은 소리를 흉내 내는 것 같다. 그 끔찍한 경험마저도 녀석에게는 게임의 일부가 된 것이다. 짜식 참.

라나야가 내 가족 단위가 정확히 어디에 사는지 묻는다. 내 대답을 들은 그녀는 택비에 정보를 입력시키고, 우리 모두 그곳을 향해 출발한다.

라이터는 앉을 적마다 작게 신음 소리를 내면서도 누가 도우려고 하면 괜찮다는 시늉을 한다.

"전쟁의 선물이지."

그가 내뱉는다.

"전쟁과 고령. 괜찮아질 거야. 도착하면 깨워 주게나."

그러고는 바로 깊은 잠에 빠져든다. 말이 끝나자마자 그 자리에서 그대로.

방금 전에 그 모든 일을 겪고 잠을? 나는 라이터가 어떻게 저럴 수 있는지 도무지 이해가 되지 않는다. 나는 아직도 온몸의 피에 전기가 통하는 것 같은데. 라나야도 흥분이 채 가라앉지 않은 듯 보인다. 금방이라도 택비에서 뛰어내려 어디론가 달려갈 것처럼 보인다.

나는 그녀가 얼마나 용감한지, 얼마나 완벽한지 말해 주고 싶다. 하지만 내 안의 무언가가 내 말을 가로막는다. 아마도 그녀가 내 뺨을 쳐서 내 생명을 구해 줬던 그 순간 내가 얼마나 두려움에 질려 있었는지 그녀에게 다시 상기시켜 주고 싶지 않기 때문일지도 모른다.

"눈치챘어?"

그녀의 아름다운 눈이 흥분으로 반짝인다.

"아까 있었던 일 말이야."

난 그녀가 무슨 말을 하는지 전혀 알아들을 수가 없다. 그래서 솔직히 모르겠다고 말한다.

"우리를 그 자리에서 바로 삭제해 버릴 수 있었는데 그러지 않았잖아."

그녀는 라이터를 깨우지 않으려고 조용히 속삭인다.

"퓨리들이 싸우는 걸 보니 마치 우리가 도망치는 걸 도와주는 것 같았어. 밴들족들도 마찬가지였고. 우리가 살아 있는 건 놈들이 우리를 살려 주고 싶어 했기 때문이야."

"우리 중 하나가 프루브여서?"

"몰라."

그녀도 궁금하다는 듯 말한다.

"어쩌면 그럴지도 모르지. 하지만 다른 이유가 있을 것 같아. 우리가 구역 여왕하고 구역 보스 자리를 탐내는 야심찬 범죄 조직 두목 사이의 세력 다툼에 낀 거잖아. 양쪽에서 내세운 규칙이란 규칙은 모두 어기면서. 하지만 우리를 삭제할 기회가 있었는데도 양쪽 다 그렇게 하지 않았어. 그게 내가 프루브여서만은 아니었을 거야."

"그렇다면 왜?"

"아마 너랑 관계가 있는 것 같아. 구역 여왕이 널 기다리고 있었잖아. 비다 블릭도 마찬가지고. 미안한 말이지만 너 같은 하잘것없는 간질병 환자가 뭐 그리 대단하다고?"

"하잘것없다고?"

그렇게 말하는 내 얼굴이 뜨겁게 달아오른다.

"그게 바로 내가 하려는 말이야, 이 바보야. 이 모든 게 바로 네가 하잘것없는 존재가 아니라는 뜻이잖아. 힘 가진 사람들은 죄다 널 주시하고 있어. 빌리 비즈모, 로티 게츠, 비다 블릭까지 전부 다. 왜 그럴까?"

"글쎄 나도 모르지. 그런 생각은 한 번도 해 본 적이 없어."

"이젠 해 보는 게 좋을 것 같아."

라나야가 말한다.

그러나 지금 당장은 그렇게 이해도 되지 않는 일까지 생각해 볼 여유가 없다. 오직 빈이 아직 살아 있기를, 그리고 전령이 말했던 것만큼 그 애 상태가 나쁘지 않기를 바라는 마음만이 온 머릿속을 가득 채우고 있다.

목적지에 가까이 가면서 점점 더 낯익은 광경들이 내 눈에 들어온다. 어릴 때 '숨고 삭제하기' 놀이를 했던 무너진 집들의 지하실 자리에 난 구멍들, 먹을거리를 물물교환 했던 판매대, 밴들족과 침략자로 편을 갈라 싸우는 척하는 놀이를 했던 골목들. 하지만 이제는 아무도 거리에서 놀지 않는다. 집행관들도 없고,

밤에 미친 듯이 거리를 누비는 젊은이들도 없고, 겁이 나서 이 집 문에서 저 집 문으로 쏜살같이 지나가는 사람들도 없다. 모두 숨을 죽이고 숙소에 숨어 그다지 멀지 않은 곳에서 벌어지는 전투 소식에 온 신경을 집중하고 있는 것이 분명하다. 로티게츠와 그녀의 밴들족이 계속 보스로 남아 있느냐, 아니면 비다블릭과 그의 퓨리들이 권력을 장악하느냐는 전투가 끝나기 전까지 아무도 예측할 수 없는 일이다.

"거의 다 왔어요."

내가 말한다.

라이터가 잠에서 깨어난다. 그의 늙고 피곤한 눈에 피로감과 고통이 스며 있지만, 그와 동시에 승리와 환희도 보인다.

그가 내 어깨를 꼭 쥔다.

"준비됐나? 쉽지 않을 수도 있어."

나는 모래를 씹는 느낌으로 말한다.

"알고 있어요."

내가 알고 있는 건 바로 이거다. 빈이 이미 죽었다는 소식을 듣는 것보다 그 아이가 죽어 가는 모습을 지켜보는 것이 훨씬 더 고통스러울 것이라는 사실.

'최악의 가능성에 대비해 마음 단단히 먹어, 스파즈.'

내 머리가 그렇게 이르고 있다.

다른 사람은 몰라도 너는 잘 알고 있잖아. 이제 아무리 사정이 나빠도 지금보다 더 나빠질 수 없을 거라는 것을.

20장
··········
빈이 믿어 온 것

빈이 네 살쯤 되었을 때 어느 날 갑자기 에덴에 가야겠다고 결심한 적이 있었다. 빈은 에덴이라는 곳이 실제로 있는 장소인 줄도 몰랐다. 눈을 감고 몇 발짝 걸으면서 상상을 하면 갈 수 있는 곳이라고 생각했다.

"날 에덴에 데려가 줘."

빈이 나를 보고 부탁했다.

"제발, 제발, 제발 해 줄 거지?"

그래서 나는 그 애의 손을 잡고 우리가 살던 빌딩 뒤쪽의 어두운 골목길을 지나고 나서도 한참 더 간 다음에 폐허들 사이로 해가 비치는 공터를 찾고 나서 말했다.

"느껴지니?"

햇볕이 우리 얼굴을 따뜻하게 어루만지고 있었다.

"에덴에서 나오는 빛이야."

빈은 그동안 내내 한 번도 눈을 뜨지 않았다. 눈을 뜨면 꿈이 달아나 버리기 때문이었다. 우리는 그 이야기를 찰리나 케이에게도 하지 않았다. 그 일은 우리 둘만의 비밀이 되었다.

한 가지 단점은 그날 이후 빈이 나는 뭐든지 할 수 있다고 믿게 된 것이다. 에덴에도 데려가 줬는데 비가 오는 걸 그치게 하거나 장난감을 고치는 일쯤은 식은 죽 먹기로 쉬운 일이고, 찰리와 케이가 싸우는 걸 멈추게 하는 것도 내가 마음만 먹으면 할 수 있는 일이라고 그 애는 그렇게 생각하기 시작했다. 그리고 자기가 앓기 시작한 병도 나라면 분명 고칠 수 있을 것이라고 믿었다.

"눈만 감으면 뭐든지 할 수 있잖아. 제발 그렇게 해 줘, 응?"

빈은 그렇게 말하곤 했다.

바로 지금 눈을 감을 수 있다면 얼마나 좋을까? 그러면 내 가족 단위가 사는 숙소 문 위에 난 총알 자국이나, 출입구를 막고 있는 철조망 더미도 보지 않을 수 있을 텐데. 물론 그 총알 자국이랑 철조망 더미는 내가 여기 살 때도 있었다. 내가 기억하는 한 항상 거기 있던 것들이지만, 그것들을 볼 때마다 슬퍼지는 건 어쩔 수가 없다.

내가 주먹으로 문을 두드려도 처음에는 아무 반응도 없다. 그러다가 눈 하나가 문에 난 구멍을 메우면서 바깥을 살피더니 찰리가 문을 연다.

"너는."

찰리가 놀란 목소리로 말한다. 화가 나거나 실망한 것이 아니라 그저 놀란 목소리다. 잠시 후, 내 양어머니 케이가 달려온다. 나를 보자마자 그녀의 눈에 눈물이 차오른다. 케이는 나를 안거나 하지는 않는다. 원래부터 다른 사람과 포옹하는 것 같은 건 별로 하지 않는 사람이다. 대신 케이는 자기 팔을 감싸 안으며 말한다.

"이 사람들은 누구니?"

"친구들이에요."

나는 그렇게 대답하고 일행을 소개한다. 작은 얼굴이 수줍어하며 내 뒤에 숨는다. 라이터가 자기 지팡이에 기대 몸을 약간 굽히며 정중하게 말한다.

"이렇게 만나 뵙게 돼서 반갑습니다."

그때 라나야가 문 뒤에서 나오자 찰리는 거의 주저앉기 일보 직전이 된다.

"오!"

찰리는 그렇게만 말한다.

"오!"

찰리가 프루브를 이렇게 가까이에서 본 적이 있는지는 나도 모른다. 하지만 찰리는 라나야를 보고 싶어 하지 않는 것처럼 행동한다. 아니면 쳐다보기 두렵지만 자기도 모르게 눈을 뗄 수 없는 것일까. 아마도 무슨 생각을 해야 할지, 어떻게 행동해야 좋을지 아무것도 모르는 게 분명하다.

"여기 먹을거리를 조금 가져왔어요."

라나야가 작은 봉투를 내밀며 말한다.

봉투를 받아드는 케이는 마치 그것이 금방이라도 폭발할 것처럼 행동한다.

"빈을 보러 왔어요."

나는 가까스로 그렇게 말한다.

"어디 있어요?"

"그 애 많이 아프다."

찰리는 그렇게 대답한다.

"무척 많이."

"널 계속 찾고 있어."

케이가 너무 작아 들릴 듯 말 듯한 목소리로 말한다.

"그 애한테는 네가 올 수 없다고 말해 놨어. 규칙을 어기는 일이기 때문에 네가 올 수 없다고."

다른 방들을 지나 빈의 방으로 가는 나를 아무도 막으려 하지 않는다. 커튼을 여는 내 손의 무게가 전혀 느껴지지 않는다. 마치 손과 팔이 연결되어 있지 않고 따로 노는 것 같다. 난 처음에는 빈이 거기 있는 걸 알아차리지 못한다. 바닥에 있는 매트 위가 낡은 담요 말고는 아무것도 없이 텅 빈 것처럼 보이기 때문이다. 그때 담요가 움직이더니 해골 같은 얼굴에 쑥 들어간 커다란 눈이 나를 쳐다본다. 목에는 분비샘이 부어서인지 혹 같은 것이 울퉁불퉁하다.

"스파즈!"

빈이 헐떡거리며 말한다.

"올 줄 알았어! 난 알았어!"

다음 순간 나는 젖은 얼굴을 그 애의 얼굴에 댄 채 매트 옆에 무릎을 꿇고 앉아 있다. 빈이 살아 있다는 것이 감사하다. 그 애 모습이 어떻게 변했어도 상관없다. 속은 하나도 변함없는 빈이다. 그 애의 목소리에서 그걸 확인할 수 있다. 그러나 고개를 들어 다시 그 애를 보니 너무나 마르고, 창백해서 심장이 멎는 것만 같다.

"오, 빈. 미안해."

내가 말한다.

"미안해하지 마."

빈은 그렇게 말한다.

"아빠는 오빠가 오지 못할 거라고 하셨어. 그러면서도 오빠한테 전령을 보낸 게 바로 아빠야."

그러니까 구역 전령을 보낼 돈을 낸 사람이 바로 찰리였군. 물론 나를 위해서가 아니라 빈을 위해서 한 일이지만 상관없다. 내가 여기 왔다는 것, 그 사실이 무엇보다 중요하다.

나중에야 케이는 치료사가 열흘 전부터 오지 않고 있다고 말한다.

"이제 더 이상 할 수 있는 일이 아무것도 없다는 거야. 혈액병을 고칠 사람은 아무도 없어. 치료사가 준 약을 먹고는 있지만 도움이 되지 않아."

라이터는 고단한 몸을 바닥에 눕힌 채 쉬고 있다. 그 모습이 너무 평화로워 보여서 나도 덩달아 마음이 편하다.

"예전엔 백혈병이라고 부르던 병이지."

라이터가 말한다.

"백타임에는 치료 방법이 있었던 것 같아."

"어떤 치료법인데요?"

내가 묻는다.

라이터가 고개를 젓는다.

"미안하네, 나도 전혀 모르네. 아주 오래전에 잃어버린 지식이라."

"그러면 뭣하러 말은 꺼내요? 말도 안 되는 유언비어 같은 걸 가지고."

누구라도 한 대 치고 싶을 정도로 짜증이 난다. 실은 라이터한테 화가 난 게 아니라 혈액병에 대해 화가 난 것이다. 최악의 사태가 벌어지기를 기다리는 것 말고는 할 수 있는 일이 아무것도 없기 때문에 화가 난다.

라이터 표정을 보니 대지진이 세상을 망쳐 버리기 전에 있었다는 치료법을 언급한 것을 후회하는 것 같다. 마치 '자네가 맞아, 내가 입을 닥치는 게 상책이지.'라고 말하고 싶은 듯 손을 입에 살며시 갖다 대고 있다.

라나야가 나를 보며 말한다.

"내가 한번 만나 봐도 될까?"

그래서 그녀랑 나는 다시 빈의 방으로 간다.

빈은 자고 있지만 얼굴에 미소가 떠올라 있다. 우리가 들어가는 소리를 듣고 깬 빈의 눈이 휘둥그레진다. 라나야를 빤히 쳐다보면서 속삭이는 소리로 말한다.

"너무 아름다우세요! 지금까지 이렇게 아름다운 사람을 본적이 없어요. 에덴에서 온 게 틀림없어요."

역시 내 누이 빈답다. 아직까지도 그 누구보다 영리하고 눈치도 빠르다. 그렇게 몸이 아픈데도 빈은 라나야처럼 완벽하게 생긴 사람이 우리 같은 보통 사람일 수가 없다는 것을 바로 추측해낸 것이다.

"맞아."

라나야가 그렇게 말하면서 매트리스 옆에 쪼그리고 앉는다. 빈의 이마에 손을 갖다 대며 말한다.

"어디가 아파?"

"다 아파요, 조금씩 다."

빈이 거의 명랑한 어조로 대답한다.

"우리 오빠 여자 친구예요?"

라나야가 소리 내어 웃는다.

"아니야, 우린 그런 사이가 아니야. 사실을 말하자면 오빠가 날 그다지 좋아하지 않는 것 같아. 내가 너무 버릇없고 고집 세고 제멋대로 한다고 생각하지."

"라나야가 우리를 여기까지 데려다 줬어."

나는 빈을 보고 말한다.

"그러니 다른 건 다 용서할 수 있지."

라나야가 나를 묘한 얼굴로 쳐다본다. 하지만 내가 한 말이 싫어서는 아니다. 라나야가 빈에게 호감이 가는 것도 분명하다. 물론, 빈은 누구라도 좋아하지 않을 수가 없는 아이다. 프루브라 해도 빈의 매력을 피해 갈 수는 없다. 빈과 라나야는 잠시 이야기를 나눈다. 여자들끼리 하는 그렇고 그런 이야기 말이다. 하지만 내가 옆에서 듣고 있는 건 그다지 신경 쓰이지 않는 것 같다. 빈은 가끔씩 "그렇지 않아, 스파즈?" 혹은 "그거 기억나, 스파즈?" 하면서 라나야에게 내가 예전에 얼마나 엉뚱한 장난꾸러기였는지를 보여 주는 웃기는 이야기를 많이 들려준다. 얼마 가지 않아 나도 같이 따라 웃고 있다. 무슨 이유에선지 빈의 상태가 그다지 나빠 보이지 않는 것처럼 생각되기도 한다. 어쩌면 치료사가 잘못 생각한 것일 수도 있다. 전처럼 빈이 회복하지 않을까 하는 생각까지 든다.

"오빠랑 이야기하게 나는 이제 나가 볼게."

라나야가 일어서며 말한다.

"가서 네 엄마가 먹을거리를 준비하시는 걸 도와야겠어, 빈. 너 살 좀 쪄야겠다."

"이젠 배고픈 것 같은 거 몰라요."

빈이 그렇게 말하자 내 심장이 멎는 것 같다.

라나야가 나가자 빈은 나에게 미소를 지으며 말한다.

"내 생각엔 라나야가 오빠를 좋아하는 것 같아. 둘이 결혼하면 어울리겠어."

"엉뚱하긴."

내가 말한다.

"프루브들은 보통 사람들하고 결혼 못해. 게다가 난 보통 사람도 못 되잖아."

"오빠는 너무 보통스러워."

"난 불량품이야. 잊지 않았지? 유전적 결함이 있다는 거."

빈이 한숨을 쉬며 고쳐 눕는다.

"난 그 단어가 너무 싫어. 불량품이라는 그 말."

"그건 그냥 단어에 불과해."

나는 그렇게 말한다.

"엄마가 그러는데 약은 잘 먹고 있다면서?"

빈이 날 쳐다본다.

"그냥 꿀물에 이것저것 넣어서 맛만 이상하게 만든 거야. 아무 효과도 없는 거야."

"하지만 넌 좋아질 거야."

빈이 깡마른 손을 담요 밑에서 꺼내 내 손에 댄다. 노인의 손처럼 차갑고, 건조하고 힘이 없는 손이다.

"오빠가 와 줘서 정말 좋아. 오빠가 다시 나를 보지 못하게 될까 봐 걱정했었어. 마지막 본 내 모습이 나랑 아빠랑 싸우는 모습이고, 아빠가 나에게 욕을 했던 장면이 될까 봐. 아빠 미워하지 마. 아빠도 어쩔 수가 없었어."

"미워하지 않아."

나는 그렇게 말한다.

"난 아무도 미워하지 않아. 넌 좋아질 거야, 빈. 좋아져야만 해."

"맞아, 좋아지겠지."

빈이 그렇게 말하지만 그 말을 믿지 않는 건 그 애나 나나 마찬가지다.

"나한테 약을 먹이려고 오빠가 이야기를 지어내서 해 줬던 것 기억해?"

"기억하지."

"이야기해 줘. 모두 다 같이 오래오래 행복하게 사는 이야기 하나만 해 줘."

그래서 나는 빈이 잠들 때까지 이야기를 해 준다.

21장

죽음처럼 깊은 잠

그날 밤 늦게 라나야가 가져온 먹을거리로 식사를 한 후 작은 얼굴이 노래를 불러 모두를 즐겁게 해 주었다. 물론 한 단어만 반복하는 노래였다. 그 단어가 뭔지는 모두 짐작할 것이다. 그런 다음 내 누이동생 빈은 매트리스에 누워 눈을 감았다.

빈은 아직까지 다시 눈을 뜨지 않고 있다.

치료사가 와서 빈의 몸 위로 손을 한번 훑은 다음, 빈이 긴 잠 속에 빠져들었고 아마 다시는 그 잠에서 깨어나지 않을 것이라고 말한다. 라이터는 그 상태에 맞는 단어가 '코마'라고 말한다. 하지만 내가 유일하게 사랑하고 또 나를 사랑하는 유일한 사람이 죽어 가는 마당에 어떤 단어가 맞든 그게 무슨 상관이겠는가?

"정말 안됐네."

라이터가 고개를 숙이며 말한다.

"대 모험을 나설 때만 해도 이렇게 될 거라고는 생각지도 못했는데."

그가 너무나 부드럽고 친절하게 말하는 바람에 난 밖으로 뛰쳐나가 총알 자국이 가득한 벽을 걷어찬다. 나 자신한테 화가 나서 견딜 수가 없다. 구역을 떠날 때부터 빈의 혈액병이 다시 재발했다면 별 가망이 없다는 것을 알고 있었잖아. 도대체 뭘 바라고 있었던 건데? 내가 나타나는 것만으로도 빈이 더 나아지리라 기대라도 했다는 거야? 내가 무슨 특효약이라도 되는 줄 알았던 거냐고? 응? 이 바보, 멍청이, 간질병 환자야!

나는 하수구 옆 길모퉁이에 앉아, 유사 이래 태어난 사람 중에서 가장 훌륭한 사람이 저렇게 죽어 가야 한다면 정말로 한심한 세상이겠다는 생각을 하고 있다. 너무 멍청해서 병을 고치는 방법을 망각하는 바람에 그 병으로 죽어 가야 한다면, 철조망이나 철문 뒤에서 도둑들을 피해 가며 살아 봤자 무슨 의미가 있을까? 어쩌면 도시 지역을 모두 태워 버리는 것도 괜찮은 아이디어라는 생각이 든다. 차가운 재와 깨끗한 빗물만 남을 때까지 모든 것을 깡그리 태워 버리는 것 말이다.

한참을 거기 앉아 있는데 라이터가 라나야와 함께 나온다. 둘이 내 양옆에 앉는다. 라이터는 지팡이에 양손을 포갠다. 그가 말을 시작하자 그의 목소리가 평소보다 더 젊게 들린다는 느낌이 든다.

"새 계획이 있어."

그가 선언한다.

"새로운 모험을 떠나는 거야. 더 들어 보겠나?"

나는 더 이상 그의 '모험' 같은 것에 관심이 없다는 말조차 뱉을 기운이 없어서 그냥 어깨만 으쓱해 보인다.

"옛날에는 빈이 앓고 있는 병을 고치는 방법이 있었다는 이야기 기억하나?"

그가 말을 잇는다.

"생각해 보니 그 치료법이 어딘가에 남아 있지 않을까 하는 생각이 들더군. 조금 다른 형태로 보존이 되어 있을지 몰라도."

이제 내 온 정신은 늙은이가 하는 말에 집중되어 있다.

"그 말이 사실이길 바라요."

내가 말한다.

"바보 같은 책에나 쓸 이야기 같은 거라면 관심 없어요."

라이터가 한숨을 쉰다.

"가능성이 꽤 있다는 생각은 들지만 보장은 할 수 없지. 위험하고 어려운 모험이 될 걸세. 하지만 라나야가 도와주기로 약속했네."

나는 그제야 라나야의 코가 울어서 빨개진 것을 눈치챈다. 프루브들도 코가 빨개지는군. 그 말은 그들도 자기들이 말하는 것만큼 그렇게 완벽하지는 않다는 뜻이다.

"뭘 도와준다는 말이지?"

나는 라나야에게 묻는다.

"빈을 누가 어떻게 도와줄 수 있다는 말이야?"

라이터와 라나야가 일단 한번 눈을 맞춘 다음에 나에게로 눈을 돌린다.

"빈을 에덴으로 데려가는 거야."

프루브 소녀가 그렇게 말한다.

22장
....

그들의 빠르고도 끔찍한 바이크

예상했던 대로 찰리는 반대한다.

"보통 사람들은 무슨 이유든 도시 지역을 떠나는 것이 금지되어 있어."

그렇게 말하는 목소리가 떨린다.

"금지 지대에 들어가는 보통 사람은 즉시 삭제된다, 그게 규칙 넘버원이야. 어려서부터 배워 왔지."

"규칙은 깨라고 만들어지는 거지요."

라이터가 부드럽게 말한다.

찰리의 얼굴이 일그러진다.

"영감님은 그렇게 말할 수 있겠지요. 이건 내 딸 문제예요. 나더러 내 딸 목숨을 가지고 당신이 도박하는 걸 보고만 있으라고요?"

아무도 거기에 대답을 하지 않자 찰리는 생각에 잠긴다. 빈의 목숨이 도박을 하든 안 하든 간에 얼마 남지 않았다는 것은 그도 잘 알고 있다.

"나도 모르겠어."

찰리가 혼잣말로 중얼거린다.

"내가 아는 건 보통 사람들은 에덴에 가지 않는다는 사실뿐이야."

라나야를 볼 수 없는 건지 보지 않으려는 건지 모르지만 어쨌든 찰리는 라나야 쪽으로는 고개도 돌리지 않는다. 라나야가 손을 뻗어 찰리의 어깨를 만지자 스플랫 총에 맞은 것처럼 신음 소리를 낸다.

"찰리?"

라나야가 말한다.

"어려서부터 배웠다는 그 규칙 말이에요. 그게 맞긴 맞아요. 금지 지대를 혼자 건너는 보통 사람은 자동적으로 삭제되고 말아요. 하지만 내 보호를 받는 손님으로 들어가지 말라는 규칙은 없어요. 무슨 일이 있어도 빈이 삭제되게 놔두진 않을 거예요. 맹세해요."

케이가 찰리를 등 뒤에서 껴안고 머리를 그의 어깨에 기댄다.

"벌써 우리를 떠난 아이예요. 더 나빠질 것도 없어요."

찰리는 "옳지 않아. 그뿐이야." 하고 말하지만 이미 그의 목소리에서 확신이 떠난 상태다. 케이가 찰리에게 고개를 끄덕여 보이자 그도 더 이상 반대하지 않는다.

나는 찰리와 케이의 마음이 변하기 전에 빨리 움직이는 게 낫겠다고 생각한다. 라이터가 나를 따라 빈의 방 안으로 들어오지만 도움이 필요하지도 않다. 별로 무게가 나가지도 않는 빈을 들어 옮기기는 식은 죽 먹기다.

찰리와 케이는 자기들 방으로 들어가 버린다. 빈이 떠나는 것을 볼 자신이 없는 것 같다. 라나야가 빗장을 벗기고 문을 연 다음 철조망을 옆으로 비켜 내가 지나갈 수 있도록 돕는다.

"저토록 마르다니."

라나야가 말한다.

"너무 마르고 창백해. 도울 수 있는 방법을 찾아야 해. 꼭."

나는 빈을 안고 계단을 내려와 예전에 구역 보스 게임을 하던 곳을 지난다. 빈이 분필로 세발뛰기 판을 그리고 놀았던 콘크리트 바닥을 지나 우리를 기다리고 있는 택비로 향한다. 빈이 잠시라도 정신을 차리기를 바랐지만 좌석이 빈의 몸에 맞게 감싼 뒤에도 빈은 깨어나지 않는다. 마치 연약한 몸이 할 수 있는 건 오직 호흡을 계속하는 일뿐이어서 잠시 깨어나는 것조차 너무 많은 에너지를 낭비하는 것이라는 판단을 한 것 같다.

"빈?"

내가 속삭인다.

"내 말 들리니? 지금 널 데리고 에덴으로 가고 있는 거야. 어릴 적에 약속했었지? 거기 도착할 때까지 눈 뜨지 말고 꾹 참아야 해. 알았지?"

다시 출입문으로 나와 작은 얼굴 녀석을 챙기려고 하는 순간 땅이 흔들리기 시작한다. 뭔가가 오고 있는 것이다. 그것이 무엇인지 너무도 잘 알고 있기 때문에 가슴이 철렁 내려앉는다. 내 두려움을 확인해 주기라도 하려는 듯 공기가 진동하면서 어디선가 홀연히 제트바이크 한 무리가 나타난다. 칠흑 같던 어둠이 그들의 빠르고도 끔찍한 바이크에서 나오는 화염으로 대낮처럼 밝아진다.

전투가 끝나고 밴들족이 승리를 거둔 것이다.

그들은 윗옷을 벗고 거리를 누비며 전투에서 받은 상처를 뽐내고 있다. 밧줄에 묶인 포로들을 끌고 당기며 환호를 지르고 야단법석을 떤다. 두건이 달린 망토가 다 찢기고 해골 마스크를 빼앗긴 퓨리들은 작고 평범해 보인다. 이렇게 보면 퓨리들이 처음부터 이길 가능성이 없었던 것처럼 보이지만, 라이터는 패한 쪽이 항상 초라하고 절망적으로 보이는 법이라고 말한다.

나는 포로들 중 비다 블릭이 있는지 살폈지만 그의 모습은 어디에도 없다.

"로티! 로티! 로티는 언제나 승리한다! 로-티! 로티 게-츠!"

밴들족들이 그렇게 외치고들 있다.

로티 게츠, 밴들족의 여왕이 제트바이크 두 대 위에 몸을 싣고 으스대며 나타난다. 긴 손칼을 머리 높이 휘두르며 승리를 자축하고 있다. 내가 있는 것을 발견하자 한결 더 크게 승리의 미소를 지어 보인다. 그러고는 손짓 하나로 모든 제트바이크 소음을 잠재운다.

"아직 여기 있나, 스파즈? 기회가 있을 때 도망가지 아직까지 여기 있는 이유가 뭐지?"

무슨 말을 해야 할지 아무 생각도 나질 않는다.

"왜 아무 말도 안 하는 거지? 쥐한테 혀라도 뜯겼나?"

라이터가 다가와 내 등 뒤에 선다.

"저희는 자선 임무를 수행하러 가는 중입니다. 죽어 가는 소녀를 살리기 위해서요."

구역 여왕은 그 아이디어가 재미있다는 듯한 표정으로 묻는다.

"그래서 내게 뭘 원하나? 무기? 호위? 뭐야?"

"아무것도 원하지 않습니다, 각하."

"내 앙숙을 처치하는 걸 도와주고도 그 보답으로 아무것도 원치 않는다고?"

"이미 약속하신 것만 지켜주십시오. 안전하게 이 구역을 지나가게만 해 주시면 그다음부터는 저희가 알아서 하겠습니다."

밴들 퀸이 들고 있던 칼로 나를 가리킨다.

"너! 간질병 환자! 넌 할 말 없나? 응? 아무것도 없어? 벙어리가 됐어?"

라이터가 나를 쿡쿡 찌른다.

"너무 두려워 말을 못하겠어요."

나는 단어 하나하나를 억지로 짜내듯 말한다.

밴들 퀸은 내 태도가 마음에 드는 눈치다.

"두렵다? 내가 두려워? 도대체 내가 뭐가 무섭다고 그래?"

그녀가 깔깔 웃는다.

"서두르지 않으면 내 누이동생이 죽을까 봐 두렵습니다."

그녀는 흥! 하는 콧소리와 함께 얼굴을 찡그린다. 그런 마음 약한 소리는 역겹다는 듯이.

"그럼 어서 꺼져! 너희 모두! 어서! 여기서 꺼져 버려!"

모두 택비 안으로 서둘러 들어가는데 밴들 퀸의 칼날이 내 얼굴 바로 앞에서 번뜩인다. 날카로운 칼날이 어찌나 가까운지 코가 잘릴 뻔한다. 칼날이 뿜어내는 뜨거운 쇠 냄새가 코를 찌른다.

"하나 남은 게 있어, 스파즈!"

밴들 퀸의 입김이 내 귀를 간질인다.

"가서 내 승리를 빌리 비즈모에게 알리는 것을 잊지 마. 화이트 위도와 전쟁을 하기 전에 한 번 더 생각해 보라고 일러."

그녀가 내 얼굴로 칼날을 더 바짝 들이대며 깔깔 웃는다.

"화이트 위도, 내가 지은 이름이야. 알고 있었나? 나한테 잘 어울리는 이름이지."

그녀는 칼로 내 턱을 더 추어올린다.

"이걸 똑똑히 봐 둬."

그렇게 말하면서 뭔가가 들어 있는 자루를 들어 올려 보인다. 사람 머리 크기 정도 되는 벨벳 자루다.

"나한테 도전하는 적이 어떻게 되는지 빌리에게 똑똑히 전해.

내 칼날이 한번 입 맞추면 머리가 달아나고 말아!"

　그녀가 깔깔거리는 웃음소리가 에덴까지 우리를 따라온다.

23장

....

세상이 모두 파란색이라면

내가 가족 단위를 잃기 직전에 빈이 파란색을 발견한 적이 있
었다. 폐허 사이에서 발견한 이 빠진 접시에 그 색이 있었다. 오
래되고 금이 간 접시였지만 벽돌 가루를 닦아 내고 나니 아직도
선명한 색깔에 눈이 부실 지경이었다.

"온 세상이 이 색깔이면 어떨지 상상이 돼?"

빈이 회색빛 하늘 쪽으로 그 접시를 들어 올리며 말했다.

"모든 게 파랑이라면. 오빠랑 나까지도. 정말 대단하겠지? 파
란색을 한 거라면 뭐든 좋아하지 않을 수가 없을 거야, 그렇지
않아? 그게 뭐라도 말이야."

딱 빈만이 할 수 있는 그런 말이었다. 그때 나는 그 애가 무슨
말을 하고 싶어 하는지 알 것 같았다.

빈이 찰리에게 설명을 하려고 하자, 찰리는 접시를 뺏어서 산

산조각을 내 버렸다. '봐.' 찰리가 말했다. '봐. 이제 더 이상 없지? 그런 건 존재하지 않아. 파란색이라는 건 이 세상에 존재하지 않는다고. 그런 게 있다 해도 아무 의미 없는 거야.'

딱 찰리만이 할 만한 말이었다. 그때도 나는 그가 무슨 말을 하고 싶어 하는지 알 것 같았다. 찰리는 내가 더 이상 가족 단위의 일부가 아니라는 말을 하고 싶었던 것이다. 빈이 아무리 그걸 원치 않는다 하더라도 그 사실은 변함이 없다는 뜻이었다. 찰리의 머릿속에서 나는 그 깨어진 접시 조각처럼 더는 존재하지 않는 사람이었다.

그 정도면 내가 찰리를 미워한다 하더라도 아무도 나를 탓하지 않겠지만 왠지 나는 찰리를 증오하지 않는다. 누군가를 바보나 겁쟁이라고 해서 미워할 수는 없는 일이니까. 나와 빈에 관해서 찰리는 너무 겁이 난 나머지 머리가 굳어져서 더 이상 뭐가 진실이고 아닌지 판단할 수 없는 상태가 되어 버린 거니까.

"금방 경계선에 도착할 거야."

제어판 앞에서 라나야가 말한다.

"저기 보이지? 바로 앞에."

'지대'를 가로지르는 동안 택비가 지뢰를 자동 무장해제 할 수 있도록 천천히 이동하고 있다. 나는 빈을 돌보느라 뒤쪽에 있지만 내가 있는 곳에서도 바깥 풍경을 비추는 화면을 볼 수 있다. 그런데 화면으로 보이는 풍경이 너무 낯설어서 잠시 내 눈이 이상해진 게 아닐까 하는 생각까지 든다.

경계선이 문도 아니고 담장도 아니다. 파란 색깔이다.

"놀라워라."

라이터가 말한다.

"말로도 들어 보고 머리로도 어느 정도 이해했었지만, 눈으로 보니…… 실제로 보니 숨이 막힐 정도야!"

라나야가 경계선이라는 것이 에덴과 도시 지역을 분리하는 '충전된 공기층'이라고 설명해 준다.

"통과할 때는 거의 아무것도 느껴지지 않아요. 하지만 그'충전된 공기층' 때문에 에덴과 도시 지역의 대기가 거의 섞이지 않게 되는 거죠. 에덴을 시냇물 가운데 박힌 돌멩이라고 생각하면 쉬울 거예요. 모든 것이 그 돌 주변을 돌아 흐르는 거지요."

"시냇물이 뭐야?"

내가 묻는다.

라나야가 제어판에서 고개를 돌려 나를 쳐다본다.

"농담하는 거야?"

"도시 지역에는 시냇물이라는 게 없어서 그러는 거네."

라이터가 설명한다.

"강이나 호수, 연못 같은 게 없지. 흐르는 물이라는 것 자체가 아예 없어요. 비가 올 때 빼고는."

"시냇물은 그렇다 치고."

내가 말한다.

"저 파란색 저건 뭐지? 저게 바로 그 충전된 공기인지 뭔지

하는 거야?"

라나야가 쿡쿡하고 웃는다.

"그건 하늘이야, 바보. 하늘이 파란색이잖아."

"하늘은 회색이야. 누구나 다 알고 있는 사실이야."

"도시 지역에서나 그렇지. 스모그 때문에. 에덴에 가면 하늘
은 파랗고 땅은 녹색이야."

나는 라나야가 날 놀리고 있는 거라고 결론 내린다. 땅은 흙 아
니면 콘크리트로 덮여 있다. 그것도 누구나 알고 있는 사실이 아
닌가. 에덴에 가면 콘크리트에 금이 가 있지 않고, 흙에서는 고약
한 냄새가 안 날지 모르지만, 뭣하러 모든 것을 녹색으로 칠해 놓
는단 말인가? 말도 안 되는 소리다.

그런데 내 생각이 틀렸다. 완전히 틀렸다. 두 지역의 대기를
가르는 경계선을 지나자마자 라나야는 택비를 멈추고 출입구를
열어 보인다.

"네 눈으로 직접 봐."

그녀가 말한다.

"내가 왜 집으로 돌아오는 게 항상 즐거운지."

열린 출입구에 서서 우리 셋은 하늘을 쳐다본다. 어쩌나 푸르
고 맑은지 눈에서 눈물이 다 난다. 뒤미처 나는 눈이 시려서 눈
물이 나는 게 아니라 이렇게 아름다운 광경을 지금껏 본 적이
없어서 울고 있다는 것을 깨닫는다. 전에는 이런 생각을 한 번
도 한 적이 없지만, 도시 지역에서는 하늘이 너무 가까이 걸려

있어서 어떨 때는 손만 뻗으면 잡을 수 있을 것같이 느껴지는 적도 있다. 여기 에덴에서는 파란 하늘이 끝없이 끝없이 위로 뻗어 있어 하늘이라는 것이 땅보다 훨씬 크다는 사실을 문득 깨닫게 된다. 그뿐만이 아니다. 저렇게 멀리까지 보고 나니 이 세상 밖에 또 다른 세상이 있고, 저 하늘 밖에 또 다른 하늘이 있다는 것까지 절로 깨닫게 된다.

하늘, 아, 하늘이 너무도 광대하게 한없이 펼쳐져 있어 내 마음도 커지는 것 같다. 더 많은 생각과 아이디어로 채울 수 있는 공간이 넓어지는 그런 느낌이다. 그런데 내 눈을 채운 것이 하늘만이 아니다. 라나야가 한 말이 맞다.

땅이 초록색으로 덮여 있다.

거친 콘크리트 대신 땅 위에 초록빛 깃털 같은 것이 덮여 있다. 마치 살아 있는 부드러운 카펫 같다.

"풀이야."

라나야가 설명한다. "

"저쪽으로 가면 나무가 많은 작은 숲이 있어. 저 벨벳 같은 것들은 커다란 양치류야. 예쁘지? 난 저 양치류가 참 좋아."

라나야는 내가 모든 힘을 다해 사물을 보고 있다는 것을 알아차린다. 마치 그녀가 스위치를 눌러 모든 것을 사라지게 하기 전에 내 눈에 들어오는 것 하나하나를 내 뇌리에 전부 다 새겨 넣고 싶어 한다는 것을.

라이터도 아무 말도 하지 않는다. 그러다가 크게 한숨을 쉰다. 그 한숨이 너무 길어서 그가 기절하지 않을까 걱정이 된다.

"이야기를 들은 적은 있지."

그가 아주 희미한 소리로 말한다.

"믿을 수 없는 불가능한 이야기였지. 하지만 현실은 그 이야기보다 더 굉장하군. 초록색 냄새를 맡을 수 있을 것 같아. 이게 가능하기나 한 일인가?"

"풀 냄새예요."

라나야가 미소를 지으며 믿을 수 없다는 듯 고개를 젓는다.

"잎사귀들, 나무, 양치류 모두 자기 나름대로 향기가 있어요. 정말 신선하고 좋은 향기."

"맞아."

라이터가 속삭인다.

"좋은 향기."

그러더니 그 가느다란 팔로 나를 꼭 껴안는다.

"고맙네."

"머리가 어떻게 됐어요? 왜 나한테 고맙다고 하는 거예요?"

내가 묻는 말에 그가 씩 웃으며 대답한다.

"그날 자네가 내 상자에 오지 않았다면 오늘 내가 여기 이렇게 서서 이 모든 걸 보고 있지 못할 테니까."

나는 고개를 젓는다. 정말 정신이 어떻게 됐군. 미치광이 노인네 같으니라고. 내가 자기 상자에 간 이유를 벌써 잊은 거야?

라나야가 다시 차의 시동을 건다. 그러나 우리는 출입구로 계속 머리를 내밀고 지나가는 아름답고 경이로운 풍경을 우리 눈으로 직접 본다. 녹색도 한두 가지가 아니다. 끝없이 다른 종류가 나온다. 이파리들이 바람에 날려 몸을 떨 때마다 색깔이 달라진다. 나무마다 다 다르고 풀잎마다 독특한 색이 있다. 그 모든 것이 생명으로 가득 차 보인다.

가장 감명을 주는 것은 모든 것이 다 열려 있다는 사실이다. 도시 지역에서는 하늘도 닫혀 있고, 빌딩과 폐허들은 하늘보다 더 닫혀 있다. 그러나 이곳 에덴에서는 세상이 끝나는 곳, 그리고 세상이 파란색과 섞이는 곳, 하늘과 땅이 섞여 더 이상 분간이 되지 않는 곳까지 다 열려 있다.

이 모든 것을 받아들이느라 눈이 아파 오기 시작한다. 그러나 신경조차 쓰지 않는다. 이 순간 신경 쓰는 게 있다면 빈이 깨어나는 것뿐이다. 이 파란색 하나만으로도 그 애를 고칠 수 있을 것 같은 마음이 든다. 아, 빈이 깨어나서 이걸 볼 수만 있다면.

라나야가 목적지에 도착하기까지 몇 분 남지 않았다고 말한다. 이상한 건 지금까지 다른 프루브를 한 명도 보지 못했다는 사실이다.

"그럴 수밖에 없어."

라나야가 말한다.

"우리가 사는 곳이 주변 환경에 잘 녹아들 수 있게 디자인되어 있거든. 우리 자신도 주변 환경에 섞여 들어가는 법을 어려서부터 익혀 왔어. 예를 들면, 여기서는 보이지 않지만 저기 있는 숲속에서 아이들이 놀고 있다는 걸 나는 알고 있어. 아마 이파리 색 옷을 입고 있을 거야."

조금 지나서 택비는 시냇물 옆을 지나간다. 시냇물이라는 건 하수도와 비슷한 건데 한 가지 확연히 다른 점은 흐르는 물이 깨끗하다는 것이다. 에덴의 공기처럼 깨끗한 물. 안을 들여다보니 시냇물 안에 홀로그램 수족관이 있다. 시냇물 바닥에 있는 돌과 비슷한 색깔을 한 이상한 색의 물고기들이다. 물고기가 잘 보이지 않게 하려면 애당초 홀로그램 수족관은 왜 설치한 것일까?

라나야가 또 웃는다.

"저건 진짜 물고기야, 바보. 홀로그램 수족관이 아니라고."

진짜 물고기라는 게 있는지 몰랐다는 이야기를 하려다가 입을 다물고 있기로 결심한다. 라나야가 나를 보고 웃는 게 싫다. 나쁜 뜻으로 웃지 않아도 마찬가지다.

갑자기 택비가 기운다.

"무슨 일이야!"

내가 외친다.

"아무것도 아니야. 언덕을 올라가는 것뿐이야. 아, 깜빡했네. 도시 지역에는 언덕이 없지."

우리는 계속 언덕을 올라간다.

"사실 이 언덕은 거의 작은 산이나 진배없어."

라나야가 설명한다.

"에덴에서 가장 높은 언덕이거든."

계속 놀라고 신기해하는 것이 바보 같은 일일지 몰라도 어쩔 수가 없다. 언덕이라는 게 정말 놀랍고도 신기하기 때문이다. 높이 올라가면 올라갈수록 더 많이, 더 멀리 보인다. 마치 높은 빌딩에 올라가는 것과 비슷하다. 한 가지 다른 점은 언덕이라는 것은 땅 자체가 올라가는 것이어서 떨어질 것 같은 느낌이 하나도 없다는 것이다.

내 옆의 라이터가 한숨을 쉬더니 말한다.

"여길 에덴이라고 부르는 것도 무리가 아니야."

"왜요?"

내가 묻는다.

"에덴이라는 게 무슨 뜻인데요?"

"백타임에 에덴에 관한 전설이 있었지. 에덴이라는 낙원이 있었다는 전설."

"그래요? 낙원은 또 뭔데요?"

"여기랑 아주 비슷한 곳. 그냥 있기만 해도 행복하고, 절대 떠나고 싶지 않은 곳."

바로 그때 언덕의 정상에 다다른다. 가장 먼저 내 눈길을 끄는 것은 황금빛 햇살이다. 그 햇살을 받은 모든 것에서 빛이 난다. 처음에는 우리 앞에 또 다른 언덕이 있거나 라나야가 말하던 '숲'이라는 것이 나타났다고 생각했는데, 그것은 지금까지 본 언덕이나 숲하고는 완전히 달라 보인다. 땅에서 솟아난 그것들은 나무처럼 높이 솟아올라 있지만 나무도 아니다. 어떤 것들은 산처럼 보이지만 거울처럼 하늘을 반사하는 것이 산과 다르다. 여러 가지 다른 모양들이 함께 이어져 있다. 나는 누가 가르쳐 주지 않았는데도 그게 뭔지 깨닫는다.

"여기서 사는구나."

내가 라나야에게 말한다.

"이게 네가 사는 납골당이구나."

그녀는 우리 앞에 서 있는 거대하고도 아름다운 형상을 바라본다. 산과 나무, 하늘에서 자라서 나온 것 같은 그 물건을 바라보며 그녀가 속삭인다.

"맞아, 이게 바로 우리 집이야."

"집이 아니라 궁전이군."

라이터가 경이감이 가득한 목소리로 말한다.

그러고는 그가 나를 쳐다본다. 그가 무슨 생각을 하고 있는지 말할 필요가 없다. 나도 같은 생각을 하고 있기 때문이다. 라나야가 궁전에서 산다면 라나야는 보통 프루브 소녀가 아니라는 말이다.

진짜 공주인 것이다.

24장

....

사이버가 뭐라고 했냐면

　입을 다물지 않으면 파리가 들어가겠다고 라이터가 나를 보고 놀리는데도 어쩔 수가 없다. 둘러보면 볼수록 내 입은 점점 더 크게 벌어질 수밖에 없다. 예를 들어 라나야가 '집'이라고 부르는 그곳은 어찌나 크고 널찍한지 야외에서 사는 느낌이 든다. 라나야가 '공간'이라고 부르는 여러 방들도 각각 다른 용도가 정해져 있다. 어떤 방은 빛으로 가득 차서 정신이 번쩍 나는데 그런 곳은 '일하는 공간' 혹은 '좌담의 공간'이라고 부른다. 어떤 공간은 부드럽고 어둑한데 그런 곳은 '휴식의 사고'를 하거나 잠을 자는 '꿈의 방'이라고 부른다.

　대부분의 공간은 초록 풍경이나 푸른 하늘을 내다볼 수 있게 창문이 있거나 혹은 벽에 열린 틈이 있다. 바닥은 '마벨리움'이라고 부르는 매끈하지만 미끄럽지 않은 소재로 되어 있는데, 그 공간을 누가 어떻게 쓰느냐에 따라, 쓰는 사람이 어떤 기분인지에 따라 색깔과 촉감이 달라진다고 한다. 게다가 벽은 만지기만해도 완벽한 3D 입체 홀로그램으로 변한다. 그런 방에 앉아 있으면 정말 그 풍경이 있는 곳에 가 있는 느낌이 든다. '울창한 아프리카 정글', '밤의 달 표면' 등이 메뉴의 일부다.

"프루브들은 다 이렇게 호화스럽게 사는 건가?"

라이터가 알고 싶어 한다. 그의 늙은 눈이 흥미로 반짝인다.

"다 그런 건 아니에요."

라나야가 더 설명을 하려고 하는데 성인 프루브 두 사람이 미끄러지듯 들어온다. 짙고 뾰족한 턱수염을 짧게 기른 남자와 금발 머리를 굵게 땋아 올린 여자다. 둘 다 하얀색의 단정한 긴 옷을 입고 햇빛을 받아 반짝이는 하늘 빛깔의 작은 보석들로 치장을 하고 있다. 라나야와 마찬가지로 그 두 사람도 완벽하고 아름답다. 3D에서 보는 배우들과 비슷하면서도 더 아름답다. 그러니 어떻게 눈을 뗄 수 있겠는가.

"이쪽은 진과 브리예요."

라나야가 그들에게 재빨리 입을 맞추고 포옹하면서 말한다.

"내 기부자들이죠."

진과 브리는 우리 같은 보통 사람들 같으면 부모라고 부를 사람들이다. 그러나 프루브들은 임신이 되기 전에 유전적으로 '향상'을 시키기 때문에 부모를 부모라고 부르지 않고 기부자라고 부른다. 진과 브리는 딸이 집에 온 것이 기쁘지만 우리를 데려온 것은 못마땅해하는 기색이 역력하다.

"아가, 무슨 짓을 한 거니?"

진이 제일 먼저 알고 싶어 한 것이 그것이다.

"보통 사람들을 에덴 안으로 데리고 들어올 수 없잖니. 금지된 일이야."

"그건 나중에 이야기하기로 해요. 지금 당장은 생명 하나를 구하는 일이 더 급해요."

"뭐?"

"바깥의 택비로. 빨리."

그렇게 해서 빈은 에덴의 미래 지도자가 사는 궁전에 들어올 수 있게 되었다. '에덴의 지도자' 이야기는 브리가 하는 말을 듣고 짐작한 것이다. 라나야가 몇 년 있으면 프루브 세상을 유지하는 데 필요한 결정을 맡아서 하는 지도자들 중 한 명이 될 예정이어서 몇 가지 특권을 누릴 수 있다는 이야기를 브리가 잠깐 했기 때문이다.

라나야가 지도자가 될 프루브였다는 것을 알고 나니 많은 것이 이해된다. 도시 지역으로 나다닐 수 있는 것이라든지, 보통 사람들에게 먹을거리를 나눠 준다든지, 또 우리를 에덴에 데리고 들어온다든지 하는 것 말이다. 진에 따르면 미래의 지도자들은 '무제한적인 교육 기회'를 제공 받는다고 한다. 그 말은 지도자가 되는 법을 배우는 동안 라나야는 자기가 하고 싶은 건 뭐든지 다 할 수 있다는 뜻이기도 하다.

"그러다 보니 실수를 할 가능성도 있는 거지."

진이 엄한 목소리로 라나야에게 말하면서 완벽한 모양의 턱수염을 어루만진다.

"그중에서도, 얘야, 이건 크나큰 실수야."

하지만 진도 단지 잔소리만 하는 사람은 아니다. 빈이 얼마나 아픈지 상태를 파악하자 입을 다물고 빈을 자는 공간으로 옮기는 것을 돕는다. 그런 다음 브리와 함께 빈이 자기 딸인 것처럼 수선을 떨며 보살핀다. 진은 에덴의 프루브들은 이렇게까지 건강이 나빠지지 않는다고 설명한다. 다만 사람들이 사고로 다칠 경우를 대비해 생명 유지 시스템이 마련되어 있다고 말한다.

"더 악화되지 않게는 할 수 있어. 거기까지는 할 수 있어."

진이 그렇게 말하자 나는 그제야 안도의 한숨을 쉰다.

그 생명 유지 시스템이란 것은 투명하고 둥그런 강화 플라스틱으로 덮인 이동 침대다. 기계가 달려서 빈이 호흡하는 것을 돕고, 특별한 조명 장치 같은 것이 열을 내리는 작용을 한다. 나는 진에게 혹시 빈을 깨울 수 있는 장치가 있는지 묻는다. 진은 슬픈 얼굴로 "모르겠다. 아마 가능하겠지. 불가능한 일이란 없으니까." 하고 말한다. 그런 다음 브리와 함께 방을 나가 자기들이 당국이라고 부르는 곳에 연락을 해서 이 상황을 의논해 보겠다고 한다.

겁이 나는 건 이 생명 유지 시스템이라는 게 구역 보스들이 좋아할 만한 관처럼 생겼다는 사실이다. 게다가 불쌍한 빈이 너무나 마르고 창백한데다가 숨을 너무 가늘게 쉬어서 잠들었다기보다는 죽은 것처럼 보인다.

나는 뚜껑에 입을 대고 "빈, 내 말 들리니? 스파즈야. 절대 포기하면 안 돼. 알았지, 빈?" 하고 말한다. 결국 라이터가 조용히 나를 그 방에서 데리고 나올 때까지 나는 그 말만 계속한다.

"어쩌면 당국이라는 곳은 빈을 깨어나게 할 장치를 가지고 있을지도 몰라요."

"그럴지도 모르지."

그게 나의 희망이다. 하늘을 파랗게 만들고 온 세상을 녹색으로 만들 수 있는 사람들이라면 작은 소녀 하나를 깨우는 것쯤은 식은 죽 먹기일 것이다. 그렇지 않은가?

당국이 뭐라고 할지 기다리는 사이 라나야가 '사고 공간'이라고 부르는 곳으로 우리를 데려간다.

"방마다 모두 사이버 지능을 가지고 있어. 방 안 환경을 조절하는 것 등등 여러 기능이 있지. 하지만 이 사고 공간은 좀 더 특별해. 교육용 사이버가 설치되어 있거든. 이 사이버에게는 조심해서 지시를 해야 돼. 말만 하면 바로 결과물을 가져오니까."

처음에는 그 방도 다른 방과 별로 달라 보이지 않는다. 그런데 라나야가 질문을 던지자 벽이 녹아내리듯 사라지면서 질문에 대한 답이 벽에 바로 나타난다. 예를 들어, "지구가 뭐지?" 하고 물으면 다음 순간 우리 모두 반투명한 푸른 행성 위를 떠다니고 있다. 물론 그 방에서 한 발자국도 떠나지 않고 같은 바닥에 발을 대고 서 있는 거지만, 마치 수천 킬로미터 아래 떠 있는 행성을 내려다보고 있는 느낌이 난다.

그 경험이 너무나 강력하고 실제 상황 같아서 작은 얼굴은 울음을 터뜨리고 만다. 브리가 녀석을 데리고 먹는 공간으로 가서 '쿠키와 우유'라고 부르는 것을 준다. 그동안 라나야는 우리에게 관광을 시켜 달라고 사이버에게 부탁한다.

"가고 싶은 데 있어요?"

라나야가 라이터에게 묻는다.

"특별히 구경하고 싶은 곳이라도 있으면 말씀하세요."

"더 이상 존재하지 않는 곳이라도?"

라이터가 수수께끼처럼 그렇게 묻는다.

"시도는 해 볼 수 있죠."

라나야가 어깨를 으쓱하면서 말한다.

"사이버가 기억하고 있는 곳인지 한번 보죠."

라이터가 숨을 크게 들이쉰다.

"그렇다면…… 난 항상 그랜드캐니언을 보고 싶었지."

"그랜드캐니언!"

라나야가 말한 순간 우리는 그때까지 내가 본 것 중에서 가장 경이로운 경치 사이를 미끄러지듯 지나간다. 심지어 콜리 리긴스가 나오는 모험 이야기 「배틀 퀘스트」의 유명한 추격 장면보다도 더 멋진 광경이다. 이 세상 풍경이 아닌 듯싶다. 화성이라고 하면 믿을까. 그러나 엄연히 지구상에 존재했던 곳이다. 사이버 목소리가 이곳은 지구에 생긴 협곡 중 가장 큰 협곡이었지만 대지진때 파괴되고 말았다고 알려 준다. 마치 누군가가 거인들을 위해 만들어 놓은 도시처럼 보인다. 사람이 지은 높은 빌딩들보다 훨씬, 훨씬 더 높은 바위산들이 수천 개나 늘어서 있다. 이 협곡들이 '침식'이라는 것으로 인해 생겨났다고 사이버가 설명한다. 좀 이해가 될 것도 같지만 사실은 아니다. 협곡의 규모가 너무 어마어마해서 뇌가 그 장면을 한 번에 다 볼 수도 없고 느낄 수도 없기 때문이다. 그림자의 모양이 계속 바뀌는 것을 보고 있자니 그랜드캐니언 전체가 살아 움직이는 것 같다. 천년만년을 바라보고 있어도 다 못 볼 것 같은 곳이다.

사이버 관광이 끝나자, 라이터가 그 자리에 앉아 흐느껴 운다. 숨까지 마구 헐떡이면서.

"신경 쓰지 말게나."

소매로 눈물을 닦으며 그가 말한다.

"저곳을 볼 수 있으리라고 상상도 못했지. 내 할아버지가 그랜드캐니언을 구경했던 이야기를 자주 하셨네. 그렇게 장엄한 풍경은 본 적이 없다고. 그런데 거기서 찍은 사진은 대지진 때 모두 없어지고 말았어. 할아버지 이야기하고 내 상상 말고는 남은 게 없었지."

"상상했던 것과 비교하면 어때요?"

라나야가 알고 싶어 한다.

라이터가 미소를 짓는다.

"이렇게 규모가 거대할 줄은 상상도 못했지. 그건 확실해. 그리고 색깔도 저럴 줄은 짐작도 못했어. 그리고 하늘이 아래 펼쳐지는 풍경을 저런 식으로 반영할 수 있다는 것도 상상하지 못했고. 저토록 거대하고 아름다운 곳이 고작 지진 한 번에 파괴되어 버리다니! 대지진이 얼마나 강력했는지 다시 한 번 절감을 했지. 생각해 보면 우리 같은 나약한 인간들이 그런 지진에도 살아남았다는 건 지진만큼이나 놀라운 일이야, 그렇게 생각하지 않나?"

"한 번도 그런 식으로 생각해 본 적이 없어서요."

라나야가 약간 불편한 목소리로 말하고는 나에게 고개를 돌리고 묻는다.

"보고 싶은 거 없어?"

나는 생각에 잠긴다. 문제는 지금 우리가 있는 곳 자체가 내가 이제까지 꿈꿔 본 곳 중 가장 멋진 곳이라는 것이다. 아니, 꿈도 못 꿔 본 곳이라고 해야 정확할 것이다. 그런데도 꼭 보고 싶은 것이 있기는 하다. 그랜드캐니언처럼 웅장하고 거대한 것은 아닐지라도.

"빈을 아프게 하는 것이 뭔지 볼 수 있을까?"

"모르겠는데. 한번 해 보자."

라나야가 말하고 나서, 몇 마디를 사이버에게 중얼거리자 잠시 후 인간의 몸이 바닥에서 올라온다. 물론 진짜 몸은 아니고 투명해서 안을 들여다볼 수 있다. 몸이 눈앞에서 빙그르르 도는 동안 뼈와 장기 일부분에서 빛이 난다. 병이 어디에서 왔는지를 보여 주는 것 같다.

"백혈병."

사이버 목소리가 흘러나온다.

"혈액 조성 기관의 종양성 질병의 총칭. 백혈구가 비정상적으로 늘어나서, 종종 빈혈과 림프 결절, 비장과 간의 비대 등의 증상을 동반합니다."

몸이 사라지고 다음 순간 우리는 혈관 속을 여행하고 있다. 사방에 하얗고 통통한 타이어 같은 것이 가득 차 있다. 사이버 목소리는 그 타이어 같은 것들이 백혈구이고, 그것들이 너무 많으면 혈액이 약해지고 지친다고 말한다. 치료하지 않으면 죽음을 초래한다는 설명과 함께.

"21세기 초, 향상된 인류 사이에서는 이미 백혈병 위험 유전군은 모두 없어졌습니다."

사이버 목소리가 계속 말을 잇는다.

"백타임에 사용됐던 치료에는 복잡한 화학 요법과 골수 이식 등의 수술 요법이 포함되어 있습니다. 이 치료법들은 현재는 더 이상 사용되지 않는 것들입니다."

혈관이 사라지자 우리는 다시 '사고 공간'으로 돌아온다. 사이버 목소리가 한 말을 이해할 때까지 그 목소리가 내 뇌리에서 메아리치고 있다.

우리가 만난 후 처음으로 라나야가 내 눈을 마주치려 하지 않는다.

"불공평해."

내가 말한다.

"프루브들은 혈액병을 앓지 않으니까 그 병을 고치는 방법은 기억할 필요가 없었다. 그게 바로 사이버가 한 말 아니야?"

라나야가 고개를 끄덕인다.

"미안해."

내 머릿속을 누군가가 꼭 쥐어짜는 느낌이다. 얼굴이 뜨겁고, 분노로 인해 혀가 부어오른 듯해서 말하기도 힘들다.

"프루브들이 얼마나 완벽한지, 얼마나 아름다운지 모르지만 빈은 에덴에 사는 그 누구보다도 백만 배는 나은 사람이야. 그런데도 빈을 그냥 죽게 내버려 두겠다는 거잖아. 그 애가 태어나기 전에 '향상'되지 않았기 때문에."

"미안해."

라나야가 말한다.

"널 증오해."

내가 말한다.

"너희 모두를 증오한단 말이야."

그러고는 내 누이동생 빈이 누워서 죽기를 기다리고 있는 방으로 달려간다.

25장

미래에 대해 생각하기

　그날 늦게 우리는 빈을 데리고 일명 '프라이머리 실험실'이라
고 하는 곳으로 간다. 라나야의 부모—이런, 실수했군. 라나야
의 기부자들—가 빈을 살리기 위해 가능한 일이 있는지 여기로
데려와서 보일 수 있는 허가를 당국에서 얻어냈다. 지금까지는
아무것도 변한 것이 없다. 빈은 아직도 그 긴 잠에 빠져든 채 누
워만 있다. 단지 그 유리관에 들어간 후 상태가 나빠지지 않았
을 뿐이다.

　백타임에는 사람들이 '의사'라고 부르는 직업이 있어서 아픈
사람들을 돌봤다고 한다. 그러나 이제 아픈 프루브들은 '의료
기술자'들을 찾아간다. 이 의료 기술자들은 주로 사고로 다친
프루브들을 꿰매고 붙이는 일만 하기 때문에 빈을 어떻게 다뤄
야 할지 전혀 모른다. 할 수 있는 일은 프라임 사이버에게 혈액

병에 관한 정보를 검색하라고 지시하는 것뿐이다.

기다리는 동안 라나야가 프라이머리 실험실 이곳저곳을 구경시켜 준다. 프라임이라고도 부르는 이곳은 아기들이 만들어지고 '향상'되는 곳이기 때문에 에덴에서 가장 중요한 곳이다. 대부분이 지하에 들어가 있는데 프루브들이 처음 에덴을 만들기 시작했을 때만 해도 대지진으로 시작된 화산 폭발 등으로 아직 대기 중에 독소가 가득했기 때문이다.

"처음 살아남았던 사람들은 방사선이 핵폐기물에서 나온다고 생각했었어. 물론 어느 정도 핵폐기물에서 나오기도 했지만 사실 대부분은 지구 자체에서 나오는 것이었어."

라나야가 설명한다.

"자연 방사선과 화산에서 나오는 가스 때문에 거의 백 년 동안 대기는 독소로 가득 차 있었지. 사람들의 평균 수명이 20세 정도로 떨어진 것도 그 때문이었고. 그즈음부터 유전자 조작이 급속도로 발달하기 시작했어. 그 전까지만 해도 대규모의 유전자 조작은 금지되어 있었거든."

우리는 프라임에서 가장 오래된 곳을 지나가고 있다. 거기는 대지진이 일어난 직후의 상황이 얼마나 나빴는지를 잊지 않기 위해 많은 것이 원형 그대로 보존이 되어 있다. 최초의 유전자 조작 연구 팀의 모습이 홀로그램으로 재연되고 있는데 모두들 가스 마스크를 착용하고 있다. 그중 하나가 연구 팀이 작은 요람을 둘러싸고 서서 울어 대는 갓난아기를 들어 올리는 장면이다.

"저 아기는 가스 마스크를 쓰고 있지 않는 게 눈에 띄는군."

라이터가 말한다.

"그게 바로 제일 먼저 향상을 시킨 부분이에요."

라나야가 말한다.

"유독 가스를 보다 잘 견딜 수 있는 능력. 에덴의 후손들은 모두 그 유전자를 지니고 있지요. 이제는 더 이상 필요하지 않게 되었지만."

"저 아이는 아직 살아 있나?"

라이터가 아기의 이미지를 가리키며 묻는다.

라나야가 그를 이상한 표정으로 쳐다본다.

"저 홀로그램 이미지는 200년도 넘은 옛날에 찍은 거예요. 프루브들의 평균 수명보다 약 100년쯤 더 된 건데. 저 첫 후손은 죽은 지 벌써 100년이 넘죠."

"아하!"

라이터는 무언의 질문에 대한 답이라도 얻은 듯 만족한 표정을 짓는다.

라나야는 라이터의 질문이 재미있다는 듯 말한다.

"보통 사람들은 우리가 영원한 생명을 누릴 수 있는 해답을 얻었다고 생각하는 것 알아요. 하지만 아직 성공하지 못했어요. 유전자 향상을 하기 전에도 어떤 사람들은 드물지만 120년 정도까지도 살았었지요. 그 생존율이 에덴의 모든 후손이 가진 유전자에 반영이 되긴 했지만 거기서 더 발전하지는 않았어요."

"그리고 노화를 역전시킬 수 있는 기술도 아직 없겠지?"

라이터가 뭔가를 동경하듯 묻는다.

라나야가 아름다운 머리를 젓는다.

"미안하지만 대답은 노예요. 수명을 연장시키는 유전자 활동을 자극시킬 수는 있지만 노화 현상을 거스를 기술은 없어요."

"그러면 프루브들은 어떻게 늙나?"

라이터는 그 화제가 자기에게 절실하다는 듯 묻는다.

"우아하게 늙어 가지요. 그게 우리가 할 수 있는 최선이에요."

라나야가 미소를 지으며 말한다.

나는 빈을 방문할 수 있는 허락을 받았다. 사실 빈은 내가 거기 있는 줄도 모르기 때문에 내 방문이 별 의미가 있는 건 아니지만 나에게는 그 아이를 그냥 쳐다볼 수 있는 것만으로도 큰 위안이 된다.

"어떻게라도 이 아이를 낫게 할 수 있으면 그렇게 할 거야."

유리 너머로 빈을 바라보고 있는 나를 발견한 진이 그렇게 이야기한다.

나도 프루브들이 우리를 도우려고 한다는 건 알고 있지만 모든 것이 너무 불공평하다는 생각에 짜증이 가시질 않는다.

"보통 사람 하나 죽는다고 무슨 상관이나 있어요? 날마다 온갖 병으로 엄청난 수의 보통 사람들이 죽어 나가는데 그런 건 다 모르는 척하잖아요."

진은 이해가 된다는 듯 지혜로운 얼굴을 하면서 말한다.

"눈에 보이지 않는 걸 무시하기란 아주 쉽지. 우리 중 대부분은 보통 사람들을 한 번도 보지 못했어. 알다시피 나는 아직도 이 일을 에덴으로 끌어들인 것 자체가 실수라고 생각하네. 하지만 일단 들어왔으니 돕지 않을 수가 없군. 라나야의 소원이기도 하고."

"딸일 뿐인데 라나야 의견이 그렇게 중요해요?"

"도시 지역에서는 구역 보스가 중요한가?"

"제일 중요하지요."

"에덴의 지도자 중의 하나가 되는 건 그보다 더 중요하지. 에덴에서 일어나는 모든 일은 궁극적으로 지도자들의 결정에 달려 있어. 지도자들은 선출되거나 선택되는 게 아니라 지도자가 되도록 만들어져서 태어난다네. 리더십과 미래를 계획하는 능력이 더 뛰어나게 태어나도록 디자인되지. 자기들이 죽은 후에 올 미래까지 계획하는 능력. 우리 프루브들에게는 그게 아주 중요해. 미래에 대해 생각하는 것."

"그래요? 미래가 뭐 그리 중요한데요? 특히 살아서 직접 보지도 못할 미래인데."

진은 자기가 하는 말을 내가 이해하지 못한다는 것이 믿어지지 않는다는 얼굴로 나를 쳐다본다.

"그게 바로 백타임 사람들이 범한 실수였어. 먼 장래를 계획하지 않았다는 것. 그들도 지구 전체를 강타할 대지진 같은 재난이 일어날 것이라는 걸 알고 있었어. 하지만 실제로 그 재난이 닥쳤을 때 준비가 제대로 되어 있지 않았지. 대지진이 일어났을 때, 그리고 그 뒤 암흑기 동안 죽은 사람 수가 10억이 넘어. 그 모든 게 아무도 미래에 대해 생각하고 싶어 하지 않았기 때문이지."

"미래에 대해 생각하는 게 프루브들한테는 좋은 일일지 모르지만, 보통 사람들은 미래는커녕 과거도 없어요."

"과거가 없는 사람이란 없어."

"당신이 틀렸어요."

나는 프로브용 바늘이 널리 사용되기 시작하면서 사람들의 기억에 무슨 일이 벌어졌는지를 설명한다. 도시 지역의 상황이 계속 나빠지기만 하는데도 보스들이 가상현실 게임에 빠져 아무 상관도 하지 않는다는 것도 들려준다. 위대한 멍고를 만난 이야기까지 가자 진의 완벽한 눈동자가 경악으로 쟁반만 해진다.

"그런 건 꿈에도 생각 못했어!"

그때 라이터가 끼어든다. 그때까지만 해도 별말 없이 조용히 앉아서 내가 떠들어 대는 것을 듣기만 하던 그가 입을 연다.

"우리는 또 한 가지 중요한 사실을 알아냈지요."

축 처진 늙은 눈을 진에게서 떼지 않은 채 말을 잇는다.

"프로브 게임이 이곳 에덴에서, 에덴의 기술로 만들어진 다음 도시 지역으로 밀수가 된다는 사실 말이오."

진이 서슴없이 머리를 저으며 말한다.

"불가능해요. 우리가 왜 그런 짓을 하겠어요?"

충격을 받은 목소리다.

라이터가 어깨를 으쓱한다.

"모르지요. 프루브들 중에서 도시 지역과 거기 사는 사람들이 모두 사라져 버리길 바라는 사람들이 있나요?"

진이 편치 않은 몸짓으로 얼굴을 찡그린다.

"그런 사람이야 있을 테지요."

"뭐, 우리를 전멸시켜 버리거나 자멸하기를 바라는 사람이라면 우리 뇌부터 썩게 만드는 건 좋은 출발점이 되겠지요."

"뭔가 잘못 알고 있는 걸 겁니다."

진은 항의하듯 말하면서도 라이터의 말이 진실일까 걱정하는 빛이 역력하다.

"기억을 빼앗으면 우리 자신이 누구라는 정체성이 없어지니 인간은 동물로 퇴화하게 되지요."

라이터가 말한다.

"사실 동물이라면 인간보다 숙청하기가 훨씬 쉬우니까."

"숙청이라고요? 정말 흉측한 말이군. 우리가 왜 그런 짓을 하고 싶어 하겠어요?"

라이터가 다시 한 번 어깨를 으쓱한다. 진이 보이는 반응을 재미있어 하는 것 같은 제스처다.

"왜 우리를 숙청하고 싶어 하겠냐고? 왜냐면 우리가 아직 존재하니까. 우리는 당신들의 예전 모습을 상기시켜 주는 존재들이니까. 도시 지역이 에덴을 포위하고 있으니까. 우리가 위협을 하니까. 이유야 많지요. 골라잡아도 될 정도로."

"사실이 아냐."

진이 혼잣말처럼 중얼거린다.

"당국에 가서 문의를 하겠어요. 필요하면 당국이 지도자들에게도 문의할 겁니다. 사실이 아닌 것으로 드러날 게 뻔해요."

그러나 그의 목소리에는 더 이상 확신이 없다. 마치 그동안 쭉 알고 있었지만 생각하고 싶지 않았던 것을 들은 듯한 목소리다.

그날 늦게 사이버가 뭔가 '흥미로운'것을 찾았다는 연락이 왔다. '흥미로운'이라는 단어는 브리가 쓴 말이다. 불가능하다는 생각이 들지만 그럼에도 불구하고 나는 그것을 믿고 싶다.

"사이버들은 옛날 자료를 전혀 찾을 수가 없었어요."

브리가 그렇게 말하자 내 심장에 암흑의 그림자가 드리운다.

"아주 독성이 강한 화학물질을 정확한 양으로 사용하는 화학 요법이라고 부르던 방법과 방사선을 일정량 쏘이는 방법을 결국 찾기는 찾았어요. 그런 '치료'라고 하는 걸 받고도 살아남은 사람이 있다는 게 믿어지지 않지만, 실제로 살아남은 사람이 많고 또 상당히 성공적인 치료 방법이라는 기록이 있어요. 그래 봤자 소용이 없지만요. 이제는 더 이상 옛날 테크놀로지를 사용할 수 없게 됐으니."

"그러니까 빈을 도울 수 있는 방법은 전혀 없군요."

내가 말한다.

"그렇게 말하진 않았어요."

브리가 대답한다.

"내 말은 옛날 치료 방법을 흉내 낼 수는 없다는 거였지요. 하지만 사이버가 흥미로운 대책을 생각해 냈어요. 빈에게 향상된 유전자를 이식하는 방법이죠. 사실 유전자 하나가 아니라 신체가 혈액 세포를 만들어 내는 것을 조절하는 몇 개의 다른 유전자를 이식하자는 이야기예요."

"그렇게 하면 나을 수 있을까요?"

내가 묻는다.

"계획대로만 된다면."

브리가 대답한다.

"해 보기 전에는 아무도 장담할 수 없어요."

"계획대로 안 되면 어떻게 되나요?"

브리가 슬픈 표정으로 나를 오래도록 바라본다.

"그 대답은 이미 알고 있잖아요."

브리 말이 맞다. 나는 이미 그 대답을 알고 있다.

26장
....

빈, 돌아오다

향상된 새로운 유전자를 주사한 지 3일째 되는 날, 내 누이동생은 자신의 미래를 되찾는다.

그 일이 일어난 순간을 나는 내 두 눈으로 목격한다.

처음에는 아무런 변화도 눈치채지 못한다. 나는 빈의 목숨을 겨우 지탱해 주고 있는 그 유리관 같은 것을 멍하니 쳐다보면서 우리가 둘 다 어렸을 때 있었던 일들을 회상하고 있다. 빈과 나 말고 다른 사람들한테는 아무 의미도 없는 자잘한 이야기들. 예를 들어, 빈이 우리가 살던 숙소 뒤에서 쥐들에게 빵조각을 먹이다가 찰리에게 들킨 일 같은 것 말이다. 빈은 아빠가 화를 내는 게 너무 놀랍다는 표정으로 "하지만, 아빠, 쥐도 사람인 줄 알았는데요?" 하고 말했다. 그런 말도 안 되는 건 어디서 배웠냐고 하는 찰리에게 빈은 "아빠한테서요."라고 말했다. 사실, 항상 사람들을 '쥐새끼' 같은 것들이라고 부르는 건 바로 찰리였기 때문이다. 불쌍한 찰리가 자기의 네 살배기 딸이 벌써 자기보다 훨씬 더 영리하고 얼마 가지 않아 도시 지역에 사는 그 누구보다도 더 똑똑해질 소녀로 자라나고 있다는 것을 깨달은 것은 바로 그때였다.

어쨌든, 거기 그렇게 빈을 보고 앉아 있으면서도, 옛날 일을 너무 골똘히 생각하는 바람에 빈이 나를 바라보고 있다는 것조차 처음에는 깨닫지 못한다. 어느 순간 정신을 차리고 보니 빈이 눈을 뜨고 나를 보고 있는 게 아닌가! 게다가 죽음의 기운이 감돌거나, 의식이 없거나 하는 눈도 아니다. 마치 내가 무슨 생각을 하는지 추측해 보려는 듯 정말 뚫어져라 쳐다보는 눈빛이다. 그 순간 나는 '내가 꿈을 꾸고 있구나, 그리고 깜짝 놀라 잠을 깨는 순간 빈이 깊은 잠에 빠져들어 있는 모습, 혹은 그보다 더 나쁜 상황을 보게 되겠지.' 하는 생각을 한다.

그런데 꿈이 아니다. 현실이다. 빈이 돌아온 것이다.

나도 모르게 소리를 지르거나 울음을 터뜨리거나 했나 보다. 모두 다 뛰어들어 왔기 때문이다. 라이터, 라나야, 진, 그리고 빈에게 주사를 놓은 의료 기술자들까지 모두 나만큼 흥분해 있다. 의료 기술자들은 유전자 요법이 효과를 보일지 어떨지 모르는 상태이기 때문이고, 다른 사람들은 빈이 나에게 얼마나 중요한 사람인지 잘 알고 있기 때문이다.

의료 기술자들이 그 관 같은 물건의 뚜껑을 연다. 그렇다고 빈이 갑자기 건강해져서 일어나 앉을 수 있게 된 것은 아니다. 아직은 너무 힘이 없어 겨우 손을 들어 내 얼굴을 만질 수 있는 정도다. 그러나 상관없다. 5분 전만 해도 나는 이제는 희망이 없다고 생각했었다. 그런데 빈이 이렇게 살아나서, 정말 이상한 꿈을 꿨다고 이야기하고 있지 않은가.

"우리가 에덴에 간 꿈을 꿨어. 정말 이상한 꿈이지 않아?"

"에덴에 간 게 사실이야."

내가 설명한다.

"지금 우리가 있는 곳이 에덴이야. 넌 회복하고 있고."

갑자기 프루브들에 대해 그렇게 짜증을 냈던 게 몹시 미안해진다. 라나야를 비롯해서 프루브들의 도움이 아니었다면 빈은 죽었을 게 뻔하다. 어쩌면 보통 사람들을 미워하고 우리가 다 없어져 버렸으면 좋겠다고 생각하는 프루브들도 있을지 모르겠지만, 내 누이동생을 살린 사람들이 아닌가. 모두 다 나쁜 사람들일 리가 없다.

라이터보다 더 기뻐하는 사람은 없다. 그 늙은이가 하도 활짝 웃고 있어서 몇 개 남지도 않은 이가 마저 빠져 버리지 않을까 걱정이 될 지경이다. 그의 얼굴 전체가 웃고 있다. 눈도 웃고 있다. 그렇게 웃으면서 그 깡마른 팔을 내 어깨에 두르고 나를 꼭 껴안는다. 숨이 다 막힐 정도로.

"자네가 해냈어!"

흥분해서 숨을 헐떡이며 그가 외친다.

"아름다운 소녀를 구하기 위해 목숨을 걸었고, 이제 그 소녀를 살려 낸 거야! 얼마나 훌륭한 이야기야! 얼른 그 이야기를 써야 하는데! 자네가 무슨 일을 해낸 건지 알기나 하나? 내 이야기의 해피엔드를 자네가 선사한 걸세!"

"하지만 빈을 살린 건 내가 아니고 프루브들이에요."

내가 라이터를 일깨워 준다.

"게다가 에덴에 오자고 한 것도 내가 아니잖아요."

라이터가 고개를 젓는다. 그의 늙고 촉촉한 눈이 내 속까지 환히 들여다보는 듯하다.

"맞아, 우리 모두 자네를 도왔지. 나도, 라나야도, 심지어 작은 얼굴 녀석까지도. 하지만 이 여정을 시작한 건 바로 자네야. 자네가 감히 이 여정을 상상할 용기가 없었다면 아무 일도 해낼 수 없었을 거 아닌가."

이 노인네가 정신이 좀 오락가락하는 것이 분명하다. 그렇다고 그렇게 말할 수는 없다. 하지만 나는 진짜 영웅이 누구인지 안다. 그건 나도 아니고, 심지어 용감한 라나야도 아니다. 진정한 영웅은 지팡이에 의지해서 걸어 다니는 하얀 수염이 난 노인네다. 아무도 읽지 않을 책에 이야기를 적는 것으로 세상을 바꿀 수 있다는 믿음을 가슴속 깊은 곳에서부터 저버리지 않고 그 커다란 심장 속에 그 희망을 간직하고 다니는 이 노인네인 것이다.

빈이 긴 잠에서 깨어난 지 얼마 되지 않아 진은 라나야와 소곤소곤 말을 주고받는다. 둘 다 뭔가 걱정스러운 얼굴빛이다.

"빈이 움직일 수 있는 대로 곧 이 실험실을 떠나야 돼."

나중에 라나야가 작은 목소리로 나에게 말한다.

"소문이 퍼져 나가고 있어."

무슨 소문인지는 설명할 필요도 없다. 누더기를 걸친 거지 같은 보통 사람들이 에덴에 들어오는 것을 허락 받았다는 소문이겠지. 그게 금지된 일일 수도 있고 아닐 수도 있다. 규칙을 해석하는 사람에 따라 달라지는 것이다. 우리가 프라이머리 실험실에 오래 있을수록 그 사실을 알게 되는 프루브 수가 늘어나게 된다.

"아직 완전히 낫질 않았잖아. 걷기도 힘들고 음식은 먹으려 들지도 않는데."

"알아."

라나야가 내 어깨를 토닥거리며 말한다.

"걱정 마. 나간 다음에도 잘 보살펴 줄 거야. 그런데 우리 집에 가서 하자. 들여다보는 눈이 없는 곳에서."

그래서 그다음 날 우리는 모두 프라이머리 실험실을 떠나 라나야가 '집'이라고 부르는 그 어마어마한 공간으로 돌아간다. 물론 빈은 거기 갔던 것을 기억하지 못한다. 기분에 따라 풍경이 변하는 방을 보고는 나만큼이나 놀란다.

빈은 아직까지 몸이 약해서 조금만 서 있어도 어지러워한다.

그런데도 모든 것이 어떻게 작동하는지 알고 싶어서 안달을 하고, 라나야가 설명을 하면 뭐든 금방 알아듣는다. 그 말은 빈이 나보다 앞섰다는 뜻이다.

"인터액티브 사이버네틱스 지능을 논리적으로 확장한 거지."

라나야가 설명을 한다.

"3차원 풍경에 자신을 투영할 수 있는 컴퓨터야. 물론 그 풍경이라는 것이 홀로그램, 즉 눈의 착각이긴 하지만."

빈의 눈이 너무 반짝여서 그걸로 조명을 할 수 있을 정도다.

"옛날에 이런 걸 상상하면서 놀곤 했었는데."

빈은 그렇게 말하면서 몬태너라고 부르는 홀로그램 풍경에 비치는 보랏빛 산들과 녹색 계곡을 바라본다.

"수면용 매트에 누워 내가 완전히 다른 세상에 있는 상상을 하곤 했었어."

"어떤 세상이었는데?"

라나야가 궁금해한다.

"벽이 없는 세상. 두려움 없이 바깥에 나갈 수 있는 세상."

"그게 바로 에덴이야."

라나야가 말한다.

"그런 것 같아."

빈이 말한다.

"하지만 난 도시 지역에서 그렇게 살 수 있는 세상을 말한 거야. 그렇게 모든 게 파괴되지 않았더라면 어땠을까, 사람들이 서로 해치지 않고, 대신 뭘 기르기 시작하면 어떨까, 그런 생각.
저기 밖에 보이는 저런 초록색 물건들 같은 걸 말이야."

"풀이랑 나무 말이구나."

"좋은 이름이야. 평화로운 이름."

빈이 꿈꾸듯 말한다.

"풀과 나무."

라나야가 빈의 손을 잡고 유리창으로 간다.

"저건 홀로그램 풍경이 아니야."

라나야가 손가락으로 바깥을 가리킨다.

"저것들은 진짜 풀과 나무야."

빈은 바깥 풍경을 한동안 바라보다가 길게 한숨을 쉰다.

"아름다워. 하지만 홀로그램 풍경과 다를 게 없어."

라나야가 무슨 말이냐는 듯한 표정으로 묻는다.

"왜?"

"우리가 여기 머무를 수 없기 때문이지."

빈이 대답한다.

"그럴 수 있어? 내가 나으면 우릴 다시 돌려보낼 거잖아. 회
색 콘크리트에 산성비가 내리고 구역 폭력배들이 싸움을 하는
그곳으로."

라나야가 풀과 나무를 쳐다보다가 빈과 나를 번갈아 바라본
다. 그녀의 눈이 빛을 발하고, 치열한 표정이 떠오른다.

"방법만 있으면 보내지 않을 거야."

27장

작은 얼굴이 말하기를

우리가 에덴에 온 지 7일째 되는 날 중요한 사건 두 가지가 있었다. 첫 번째 사건은 빈이 '체스'라고 하는 게임을 배운 일이고, 두 번째는 말하는 것을 처음으로 배운 작은 얼굴에게 일어난 일이다.

체스 사건은 이렇게 벌어졌다.

라나야와 진은 게임 공간에 있다. 무슨 게임을 하느냐에 따라 모양과 구조가 달라지는 공간이다. 그날은 체스라는 게임을 하고 있었다. 체스는 처음 보면 굉장히 간단한 것 같은데 알면 알수록 복잡해지는 게임이다. 64개의 칸으로 나눈 보드 위에서 말 16개를 옮겨 다니는데, 일벌 같은 말은 한 번에 한 칸씩만 움직일 수 있고 도둑이나 마술사 같은 말들은 보드를 가로질러 모든 방향으로 움직일 수 있다. 게임을 이기려면 지도자라고 부르는 말을 잡아야 한다.

진은 체스가 전략과 전술을 사용하는 고대 게임에 기본을 둔 것으로 대지진에 살아남은 몇 안 되는 고대 게임 중의 하나라고 설명한다. 원하면 말 하나가 사람만큼 큰 홀로그램 체스를 할 수도 있지만, 진은 그런 건 주의를 집중하는 데 방해가 될 뿐이라고 한다. 진짜 게임은 머릿속에서 벌어지기 때문이다.

"진짜 고수들은 보드나 말도 필요 없단다."

진이 빈에게 설명한다.

"그런 사람들은 보드 전체랑 모든 경우의 조합을 머릿속에 그릴 수 있기 때문이지."

진은 그저 예의를 지키기 위해 이 모든 설명을 해 주는 것 같은 인상을 준다. 빈 같은 보통 사람은 체스를 절대 이해할 수 없을 게 뻔하다고 생각하는 게 분명하다.

진이 설명을 하는 사이에 라나야가 말 하나를 움직이고 "체크메이트." 하고 말한다. 그건 라나야가 이겼다는 뜻이다.

"진을 이긴 적은 거의 없어."

라나야가 말한다.

"하지만 오늘은 진이 딴 데다 신경을 쓰시는 것 같네."

진은 누가 이기든 상관없다는 듯 웃지만 다음 게임을 할 때는 온 정신을 집중하고 심각하게 게임에 임한다. 어떤 때는 말을 한 번 움직이는 데 5분 이상 걸릴 정도로 생각을 많이 한다. 결국 그 덕에 진은 말을 열 번 움직인 후 체크메이트를 할 수 있었다.

"봤지?"

라나야가 말한다.

"진이 체스를 잘한다고 말했지? 난 재미로 체스를 하는데 진은 체스를 보통 심각하게 생각하는 게 아니야. 에덴 최고의 체스 기사 중의 한 명이지."

"말도 안 돼."

진이 말한다.

"나보다 잘하는 사람들이 적어도 여섯 명은 돼."

하지만 미소 짓는 그의 얼굴을 보면 속으로 얼마나 기뻐하고 있는지 알 수 있다.

빈이 자기도 체스 한번 해 봐도 되는지 묻자 진은 빈이 관심을 보이는 것을 기뻐하면서 그러라고 한다.

"오빠하고 상대를 해 볼래? 나는 심판을 보면서 말을 맞게 움직이는지 봐 줄게."

진이 말한다.

"아니요."

내가 말한다.

"직접 빈하고 상대해 주세요. 저는 너무 쉽게 질 거예요."

진은 쿡쿡 웃으면서 고개를 젓는다. 내가 너무 바보 같은 말을 하는 것이 재미있다는 투다.

"해 보지도 않고 어떻게 알지?"

"안 해 봐도 알아요. 보시면 아실 거예요."

나는 그렇게 대답한다.

그래서 라나야와 나는 구경을 하고 빈과 진이 게임을 시작한다. 라이터는 혼자 어딘가에 틀어박혀 책에 사용할 '메모하는 것'이라고 부르는 작업을 하고 있고, 브리는 작은 얼굴을 돌보느라 바쁘다. 그러고 보니 브리나 작은 얼굴이나 서로 같이 있는 것을 즐기는 것 같다.

어쨌든, 처음에는 진이 빈을 봐줘 가면서 게임을 하기 시작한다. 빈이 체스를 배우고자 하는 욕구에 찬물을 끼얹지 않겠다는 태도다. 진은 체스가 너무나 복잡한 게임이어서 제대로 배워서 잘하기까지는 몇 년씩 걸린다고 설명한다. 그러니 도시 지역에서 온 열두 살짜리 소녀를 이길 수 없다는 것을 깨달았을 때 진이 얼마나 놀랐을까 상상해 보라.

첫 게임을 시작한 지 5분 만에 빈이 말을 움직이는 것을 보고 진이 신난다는 듯이 묻는다.

"방금 그거, 진짜 잘 생각해 보고 둔 말이니?"

"네. 두고 보시면 알 거예요."

"두고 보면 안다고?"

진은 빈이 자기가 무슨 말을 하는지 알고 하는 게 아닐 거라는 투로 웃는다.

일곱 번 차례가 오간 다음 진은 빈이 무슨 뜻으로 한 말인지 알게 된다.

"진짜 재밌는 게임이에요."

진의 가장 중요한 말 중의 하나를 잡으면서 빈이 말한다.

진은 보드를 한참 쳐다보다가 빈을 쳐다본다.

"한 번 더."

진은 새로운 게임을 위해 말을 배치하면서 말한다.

결국 두 사람은 몇 시간 동안 쉬지 않고 게임을 한다. 빈은 진을 다시 이기지 못한다. 두 번째 게임부터는 진도 심각하게 게임을 했기 때문이다. 그러나 진도 빈을 이기지 못한다. 모든 게임이 소위 '비기는 것'으로 끝나기 때문이다. 비기는 것이란 양쪽 모두 이기지 못하는 것을 말한다고 한다. 진은 화를 내야 할지 기뻐해야 할지 마음을 정할 수 없는 표정이 된다.

"봤니?"

진이 라나야에게 묻는다.

"지금 무슨 일이 벌어졌는지 봤어?"

누군가가 진을 물리친 것을 보고 라나야보다 더 기뻐할 사람은 아무도 없을 것이다.

"물론 봤지요."

라나야가 말한다.

"하지만 놀라지는 않았어요."

"하지만 빈은 보통 사람이야!"

진이 외친다.

"맞아요."

라나야가 말한다.

"보통 사람은 프루브보다 영리할 수 없다. 그 말이 하고 싶으신 거예요?"

진은 혼란스럽다는 듯 머리를 젓는다. 라나야가 한 말도 한 말이지만 자기가 느끼는 감정 때문에 더 혼란스러운 것 같다.

"이런 문제에 대해 편견을 가지지 않으려고 노력하는 편이야. 하지만 나는 다섯 살 때부터 체스를 둬 왔고, 빈은 오늘 처음 체스를 배웠는데, 어떻게 이런 일이 가능한 거지?"

"흠, 흠."

라나야가 말한다. 다 안다는 듯한 표정으로 두 눈을 반짝이며.

"부탁이 있는데요, 더 이상 아무 말도 하지 말고, 그냥 한번 생각해 보세요. 도시 지역에서 온 소녀한테 다섯 살부터 해 온 능숙한 게임에서 진다는 것이 무슨 의미인지."

진은 무슨 말인가를 하려다가 마음을 바꿨는지 입을 다문다.

"좋아."

그가 약속한다.

"생각해 보지."

빈이 나를 보는 눈짓이 마치 '이 사람들 살짝 맞이 간 거야, 뭐야?' 하고 묻는 것처럼 보인다.

사실을 말하자면, '나도 모르겠다.'라는 게 빈의 질문에 대한 대답이다. 여기 온 지 1주일이 되었지만 프루브로 사는 것이 어떤 건지, 프루브처럼 생각하는 것이 어떤 건지 전혀 알 수가 없다.

그리고 두 번째 일, 그러니까 작은 얼굴에게 일어난 사건은 이렇다. 전에도 말했지만 브리는 작은 얼굴을 돌보는 데 많은 시간을 할애한다. 사실 그건 불필요한 일이다. 녀석은 스스로 자신을 돌보는 데 이미 능숙하기 때문이다. 하지만 브리가 제 근처에 있으면 녀석이 그런 자신의 능력을 전혀 드러내지 않는 것도 사실이다. 그럴 때면 녀석은 안아 달라는 몸짓이나 배고프다는 시늉을 하기, 혹은 미소를 지으며 춤추기 등으로 브리의 주의를 온통 자기에게 집중시키고야 만다. 작은 얼굴이 무슨 방법을 쓰는지는 몰라도 효과가 있었던 건 분명하다. 체스 게임이 끝나고 얼마 지나지 않아, 결의에 찬 표정으로 게임 공간으로 걸어 들어온 브리가 다음과 같은 선언을 한 것을 보면 말이다.

"이 아이를 입양하겠어요."

브리가 말하는 품으로 봐서는 그 말을 꺼낼 용기를 얻기 위해서 몇 시간 동안 벼르고 별렀던 것이 분명하다.

"이미 마음을 먹었어요. 안 된다는 설득 같은 건 필요 없어요."

불쌍한 진. 완전히 사면초가다. 자기가 제일 좋아하는 게임에서 어린 아이에게 이기지도 못하는 마당에, 딸한테서는 보통 부모가 자식들한테 하는 조언을 듣게 되질 않나, 급기야 파트너가 보통 사람을 입양하겠다고 나서질 않나……. 그것도 그냥 보통 아이도 아니고, 저 혼자 크면서 거의 짐승처럼 자란 아이를. 말도 할 줄 모르고, 브리가 목욕을 시키기 전까지는 단 한 번도 씻어 본 적이 없는 아이를 말이다.

"브리, 브리."

진은 너무 기가 막혀 그렇게밖에 말을 내지 못한다.

"그렇게 브리 브리 하지 말아요!"

브리가 눈에 쌍심지를 켜고 말한다.

"하지만 규칙을 알고 있잖소."

브리가 팔짱을 낀다. 화가 나니 더 아름다워 보이는 그녀를 보며 나는 숨이 멎는 것 같다.

"내가 아는 건 이 아이가 나를 필요로 하고, 나도 이 아이를 필요로 한다는 사실이에요."

"이 아이를 돌봐 줄 사람이 당신 말고도 있을 거요. 저 애랑 같은 사람들 중에."

"저 애한테는 아무도 없어요. 그리고 내 말을 듣지 않았군요. 나도 저 애가 필요해요."

"무슨 말이오?"

진이 정말 궁금하다는 듯 묻는다.

"이 아이가 우리 문 앞에 서서 날 바라보기 전까지는 나도 몰랐어요. 하지만 난 아이를 기르고 싶어요. 라나야를 사랑하고, 라나야도 날 사랑한다는 건 알지만, 라나야는 한 번도 날 절실하게 필요로 한 적이 없어요. 적어도 이 애가 나를 필요로 하는 것처럼은 말이에요."

"브리, 그런 가혹한 이야기를 하다니."

라나야가 한 걸음 앞으로 나서면서 진의 어깨에 손을 갖다 댄다.

"아빠."

그녀는 부드럽지만 강한 어조로 말한다.

"한 번도 이렇게 불러 본 적 없죠. 이제 우리는 더 이상 쓰지 않는 백타임 사람들 단어예요. 그렇지만, 당신은 제 아빠고 브리는 제 엄마예요. 전 두 분 다 마음 깊이 사랑해요. 하지만 브리가 한 말은 사실이에요. 저는 언젠가 지도자가 되기 위해서 디자인된 사람이에요. 그래서 프루브치고도 저는 더 자족적인 성향을 가지고 있지요. 절 키우는 재미가 크지 않은 게 당연해요."

브리는 그 순간 심장이 부서지는 듯한 표정을 지으며 말한다.

"그런 뜻이 아니었단다."

브리의 아름다운 눈에서 눈물이 샘솟듯 한다.

"넌 정말 사랑스러운 아이였어, 라나야. 네가 자라나는 과정은 정말 말할 수 없이 신비로웠어. 다른 무엇과도 바꿀 수 없는 경험이었단다."

라나야가 뛰어가서 브리를 껴안는다.

"오, 사랑하는 엄마, 엄마가 절 사랑한다는 거 알아요. 다 이해해요. 정말이에요."

브리가 눈물을 닦으며 웃는다.

"넌 항상 이해를 했었지, 라나야. 막 태어났을 때부터 말이야. 네가 기부자고 내가 아이인 것 같다는 생각을 얼마나 자주 했었는지."

"이제 그만."

진이 말한다.

"두 사람 모두! 제발! 문제는 두 사람이 아니에요. 저 아이가 문제지. 우리가 아무리 저 아이를 사랑한다 해도 허락을 받아 내지 못할 거요. 그리고 저 아이가 진정으로 원하는 게 무엇인 가 하는 문제에 대해서는…… 알아내기가 불가능하지. 저 애가 말해 줄 수가 없으니."

이번에는 진이 팔장을 낀다. 더 이상은 아무도 할 말이 없을 거라는 태도다.

그런데 그게 아니었다.

작은 얼굴 녀석이 말문을 열겠다고 결심한 게 바로 그 순간이 었기 때문이다.

"난 브리 사랑해."

구역 보스가 선전포고를 하듯 치열한 어조로 녀석이 선언한다.

"난 브리 사랑하고, 브리는 나 사랑해."

그것으로 언쟁은 종결이 난 셈이다.

28장
....

사과나무로 우리를 데리러 왔을 때

작은 얼굴이 갑자기 수다쟁이가 됐다는 말은 아니다. 아직도 녀석은 말을 많이 하지 않는 편에 속한다. 굉장히 중요한 문제거나, 다른 방법으로는 도저히 자신의 의사를 전달할 수 없을 때만 말을 한다. 브리는 작은 얼굴이 제대로 된 이름이 아니기 때문에 아이가 조금 더 크면 스스로 좋은 이름을 고를 수 있게 해 주겠다고 한다. 진은 별 상관을 하지 않는 듯하지만 점점 작은 얼굴을 자기 아들처럼 취급하기 시작하는 기미를 보인다. 어쩌면 모든 게 잘 해결될지도 모른다. 규칙 문제만 해결하면 말이다.

그동안 나와 라이터, 빈은 많은 시간을 야외에서 보낸다. 우리는 이 세상에서 가장 멋진 일이 맨발로 풀밭을 걷는 것이라는 걸 발견했다. 풀밭 걷기. 약간 간지럽고, 부드럽고, 왠지 모르게 살아 있는 느낌이 드는 경험이다. 풀이라는 것이 단지 땅에서 자라는 초록색 물질일 뿐인데. 빈은 이렇게 아름다운 것은 본 적이 없다고 한다. 이 세상에서 풀만큼 좋은 건 꽃, 나무, 그리고 파란 하늘뿐이라고도 한다.

"에덴을 만들기 전에도 이런 게 있었어요?"

빈이 묻는다.

"물론이지, 그랬을 거야."

라이터가 대답한다.

"대지진 전에는 나무들이 도시 지역 한복판에 자랐었다고들 하지. 풀이랑 꽃도 마찬가지고."

빈은 미소를 지으며 고개를 젓는다. 백타임의 과장된 이야기 라고 생각하지만 예의상 아무 말도 않는 것 같다.

나에게는 땅에서 무엇인가가 자라는 것보다 빈에게 일어난 일이 더 경이롭다. 빈의 피부는 더 이상 창백하지도 않고 병색 이 돌지도 않는다. 이제는 달리고, 점프를 하고, 곡예를 넘을 수 있을 정도로 건강하다. 아마도 다섯 살 이후로는 이렇게 건강해 본 적이 없을 것이다.

"난 새로운 빈이야. 새롭고 향상된 빈."

빈이 으스대며 말한다.

"프루브들한테는 그런 말 하지 마."

내가 주의를 준다.

"자기들만 향상된 종류라 여기고 싶어 하니까."

셋이 함께 프루브들이 '실개천'이라고 부르는 물을 따라 걷고 있는 중이다. 실개천이라는 것은 강과 비슷한데 규모만 작다. 이렇게 맨발을 시원하고 맑은 물에 담그면 기분이 참 좋다. 라이터는 맨발을 물에 담그면 젊어진 기분이 든다고 한다. 한참 물에 들어갔다 나오면 피부에 주름이 쪼글쪼글 잡히는데도 말이다.

"왜 맨날 늙었다는 이야기만 하세요?"

빈이 묻는다.

"내가 늙었기 때문이지."

라이터가 대답한다.

"사실 늙은 건 괜찮은데 내가 책을 다 끝낼 시간이 없을까 봐 그게 걱정이야."

빈은 알겠다는 듯 고개를 끄덕인다. 마치 그 대답이 나올 것을 기대했다는 듯이.

"하지만 언젠가는 끝낼 수 있는 책이에요? 저는 그 책이 할아버지의 일생이라고 생각했어요. 할아버지의 일생이 끝날 때에야 비로소 책도 끝이 나는…… 그러면서도 절대 끝나지 않는 그런 책 아닌가요? 사람들이 그 책을 읽고 기억을 할 것이기 때문에 할아버지가 영원히 살게 되는 그런 종류의 책."

처음에는 그 말이 라이터의 기분을 상하게 한 줄 알았다. 그러나 잠시 후 커다란 미소가 서서히 그의 늙은 얼굴에 주름을 만든다.

"고맙다, 빈."

"뭐가요?"

"내가 왜 글을 쓰는지 다시 한 번 일깨워 줘서."

그들이 온 것은 빈과 내가 사과나무를 오르고 있을 때다. 사과란 실제로 나무에서 자라는 정말 맛있는 먹을거리다. 직접 따먹으면 참 맛있다. 하지만 친구가 나를 위해 따 주면 더 맛있게 느껴진다.

빈은 열린 사과 중 가장 좋은 걸 골라 나에게 내민다.

"처음 깨물면 무슨 맛이 나는 줄 알아?"

"모르겠는데, 무슨 맛이야?"

"파란 하늘 맛."

"너 맛이 좀 갔구나."

"파란 하늘 먹어 본 적 있어?"

"아니."

"언제 한번 먹어 봐."

빈이 말한다.

"사과 맛이야."

빈이 한번 엉뚱한 생각을 하기 시작하면 우겨 봤자 소용이 없기 때문에 난 아무 말도 하지 않는다. 게다가 빈이 하는 말이 마음에 들기도 한다. 나는 또 우리 둘이 그냥 계속 사과나무에서 내려오지 않고 거기서 살 수 있었으면 좋겠다는 생각도 한다.

그런 생각도 하늘이 사과 맛이라고 하는 것만큼이나 정신 나간 생각이다.

우리는 나무 위에 걸터앉아 사과를 먹으면서 별별 이야기를 다 한다. 우리 어릴 적 이야기, 찰리가 한 바보 같은 말들, 내가 가족 단위에서 쫓겨난 후 어땠는지, 라이터와 작은 얼굴과 한 모험들, 파이프 안에 사는 쥐들…… 뭐든 다 이야기한다. 딱 한 가지만 빼고. 우리가 도시 지역으로 돌아가야 한다면 어떻게 될지에 대해서는 이야기하지 않는다. 이야기하기는커녕 생각하기조차 싫다. 한번 맨발로 풀밭을 걸어 보고, 파란 하늘 맛을 보고 나면 절대 이전으로 돌아가고 싶지 않기 때문이다.

그들이 우리를 데리러 온 것은 우리가 구름을 세고 있을 때다. 처음에는 그들의 차가 공중을 둥둥 떠다니는 품이 또 다른 구름인 줄 착각했을 정도다. 그런데 좀 더 가까이 온 걸 보니 방탄 처리가 되지 않은 떠다니는 택비 같은 차다. 공중을 지나가면서 부드러운 바람 소리 말고는 아무 소리도 내지 않는다는 것도 택비랑 다른 점이다.

나중에 알고 보니 스카이디(skydee)라고 부르는 물건이다. '스카이 비행 디바이스(Sky Flight Device)'의 준말로, 자석이 서로 밀어내는 힘을 이용한 것이라고 한다. 라나야가 우리에게 공중에서 에덴을 보여 주려고 마련한 것인지도 모른다는 생각이 잠시 들지만 그건 사실과 거리가 멀어도 아주 먼 추측이다.

스카이디는 풀밭 바로 위에 둥둥 뜬 채 사과나무 밑에서 멈춘다. 문이 열리더니 프루브 두 명이 나온다. 근육이 더 많도록 디자인된 덩치 큰 남자 프루브들이다. 그리고 대부분의 프루브들이 입는 하얗고 긴 가운 대신 보안대 유니폼 같은 것을 입고 있다. 프루브 집행관들이다.

사과나무 밑에 선 채 그중 한 사람이 나에게 묻는다.

"스파즈라고 부르는 보통 사람 맞습니까?"

"네."

"당신과 당신의 동행자에게 지도자들이 소환 명령을 내렸습니다. 지금 당장 응해야 합니다."

우리가 순순히 복종하지 않을 것으로 생각했는지 나무에서 내려오자마자 그들은 온몸 전체를 묶는 포박을 채운 채 우리를 범죄자처럼 끌고 간다. 알고 보니, 우리가 범죄자인 게 맞다.

29장

에덴에 작별을 고하다

그렇게 해서 스카이디를 타 보기는 한다. 하지만 그다지 재미를 느낄 수는 없다. 집행관들은 우리를 아무것도 보이지 않는 바닥에 팽개치고는, 빈이 불평을 하려 하자 "조용히 하시오!" 하고 호통을 친다. 분위기가 너무 살벌해서 우리는 도착할 때까지 아무 말도 하지 않는다.

도착한 곳은 스타디움이라고 부르는 공간이다. 무너져 내리는 콘크리트와 녹슨 철골만 남은 도시 지역의 옛 스타디움과는 거리가 멀어도 한참 멀다. 에덴의 스타디움은 언덕의 한편을 거대한 수저로 파낸 것같이 생긴 자그마하고 굴곡이 진 공간이다. 우리가 도착했을 때는 이미 초록색 언덕배기에 사람들이 꽉 차 있다. 물론 모두 프루브들이다. 집행관들은 그 프루브들도 우리처럼 모두 소환되었다고 말해 준다.

"그러니까 저 사람들도 모두 포박된 채 끌려왔다는 건가요?"

그렇게 묻는 나를 집행관 중의 한 명이 말하는 동물 쳐다보듯 본다. 대답할 가치도 없다는 투다.

집행관들은 우리를 묶은 끈을 푼 다음 빈과 나를 언덕 제일 아래에 있는 평평하고 검은 원 안으로 밀어 넣는다. 발밑에 느껴지는 감촉은 어두운 거울처럼 매끄럽지만 무슨 이유에서인지 미끄럽지는 않다.

라이터가 그 검은 원 안에서 우리를 기다리고 있다. 지팡이를 짚고 깨끗하게 빤 하얀 긴 옷을 입은 채 우뚝 서 있다. 하얀 턱수염을 산들바람에 하늘하늘 날리면서 서 있는 그의 모습은 감히 접근하기 힘든 위엄이 보이는 동시에 무척 늙어 보인다.

"원 밖으로 나가지 말게. 가장자리에 전기가 흘러서 밟으면 기분이 안 좋아."

"라이터, 이게 다 무슨 일이죠?"

내가 묻는다.

라이터는 점점 더 모여드는 프루브 군중들을 올려다본다. 빈자리가 거의 보이지 않는다. 이 모든 것이 더 이상하게 느껴진 이유는, 지금까지는 한자리에서 프루브를 대여섯 명 이상 본 적도 없는데 이렇게 갑자기 수천 명이 한꺼번에 모여들었기 때문이다. 그들이 웅성거리는 소리가 들리고, 수천 명의 프루브들이 우리를 노려보는 것이 물리적으로 느껴질 정도다. 우리가 누구인지, 어떻게 감히 에덴에 들어올 생각을 했는지 다들 알고 싶어 하는 것이 틀림없다.

"무슨 일이냐고? 심판의 날이 온 거지."

라이터가 말한다.

"일종의 재판인 것 같네."

"재판이라고요? 재판이 뭔데요?"

"백타임에 있던 전통이지."

라이터가 설명한다.

"누군가가 규칙을 어겼는지 아닌지 심판을 하는 방법이야. 그리고 규칙을 어겼다고 판명되면 벌은 어떻게 주어야 하는지 정하기도 하지."

도시 지역에서는 그런 결정은 모두 구역 보스들이 내린다. 그리고 구역 보스들이 자기들 맘대로 만드는 게 규칙이기 때문에 규칙을 실제로 어기기 전에는 자기가 규칙을 어기는 건지 아닌지도 모른다. 그래서 규칙을 어겼다는 것을 알게 됐을 때는 이미 돌이킬 수 없게 되는 경우가 대부분이다.

"여기서는 규칙을 지키게 하는 방법이 도시 지역하고 달라."

라이터가 말한다.

"나를 데리러 왔을 때 진이 설명해 줬네. 우리는 보통 사람들이 에덴에 들어가면 안 된다는 규칙을 어긴 거지. 대부분의 프루브들은 우리를 여기서 추방시켜야 한다고 생각하고, 한시라도 빨리 그렇게 해야 한다고 생각하겠지. 하지만 그런 결정을 내리기 전에 에덴에 사는 모든 사람들이 증거나 조언 같은 것을 듣고 지도자들의 최종 심판에 증인이 되어야 한다더군.”

“아이는 어디 있어요?”

빈이 걱정스럽게 주위를 살피며 묻는다.

“작은 얼굴 말이에요.”

“숨겨 놨지.”

라이터가 작은 목소리로 그렇게 말하고는 더 이상 그 일에 관해선 이야기하지 말아야 된다는 신호를 한다.

그러니까 브리가 작은 얼굴을 아들로 키우겠다는 약속을 포기한 게 아니라는 뜻이다. 그 이야기를 들으니 브리가 더더욱 좋아진다.

“라나야는요?”

“라나야도 궁지에 몰려 있네. 지도자들에게 그동안 경위를 설명해야 한다고 하더구만.”

모여든 프루브들이 갑자기 입을 다물면서 스타디움에 침묵이 감돈다. 모두들 우리 뒤에 있는 무언가를 쳐다보고 있다. 나도 고개를 돌려 거기에서 무슨 일이 벌어지고 있는지 내 눈으로 목격한다.

우리 바로 뒤에서 작은 언덕이 땅에서 분리되고 있다.

맹세컨대 내 눈엔 그렇게 보였다. 풀밭 한쪽이 뚜껑처럼 열리면서 둥그런 무대가 땅에서 솟아오른다. 우리가 서 있는 곳과 같은 검은 거울처럼 보이는 그 무대는 올라가면서 모양이 점점 크게 변한다. 무대가 필요한 크기로 커지자 서서히 돌더니 지금까지 뒤를 바라보던 쪽이 스타디움의 군중들 쪽으로 향한다.

무대 위에 늘어선 투명한 왕좌에 에덴의 지도자 일곱 명이 각기 앉아 있다. 누가 말해 주지 않아도 그들이 누군지 알 수 있다. 한마디도 하지 않고, 손가락 하나 까딱하지 않아도 그들에게서는 힘과 권위가 넘쳐 난다.

지도자들 중 몇몇은 젊지만 적어도 넷은 상당히 나이가 들어 보인다. 라이터처럼 주름이 쪼글쪼글 잡히고 이가 빠져서 늙었다는 느낌이 드는 게 아니라, 나이 든 사람 고유의 연약한 분위기가 보인다. 그럼에도 아주 나이 든 사람들마저도 어쩐지 완벽한 느낌을 준다. 마치 나이가 들면서 살아 있는 것에 더 집중을 하게 된 것처럼 보인다.

그들 앞에 서 있는 프루브. 아름답고 분노에 차 있지만 전혀 두려워하지 않는—한 번도 두려워해 본 적이 없는—프루브는 바로 우리 친구 라나야다. 그녀와 눈을 마주치려 해 봤지만 라나야는 일부러 내 눈길을 피하고 있다. 아무래도 신경을 분산시키고 싶지 않아서 그러는 것 같다.

가장 나이 든 지도자가 투명한 왕좌에서 일어나더니 길고 검은 막대기로 무대를 내리친다.

"미래의 지도자 라나야, 보통 사람들을 에덴에 데리고 들어온 죄를 인정하는가?"

라나야가 언덕바지에 앉아 있는 사람들을 향해 돌아선다. 지도자들뿐 아니라 거기 있는 사람들에게도 자기 뜻을 알려야겠다는 뜻으로 보인다.

"죄를 인정하는가?"

나이 든 지도자가 다시 한 번 묻는다.

라나야는 숨을 깊이 들이마시고 언덕 끝까지 울려 퍼지는 목소리로 말을 하기 시작한다.

"생명을 구하는 일이 규칙을 어기는 일이라면, 그 규칙은 바뀌어야 한다고 생각합니다."

나이 많은 지도자가 약간 신경질적으로 지팡이를 두드린다.

"설명을 해 보거라."

"저 사람들이 제 목숨을 살려 줬습니다. 그래서 저도 저 사람들의 목숨을 살려 주고 싶었습니다."

"라나야, 자초지종을 설명하도록 해라."

지도자가 재촉한다.

"하나하나 꼬치꼬치 물어볼 수 없으니."

라나야가 지도자에게 절을 한 다음 말을 잇는다.

"라일라 님, 감사합니다. 저에게 특별한 관심을 가지고 계시다는 것 잘 알고 있습니다. 언젠가 라일라 님이 앉아 계신 자리에 앉아서 라일라 님이 하신 일을 제가 이어서 할 운명을 타고 났기 때문이지요. 라일라 님만큼 잘할 수 있기를 소원할 뿐입니다."

"굳이 내 호감을 사려고 시간을 낭비할 필요 없다."

라일라가 잘라 말한다.

"그런 말에 호감을 갖기엔 내 나이가 너무 많아. 너처럼 매력 있고 설득력 있는 사람이라도 마찬가지지. 그러니 어서 본론으로 들어가거라."

라나야가 미소를 지으며 다시 한 번 절을 한다.

"사과드립니다. 여러분."

라나야는 모여 있는 프루브들을 향해 손을 들며 말한다.

"저는 지대를 건너 도시 지역으로 들어간 경험이 여러 번 있습니다. 여러분들 중 일부가 하시듯 저도 물물교환을 하기 위해 그곳에 간 적도 있습니다. 그러나 저는 주로 그곳에 사는 사람들을 공부하기 위해 도시 지역으로 갔습니다. 향상되지 않은 사람들 말입니다. 우리가 경멸을 섞어 '보통 사람들'이라고 부르는 그 사람들 말입니다."

관객석에서 웅성거리는 소리가 들려온다. 인상을 찌푸리며 고개를 젓는 사람들이 많이 보인다.

"우리 모두 그런 여행들은 그다지 장려되지 않는다는 것을 알고 있습니다."

라나야가 인정한다.

"도시 지역에는 많은 위험들이 도사리고 있기 때문이지요. 폭력, 질병, 유독 스모그 등등. 그러나 가장 큰 위험은 무지입니다. 보통 사람들의 무지뿐만 아니라 우리 자신들의 무지도 위험하긴 마찬가지입니다. 우리는 '보통'이라는 개념 자체를 경멸합니다. 그럼에도 불구하고 보통 사람들은 우리의 표면적인 '완벽성'을 경멸하지 않습니다."

자기가 한 말의 의미를 사람들이 깨달을 시간을 주기라도 하려는 듯 라나야는 잠시 말을 멈춘다. 그러나 라나야 말에 동의하며 고개를 끄덕이는 프루브는 거의 보이지 않는다.

"최근 들어 도시 지역에는 새로운 위험이 생겨났습니다."

이제 그녀는 무대 위를 걸어 다니며 말을 하고 있다.

"일부 구역에서 보스들이 보스 노릇을 제대로 하지 않게 된 겁니다. 그 결과 극도의 무질서 상태가 되면서 거리를 누비는 폭도들이 방화와 약탈을 일삼고 있습니다. 왜 도시 지역의 지도자들이 자기 할 일을 하지 않는 걸까요? 바로 우리가 그들에게 프로브를 공급하고 있기 때문입니다."

라일라가 막대를 다시 한 번 내리친다.

"이 심각한 발언에 대한 증거는 있는가?"

라일라의 눈에서 불꽃이 튄다.

"있습니다."

라나야가 말한다.

"프로브가 에덴에서 금지된 것은 오래전 일입니다. 바늘을 이용한 프로브 게임이 갖는 위험성을 잘 알고 있기 때문이지요. 그러나 도시 지역에서는 프로브용 바늘 사용이 널리 퍼지도록 힘을 쓰는 사람들이 있습니다. 처음에는 왜 그런지 잘 몰랐지요. 그러다가 여러분 앞에 서 있는 보통 사람들 중 한 명에게서 그 설명을 들었습니다."

라나야가 라이터를 가리킨다. 라이터는 고개를 한 번 까딱한다.

"이 노인은 유전자 향상의 혜택을 받지 못했지만 그럼에도 알 건 다 아는 분입니다. 보통 사람들이 모두 없어지길 바라는 프루브들이 이 에덴에 살고 있다는 것도 알고 있지요. 그 목적을 위해 뇌를 썩게 만드는 게임용 바늘을 널리 퍼뜨리는 것보다 더 나은 방법이 어디에 있겠습니까?"

언덕에 앉아 있는 사람들 중 많은 수가 일어선다. 무슨 말을 하는지 들리지는 않지만 그중 일부가 뭐라고 큰 소리로 외쳐 대는 게 보인다.

라일라가 다시 한 번 검은 막대를 내리친다. 모든 소음이 사라진다.

"조사를 시작하겠다."

그렇게 말하는 라일라의 목소리가 종처럼 맑게 울려 퍼진다.

"네가 하는 말이 사실이라면 적절한 조치를 취할 것이다. 그러나 그것이 보통 사람들을 에덴에 데리고 들어오는 것과 무슨 상관이 있나? 그들이 네 목숨을 살리고, 네가 그들 중 한 명의 목숨을 살리는 것과 무슨 상관이 있다는 말인가?"

라나야는 배고픈 사람들에게 먹을거리를 나눠 주러 나갔다가 자신의 택비가 폭도들에게 포위당한 이야기를 한다. 그녀를 구하기 위해 라이터가 자신의 목숨을 건 이야기도 한다. 그런 다음 그녀는 나를 가리켜 보인다.

"그리고 이 보통 사람, 부모도 없는 소년, 모두가 천대하고 피하는 이 소년은 저를 구하기 위해서뿐만 아니라 죽어 가는 누이동생을 구하기 위해서 자신의 목숨을 걸었습니다. 에덴으로 데려올 수만 있다면 그 누이동생의 생명을 구할 수도 있다는 것을 알고 제가 어떻게 그들을 외면할 수 있었겠습니까?"

프루브들 몇몇이 라나야의 말이 맞다는 듯한 소리를 내기는 하지만 그 수가 많지는 않다.

"여러분이 보시다시피 저 소녀의 병은 우리가 가진 기술로 쉽게 고칠 수 있었습니다. 도시 지역을 휩쓸고 있는 전염병을 고칠 수 있는 기술을 우리는 대부분 가지고 있습니다. 그럼에도 불구하고 우리는 시도조차 해 보지 않고 있습니다. 그들이 병들고 죽는 것을 보고만 있고, 굶주리는 것을 방관하고 있습니다. 그들의 구역이 불에 타들어 가도 상관하지 않습니다. 그것이 과연 옳은 행동입니까? 저는 아니라고 말하고 싶습니다! 우리가 '보통 사람들'이라고 부르는 사람들도 우리와 많이 다르지 않다고 저는 감히 말하고 싶습니다!"

언덕에 앉아 있는 군중들로부터 야유가 터져 나온다. 라나야가 지나치게 과격한 발언을 한 것이다. 누군가가 소리친다.

"저들을 봐! 추하잖아! 괴물 같아! 멍청하고! 저들은 보통 사람들이야!"

라나야는 사람들이 소리치는 것이 잠잠해지기를 기다렸다가 손을 들어 자신의 아름다운 얼굴을 가리킨다.

"이것이 우리 자신을 평가하는 기준입니까? 예쁜 얼굴로? 완벽한 코로? 잘생긴 귀로? 비단결 같은 머릿결로? 초기 엔지니

어들이 자신들의 목숨을 걸고 우리의 생존 가능성을 높이려 했던 것이 모두 그런 외모를 갖기 위한 것뿐이었습니까?"

사람들이 다시 소리치기 시작한다.

"두뇌는 어떻고, 라나야! 우리는 저들보다 훨씬 더 똑똑해!"

라나야가 미소를 짓는다. 바로 그런 말이 나오기를 기다리고 있었다는 듯이.

"똑똑하다고요? 프루브가 보통 사람들과 다른 것이 바로 그들보다 우리가 더 똑똑하다는 것 때문일까요?"

"그래!"

사람들이 소리친다.

"맞아!"

라일라가 검은 지팡이를 내리치고 외친다.

"라나야가 말할 수 있게 침묵을!"

라나야가 감사의 표시로 늙은 지도자를 향해 고개를 숙인 다음 말을 잇는다.

"지능에 관한 이야기를 여러분이 하시는 이유는 우리가 보통 사람들보다 더 영리하다고 생각하기 때문입니다. 그렇게 생각하면 보통 사람들을 우리와 같은 인간이 아닌 것처럼 취급하기가 훨씬 쉬워지지요. 그러나 보통 사람의 혈통을 가진 열두 살짜리 소녀가 체스 게임을 한 시간도 채 배우지 않아서 에덴에서 제일가는 체스 기사를 상대로 이겼다면 뭐라고 하시겠습니까?"

스타디움에 울려 퍼지는 소리를 들어 보면 아무도 라나야의 말을 믿지 않는 것이 분명하다. 도시 지역에서 온 소녀가 에덴에서 태어난 사람을 이긴다는 것은 불가능하다고 생각하는 듯하다.

"생각해 보십시오, 여러분!"

믿을 수 없다는 탄성들을 질러 대는 소리 위로 자기 목소리가 들리도록 라나야가 소리를 높인다.

"우리의 선조가 누구입니까? 인간의 유전자 부호는 절대 다르지 않습니다. 한 가지입니다! 우리 모두 같은 인간인 것입니다! 우리 모두 같은 곳에서 시작했습니다. 우리도 한때 도시 지역의 자손이었습니다. 도시 지역의 자손들 중 어떤 사람들은 유전자 향상을 필요로 하지 않습니다! 이미 더 향상하지 않아도 영리하고, 지적이고, 재능 있는 유전자를 가지고 있기 때문이지요. 적어도 그들은 모두 용기 있는 유전자는 가지고 태어납니다!"

"아니야!"

군중들이 목소리를 합쳐 외친다.

"아니야!"

"맞습니다!"

라나야가 주먹을 쳐들면서 소리친다. 그러고는 나와 빈을 가리키며 말을 잇는다.

"이 어린 보통 사람들이 에덴에서 성장한다면, 에덴의 모든 혜택을 누리면서 성장한다면 체스에서 우리를 이기는 것에만 그치지 않을 것입니다! 진정한 인간이 무엇인지를 우리에게 가르쳐 줄 것입니다! 그들은 여러분 중 어느 누구도 경험해 보지 않은 일들을 이미 겪었기 때문이지요. 그들은 단지 살아남기 위해 모든 것을 걸어 본 경험이 있습니다!"

"아니야! 아니야!"

군중들이 외친다.

"맞습니다! 그렇습니다!"

라나야도 외친다. 그녀가 이번에는 라이터를 가리킨다.

"이 노인이 보이시죠? 이분보다 두 배나 더 산 분들이 여러분 사이에 있을 겁니다. 그러나 이분보다 더 많은 용기와 상상력을 지닌 분은 여기 없습니다. 단지 살아남기 위해 그런 용기와 상상력을 총동원해야 했기 때문이지요. 우리는 이분한테서 가르침을 받아야 합니다. 이야기를 들어야 합니다. 에덴의 자손들이 낙원으로 향하는 문을 연 이야기를 기록하도록 해야 합니다!"

군중들의 외침이 라나야의 목소리를 덮어 버린다. 라일라가 검은 막대를 치고 나서야 스타디움에 정적이 되돌아온다.

"라나야의 말에 동의하는 사람은 남고, 동의하지 않는 사람은 떠나시오!"

라일라가 명령한다.

수천 명의 프루브가 줄 지어 언덕을 떠나고, 남은 건 텅 빈 녹색 풀밭뿐이다.

라나야는 자기 눈을 믿을 수 없다는 표정으로 스타디움을 비우는 군중들을 바라본다.

"지도자님! 지도자님들은 어떻게 생각하십니까?"

라나야가 훨씬 작은 목소리로 묻는다.

지도자들이 몇 분 동안 자기들끼리 조용조용히 상의를 한다. 한두 번 우리 쪽을 쳐다보기도 했지만 그들의 완벽한 얼굴만 봐서는 아무런 추측도 할 수 없다.

상의가 끝나자 라일라가 막대를 세 번 내리친 다음 무대 앞쪽으로 걸어간다.

"라나야, 오늘 발언은 상당히 설득력이 있었다. 네가 지도자가 되면 많은 변화가 올 것이다. 그러나 지금 당장은 규칙을 그대로 고수하기로 한다. 에덴은 에덴으로 남아 있을 것이다. 그것이 지도자들의 결정이다."

라일라는 그렇게 말하고 나서 몸을 돌려 자리를 뜬다.

30장
....

제트바이크 소리

다섯 시간 후, 나와 라이터는 상자 동네로 돌아와 있다. 에덴에서의 기억이 잠에서 깨어나자마자 희미해져 버리는 꿈처럼 느껴진다.

라나야가 우리를 위해서 한 일, 빈을 살려 준 일 등등에 대해 고맙다는 말도 제대로 할 여유가 없었다. 노 지도자가 막대를 내리친 직후 집행관들이 기세등등하게 우리를 택비에 밀어 넣었기 때문이다. 그리고 눈 깜짝할 사이에 지대까지 나와 있었다.

택비가 제일 먼저 멈춘 곳은 빈의 구역이었다. 집행관들은 우리가 내려서 인사할 틈도 주지 않았다. 빈은 내 뺨에 입을 맞추고 "꼭 다시 만날 거야. 내가 파이프 안을 걸어가는 한이 있어도."라고 짧게 약속하고는 그대로 우리와 헤어져야만 했다. 그길로 다시 지대를 통과해서 금방 빌리 비즈모의 구역에 도착했다. 잘빠진 프루브용 택비는 모든 것이 시작되었던 그 콘크리트 상자 앞에 우리를 내려놓고 사라져 버렸다.

"오, 즐거운 나의 집!"

내가 처음 털었던 그 쓰러져 가는 상자를 보고 라이터가 그렇게 외친다. 이상한 건, 그가 농담을 하는 게 아니라는 사실이다. 라이터는 자기 상자로 돌아온 것을 진정으로 기뻐하고 있다.

"사실 얼마 남지 않은 여생을 에덴에서 살았어도 좋았겠지. 온갖 사치를 누리면서. 그랬다면 내 얼굴에 미소가 떠날 날이 없었을 테고. 하지만 그랬다면 내 책을 끝낼 수 있었겠나? 인생이 완벽하다면 책에 쓸 만한 말이 하나도 없지. 한가롭게 노닐고, 다 늙은 발을 깨끗한 물이 흐르는 시원한 냇물에나 담그면서 시간을 보내면 책에 쓸 말이 뭐가 있겠나? 작가한테는 도전이 필요하지. 우리는 투쟁과 쟁취를 해야 하는 사람들이거든."

라이터는 내가 벽에 등을 기댄 채 무릎에 턱을 괴고 웅크리고 있는 쪽을 살펴본다. 그의 작은 상자는 거의 텅 비어 있다. 책상으로 쓰는 낡은 나무 상자와 그가 '책'이라고 부르는 두터운 종이 묶음 말고는 아무것도 남아 있지 않다. 늙은이 냄새가 나는 이곳이 나는 너무 싫다. 도시 지역 전체에서 나는 늙은 냄새와 다 쓰고 버린 폐품 냄새, 그게 너무 싫어서 참을 수가 없다.

라이터는 내가 무슨 생각을 하는지 알아차리고 내 옆에 앉는다. 쭈그려 앉는 것이 어려웠는지 앉으면서 신음 소리를 낸다. 생각에 잠겨 숱 적은 자기 턱수염을 어루만지더니 마침내 입을 연다.

"암흑이 자네를 갉아먹도록 두지 말게나. 자네가 이루어 낸 것을 생각해. 살리고 싶었던 누이동생을 살려 냈지 않나. 다른 모든 것은 덤이야. 자네가 절대 잊지 못할 경험을 얻었다고 생각하게. 파란 하늘과 녹색 풀밭을 봤지 않은가. 그 파란 하늘은 자네 머릿속에서 떠나지 않을 걸세. 영원히. 절대 지워지지 않을 경험이지!"

나는 끄응 소리를 내면서 손에 얼굴을 파묻는다.

"그래요?"

나는 그렇게 내뱉는다.

"차라리 모든 걸 잊어버리고 싶다면요? 그리고 내가 그런 걸 기억한다고 해서 무슨 소용이 있죠?"

"무슨 소용이 있느냐고? 정신이 좀 어떻게 됐나?"

그가 놀랍다는 듯이 묻는다.

"그냥 모든 게 너무 불공평하게 느껴져요."

"다시 한 번 말하겠네. 빈이 살아 있지 않은가. 작은 얼굴 녀석을 구했고. 그게 불공평하다는 말인가? 정말 그렇게 생각해?"

"아니요."

"그렇다면 이제 적응하도록 하게. 과거를 기억해야 하는 이유는 과거가 바로 오늘, 현재, 이 순간을 가능하게 하기 때문이네. 그걸 바탕으로 미래를 바라볼 수 있는 거지. 위대한 우리의 모험을 떠나기 전에는 상상하지도 못했던 미래가 가능할 수도 있는 거야. 난 그 미래를 보지 못하겠지만 자네는 볼 수 있을 거네."

"그렇게 나이가 많지도 않으면서. 죽는 이야기는 이제 그만하세요, 알겠어요?"

라이터가 비쩍 마른 손을 내 어깨에 얹고 아주 작은 소리로 말한다.

"내 목숨을 앗아 갈 것은 내 나이가 아닐 걸세."

"무슨 말이에요 그게?"

그가 한숨을 내쉰다. 그가 한동안 그런 생각을 하고 있었다는 것을 나는 그제야 알아차린다.

"그게 말이네."

라이터가 설명을 하려고 애를 쓴다.

"뭔가 잘못되면 사람들은 아웃사이더들에게 화살을 돌리곤 하지. 작가들이 주로 그런 아웃사이더들이고. 그건 백타임에도 그랬고 지금도 마찬가지지. 지금은 내가 이 세상에 남은 유일한 작가지만."

나는 라이터의 뒤쪽으로 시선을 보낸다. 왠지 모르게 목에서 뭔가 뜨거운 것이 치밀어 오른다.

"하지만 왜요? 누가 오래된 종이 더미에 관심이나 있다고! 아무도 책을 읽지 않는데 무엇을 쓰든 무슨 상관이냔 말이에요!"

그가 어깨를 으쓱한다.

"아무 상관도 하지 않는 것보다는 그래도 그게 더 나은 것 같은데. 난 아무것에도 답을 가지고 있지 않아. 항상 그랬지. 내가

264

할 수 있는 건 질문을 계속하는 것뿐이야. 사람들이 어떤 행동을 하는 것을 보고 왜 그런 행동을 하는지 이해하려고 계속 노력하는 일."

"그래요? 난 아예 태어나지도 않았더라면 좋았을 텐데!"

"그런가? 왜 그런가?"

그가 묻는다. 정말 알고 싶다는 듯이.

"빌리 비즈모가 그랬거든요. 내가 태어난 걸 후회하게 만들어 주겠다고. 자기가 만든 바보 같은 규칙을 내가 깼잖아요."

"아!"

라이터가 그렇게 말하고 나서 나에게로 가까이 다가오더니 늙고, 부드럽고, 지혜가 가득한 목소리로 말을 잇는다.

"자네라면 빌리 비즈모를 두려워할 이유가 없네. 결코."

"아, 그래요? 왜죠?"

그가 나를 신기하다는 듯 쳐다본다.

"아직도 모르겠나?"

"뭘 모른다는 거예요?"

"왜 자네한테 특별히 관심을 보이는지 말이야."

그가 무슨 말을 하는지 도무지 알 수가 없다. 말이 안 되는 소리뿐이다. 빌리는 나를 자기 소유의 물건 정도로 취급한다. 빌리에겐 사치품, 프로브용 바늘, 무기, 전사들, 간질병 환자가 서로 다르지 않다. 모두 빌리가 지닌 물건일 뿐이다. 구역 안에 있는 다른 모든 것과 마찬가지로.

"마음 편히 쉬게나."

라이터가 그렇게 권한다.

"아침이면 모든 게 더 나아 보일 테니."

흥, 그렇기도 하겠지. 양어머니 케이도 그 비슷한 말을 하곤
했다. 그때도 그게 바보 같은 말이라고 생각했는데, 지금도 마
찬가지다. 아침이라고 더 나아질 건 아무것도 없다. 아무것도
바뀌지 않을 텐데 뭐가 어떻게 나아지겠는가? 그런 생각만으
로도 피곤하다. 기억하지 않으려고 애쓰는 것조차 힘들다. 얼마
지나지도 않아 꾸벅꾸벅 졸다가 이내 깊은 잠 속으로 빠져든다.
암흑 속으로 빨려 들어가는 것 같다.

"편안히."

늙은 목소리가 속삭인다.

"편안히."

몇 시간 후 잠에서 깨어 보니, 밖에서 천둥 치는 소리가 들려
오고 있다.

제트바이크의 엔진 소리가 이쪽으로 몰려오고 있는 것이다.
그들이 우리에게 오고 있다는 것을 나는 본능적으로 느낀다.

31장
....

두려움 그 자체

구역이 불에 타고 있다. 콘크리트 상자 위에 올라가면 어두운 지평선을 따라 깔린 연기 구름이 화염에 붉게 물든 것을 볼 수 있다. 연기 구름이 화가 나서 밤하늘을 마구 물어뜯는 것처럼 보인다.

제트바이크의 굉음이 마치 산성비 폭풍처럼 온 사방에 울려 퍼지면서 점점 가까이 다가오고 있다. 제트바이크 소리와 함께 또 다른 소리가 들려오는데 고음의 신음 소리처럼 들린다. 우우우우, 우우우우, 음산한 바람 소리 같기도 하다. 분노에 찬 바람.

내 옆에 서 있는 라이터가 말한다.

"'모든 게 무너지니, 중심이 견디지를 못하고, 무질서가 세상을 덮치노라.'"

그러고는 중요한 것을 잊었다는 듯 끄응 하는 소리를 낸다.

"시에서 따온 구절이야. 예이츠. 시인은 잊혔지만 그가 쓴 시 구절은 이렇게 살아남았지. 그 의미를 안다고 생각했었네. 나이를 이렇게 먹도록. 내가 잘못 안 거였어. 이제야 제대로 알 것 같아."

"어서 여길 피해야 해요. 놈들이 이쪽으로 오고 있어요."

나는 급박하게 말한다.

"물론 이쪽으로 오고 있지."

라이터는 혼잣말처럼 그렇게 중얼거린다.

하늘을 닮은 그의 회색 눈에 밤의 그림자가 얼룩진다. 나는 그의 소매를 잡아당기며 말한다.

"어서요!"

라이터는 내 손에서 자기 옷자락을 가만히 빼면서 말한다.

"쉬잇! 두려워할 것 없네."

"무슨 말이에요?"

내가 간청하듯 묻는다.

"두려움 그 자체 말고는 두려워할 것이 없다는 말일세. 그것도 시에서 나온 말이지. 아니 무슨 연설에 나온 말인가? 정확히 기억이 나지 않는구만."

"라이터, 지금 당장 여기서 몸을 피해야 해요."

나를 향해 몸을 돌린 그의 얼굴이 이상하리만큼 평화롭고 젊어 보인다.

"잘 듣게나. 이제는 더 이상 피하지 않을 생각이네. 지금 내가 몸을 피하면 다른 사람들이 다치게 돼."

"정신이 나갔군요!"

내가 외친다.

"어서, 바보 같은 노인네 같으니라고! 파이프 쪽으로 도망가면 되잖아요! 거기라면 아무도 우릴 찾지 못할 거예요. 구역 전체를 태우든 말든 우리가 무슨 상관이에요? 계속 도망가면 되잖아요! 모험을 더 할 수 있어요! 책에다 쓸 모험 말이에요!"

"쉬잇! 조용히!"

갑자기 제트바이크들이 상자 동네 사이로 몰려들면서 공기를 찢는 듯한 굉음이 사방을 뒤흔들어 댄다. 헤드라이트가 레이저 광선처럼 밤하늘을 가른다. 어디선가 갓난아이가 울음을 터뜨린다.

'이제 끝이야, 끝, 끝.'

신속하고 끔찍한 제트바이크들이 백 대는 몰려드는 것 같다. 폭도들이 제트바이크를 따라오자 바이크에 탄 사람들이 고함을 지르며 공중에 대고 스플랫 총을 쏴 댄다. 멍고의 구역에서 본 것 같은 폭도들이다. 인간이라기보다 짐승에 가까워 보이는 그런 상태에 빠진 사람들 말이다. 울부짖듯 비명을 질러 대며 손에 닿는 것은 무엇이든 갈기갈기 찢어발길 태세다.

그들이 콘크리트 상자 높이 서 있는 라이터를 보고 그의 이름을 외친다.

"바퀴에 달아! 바퀴에 달아!"

안 돼! 나는 속으로 외친다. 안 돼! 그러나 내가 할 수 있는 일
은 아무것도 없다. 상자 동네를 치고 들어온, 이성을 잃은 분노
의 파도를 멈출 수 있는 사람은 아무도 없다. 주먹과 이빨 그리
고 텅 빈 눈으로 이루어진 파도!

"내 책을 구해 주게나!"

누군가의 손에 잡혀 폭도들 사이로 떨어지면서 라이터가 나
를 향해 외친다.

나는 책을 구하려고 갖은 애를 쓴다. 진심으로. 라이터의 종
이 더미를 구하기 위해 나는 어둠과 섬광이 뒤섞인 사이를 뚫고
그의 상자 안으로 기어들어 간다. 종이를 찾아내서 그것들을 모
두 내 셔츠 안으로 쑤셔 넣는다. 내 심장과 가장 가까운 곳에 그
종이를 품고 싶었다. 그러나 라이터의 종잇장들은 너무 많아서
일부는 에덴에서 보았던 낙엽들처럼 밤하늘에 흩어져 버리고
만다.

폭도들이 내 두려움을 알아차린다. 혼이 나가 버린 그 텅 빈
얼굴에 환희가 차오른다. 허공에 날아다니는 종잇장들을 잡아
채서 갈기갈기 찢어발겨 자신들의 입에다 마구 쑤셔 박는다.

"바퀴에 달아! 바퀴에 달아!"

어디선가 손이 뻗어 나와 내 셔츠를 잡아 찢는다. 그 안에 숨
긴 라이터의 책이 폭도들이 가는 곳이면 어디든 따라다니는 불
길 속으로 들어가 버리고 만다.

라이터의 종이들이 타 들어간다.

"안 돼!"

나는 목청이 찢어지도록 외친다.

"안 돼!"

그러나 아무도 내 말을 듣지 않는다. 아무한테도 내 말이 들리지 않는다. 아니 들을 줄을 모른다.

나는 누군가의 손아귀에 붙들려 어디론가 끌려가다가 땅에 내팽개쳐진다. 입에 들어온 흙을 뱉어 내고 숨을 쉬어 보려고 애를 쓰고 있는데, 누가 내 이름을 부른다.

"스파즈! 너로구나!"

몸을 돌려 하늘을 보고 누우니 빌리 비즈모의 얼굴이 나를 내려다보고 있다. 한 손에는 긴 손칼을, 다른 한 손에는 스플랫 총을 들고 있다. 눈에서는 불꽃이 이글거린다.

"못하게 말려 주세요!"

내가 애원한다.

"제발! 나이 든 노인네에 불과하다고요!"

빌리가 칼을 휘둘러 공간을 만든다. 폭도들이 칼을 피해 뒤로 물러나면서 빌리와 나 사이에 공간이 생기자 그가 나에게로 가까이 다가온다. 나는 그 칼로 빌리가 나를 치기를 기다린다. 그런데 아니다. 빌리는 나에게 무슨 말인가를 하려 한다.

"나도 어쩔 수 없어, 스파즈. 네가 데려온 프루브 집행관들 있지? 그놈들이 프로브 게임을 모두 멈추게 만들었어."

"뭐라고요?"

숨을 제대로 쉬기조차 힘들다.

"완전히 망쳐 놓은 거야. 프로브 바늘이 이제는 더 이상 작동을 하지 않아. 바늘을 머리에 아무리 꽂아도 소용이 없어."

이제 알 것 같다. 왜 구역 전체가 불타고 있는지. 왜 제트바이크가 이렇게 몰려왔는지. 프로브가 모두 망가졌으니 누군가 탓할 사람을 찾아야만 하는 것이다. 우리가 에덴으로 가서 프루브들과 같이 있었으니 우리 잘못인 게 분명하다.

"바퀴에 달아! 바퀴에 달아!"

폭도들이 외쳐 댄다.

라이터의 허리에 밧줄이 감겨 있다. 몸을 뒤척여서 빠져나오려고 하지도 않는 것 같다. 그의 눈을 보니 그는 이미 여기 말고 어딘가 먼 곳에 가 있는 느낌이다. 깨끗하고 평화롭고 조용한 곳. 파란 하늘이 있는 곳으로.

"라이터!"

내가 외친다. 그러나 그는 나를 보지도 못하고 내 목소리를 듣지도 못한다.

나는 빌리 비즈모에게 간청한다.

"구역 보스니까, 저 사람들을 못하게 할 수 있잖아요!"

그때 빌리가 무척 이상한 행동을 한다. 들고 있던 칼을 땅에 내려놓고 손을 뻗어 내 얼굴을 만지는 게 아닌가.

"미안하다. 피에 굶주린 폭도를 멈출 수 있는 사람은 아무도 없어. 나라도 그건 안 돼."

"시도해 보지도 않고서!"

"내가 할 수 있는 일은 이미 다 했다, 스파즈. 널 희생양으로 지목했을 수도 있어. 하지만 내가 손을 써서 저 노인네가 그 역할을 하도록 했지."

"대체 왜요? 왜 내가 아니라 저 사람을!"

빌리는 내가 이렇게 멍청하다니 믿을 수 없다는 투로 고개를 젓는다.

"너는 내 아들이니까."

32장

우주에 남은 마지막 책

너는 내 아들이니까.

그 말의 의미가 내 머릿속에서 폭발하며 모든 것을 뒤집어 놓는다. 내 이름도, 내가 누구인지도 나는 모른다. 아무것도 아는 것이 없다. 내가 아는 것은 지금 내가 빌리 비즈모에게서 멀리 도망치고 있다는 것뿐이다. 폭도들 사이로 뛰어 들어가 라이터를 향해 달려가고 있다는 것뿐이다. 모두 그만두라고 외치면서. 그의 잘못이 아니니 그만하라고!

사람들 사이로 조금씩 틈이 벌어지면서 무슨 일이 벌어지고 있는지 보이기 시작한다. 제트바이크 뒤에 연결한 밧줄에 매달린 라이터가 제트바이크에 끌려 넘어지지 않으려고 휘청거리며 달리고 있다.

그의 이름을 부르려 해도 목구멍에서 아무 소리도 나오지 않

274

는다. 내가 할 수 있는 일은, 라이터를 끄는 제트바이크가 상자 동네를 누비고 다니는 걸 따라다니는 것뿐이다. 폭도들이 마구 외쳐 댄다.

"시작해! 시작해!"

그러나 제트바이크를 탄 강편치파들은 여유를 부리고 있다.

도시 지역 전체에서 모여든 사람들이 늙은이를 제트바이크로 끌고 다니는 것을 구경하려 든다. 여태껏 일어난 나쁜 일을 모두 라이터 탓으로 돌리고 싶어 하는 것 같다. 그런 그들의 얼굴에서 빌리가 옳았다는 것을 읽을 수 있다. 지금부터 일어날 일은 아무도 막을 수 없다.

한두 번 나는 라이터를 붙잡고 그를 묶은 밧줄을 풀어 보려고 한다. 그러나 그때마다 강편치파들이 나를 옆으로 밀어붙인다. 내가 바퀴에 끌려 다니는 형벌을 당하는 사람을 풀어 주려고 하는 게 웃기고 또 당찮다고 여기는 것 같다. 그들에게는 이것마저도 게임의 일부일 뿐이다. 그들의 눈은 얼음장처럼 차갑게 굳어 있다. 아무것도 느낄 수가 없기 때문이다. 조심하지 않으면 나도 라이터처럼 제트바이크 뒤에 묶이고 말 것이다.

사실 그렇게 된다 하더라도 별 상관은 없다.

"바보 같은 짓 하지 마!"

내가 다시 한 번 다가가 밧줄에 손을 대자 라이터가 경고한다.

"자네는 내 유일한 희망이야!"

"하지만 놈들이 지금껏 써 놓은 종이를 모두 불태워 버렸단 말이에요!"

그를 뒤쫓아 뛰면서 나는 그렇게 외친다.

"책 말이에요! 모두 찢어서 태워 버렸단 말이에요! 나도 애를 써 봤지만 어쩔 수가 없었어요."

라이터가 나를 돌아보고 미소를 짓는다.

"그 종이들은 별로 중요하지 않아."

그가 말한다.

"자네가 바로 책이니까! 자네가 바로 우주에 남은 마지막 책이야! 좋은 책이 되도록 해야 해!"

지루해진 강편치파들이 마침내 게임을 끝내기로 마음먹은 것 같다. 가속페달을 밟기 시작한 것이다. 라이터를 묶고 있던 밧줄이 팽팽해지면서 그가 땅에 쓰러지고 만다. 그의 가냘픈 몸이 나에게서 점점 멀어지기 시작한다.

그들은 라이터가 목숨이 끊어질 때까지 그렇게 그를 끌고 다닌다. 누더기 뭉치와 내 친구의 부서진 뼈만 남을 때까지. 그러나 그 모든 것이 끝났을 때 나는 더 이상 거기 있지 않았다. 내 머리가 그것을 목격하도록 허락하지 않은 것이다. 최악의 장면은 보지 않아도 되었다.

내가 기억하는 제일 마지막 장면은 제트바이크를 쫓아 뛰어가다가 번개 냄새가 내 코를 채운 것이다. 천둥 번개가 치는 폭풍우가 지나간 후 나는 완전한 전기 냄새. 그런 다음 암흑이 몰려와 나를 덮쳤다.

33장

이제 더 이상 스파즈가 아니야

정신을 차려 보니, 폭도들은 사라지고 화염도 모두 사그라졌다. 구역 전체가 텅 빈 느낌이었다. 그러나 사람들이 그늘에 숨어서 모든 게 안전해지길 기다리고 있는 것이 보였다. 도시 지역에서 안전해 봤자 한계가 있지만.

도망갈 생각도 해 봤다. 파이프를 따라 세상 끝까지 가 볼 생각이었다. 그러다가 라이터가 한 말이 생각났다. 그의 텅 빈 상자로 돌아가 봤다. 거기 남아 있는 것이 아무것도 없었다. 종잇조각 하나 남아 있질 않았다.

나는 텅 빈 거리를 걸어 키 큰 건물들이 태양을 가린 곳까지 갔다. 화재에 타서 재만 남은 채 아직도 연기가 모락거리는 곳들을 지났다. 그야말로 아무것도 없어서 쥐도 살지 않는 곳도 지났다. 계속 걷다 보니 어느덧 납골당에 와 있었다. 강편치파들이 사는 콘크리트 벙커 말이다. 나는 내 방으로 가서 오래된 3D들을 보며 아무것도 기억하지 않으려고 애썼다. 벽을 멍하니 쳐다보면서 아무것도 기억하지 않으려고 했다. 잠을 자면서 아무것도 기억하지 않으려 했다.

아무것도 효과가 없었다. 기억이 머릿속에서 빙빙 맴돌며 떠나지 않았다.

한번은 강편치파 한 명이 와서 빌리 비즈모가 날 부른다고 알려 줬다. 나는 상관 않는다고 말해 줬다. 또 한번은 빌리 비즈모가 몸소 나를 찾아왔다. 내가 태어났을 때 엄마가 죽은 이야기, 구역 보스를 아빠로 가지고 자라나는 게 좋지 않기 때문에 가족 단위에 나를 맡긴 일, 언젠가는 내가 자기를 이해하기를 바란다는 이야기, 언젠가는 모든 것을 이해하기 바란다는 이야기 등을 늘어놓았다.

"내가 이해하는 건 오직 하나예요. 절대 당신같이 되지 않아야 한다는 것."

빌리는 내 방에서 나간 뒤로 더 이상 나를 성가시게 하지 않았다.

그날 밤늦게 나는 정말 알 수 없는 행동을 했다. 전당품 시장에 가서 전자 고물 더미를 뒤져 먼지투성이 목소리 타자기를 한 대 찾아냈다. 여러 가지 복잡한 기계들을 매달아야 하지만 기본적으로 한쪽에 대고 말을 하면 다른 한쪽으로 글이 나오는 물건이었다. 거기에 대고 나는 내가 만난 노인에 대한 이야기를 시작했다. 그가 나한테 해 준 그 모든 이야기를. 그의 도움으로 구역들 사이를 여행하고, 빈을 구한 이야기를 비롯해서 모두 다. 그러다 보니 내가 우주에 남은 마지막 책이라고 했던 것이 무슨 뜻이었는지 어렴풋이나마 이해되기 시작했다.

사람들은 이제 나를 라이터라고 부른다. 그를 그렇게 불렀던 것처럼.

어느 날 밤에 나는 잠에서 깨어 나 혼자가 아니라는 사실을 깨닫는다.

"누구야?"

어둠에 대고 묻는다.

암흑 속에서 전령이 말한다.

"난 여기 온 적 없어. 우린 만난 적이 없고. 난 그냥 메시지일 뿐이야. 알았어?"

"무슨 메시지?"

"에덴에서 온 메시지."

그의 목소리가 맑은 하늘을 가르는 바람의 속삭임처럼 들린다.

"네가 아는 누군가가 '촉스!', '나를 잊지 마!', '고마워!'라고 말한다. 그것 말고도 훨씬 많은 말을 한다. 그는 날마다 조금씩 자라나고 있고, 우리는 그를 가족처럼 사랑한다. 절망하지 마라, 내 친구여. 오늘은 그들 것이지만 미래는 우리 것이다."

전령이 사라지고 한참 시간이 흐른 후에도 라나야의 메시지가 내 머릿속에 울려 퍼지고 있다. 특히 미래가 우리 것이라는 마지막 부분이.

맞아, 미래는 우리 것이야.

나는 그렇게 생각한다.

내가 글을 쓰고 있으니까, 맞아, 그래, 그래.